A CONSPIRAÇÃO
EUROPA

TIM LAHAYE
& BOB PHILLIPS

A CONSPIRAÇÃO
EUROPA

Tradução
Débora Guimarães Isidoro

CIP-BRASIL. CATALOGAÇÃO-NA-FONTE
SINDICATO NACIONAL DOS EDITORES DE LIVROS, RJ.

L185s   LaHaye, Tim F., 1926-
      A conspiração Europa: a profecia da Babilônia, livro 3 : romance / Tim LaHaye e Bob Phillips; tradução: Débora Guimarães Isidoro. - Rio de Janeiro: BestSeller, 2011.

      Tradução de: The Europa conspiracy
      ISBN 978-85-7684-292-7

      1. Bíblia - Antiguidades - Ficção. 2. Americanos - Iraque - Ficção. 3. Babilônia (Cidade extinta) - Ficção. 4. Romance americano. I. Phillips, Bob, 1940-. II. Isidoro, Débora Guimarães. III. Título.

10-4616   CDD: 813
                                 CDU: 821.111(73)-3

Texto revisado segundo o novo Acordo Ortográfico da Língua Portuguesa.

Título original norte-americano
THE EUROPA CONSPIRACY
Copyright © 2005 by Tim LaHaye
Copyright da tradução © 2011 by Editora BestSeller Ltda.

Publicado mediante acordo com The Bantam Dell Publishing Group,
uma divisão da Random House, Inc.

Capa: Sérgio Campante
Editoração eletrônica: Abreu's System

Todos os direitos reservados. Proibida a reprodução,
no todo ou em parte, sem autorização prévia por escrito da editora,
sejam quais forem os meios empregados.

Direitos exclusivos de publicação em língua portuguesa para o Brasil
adquiridos pela
EDITORA BEST SELLER LTDA.
Rua Argentina, 171, parte, São Cristóvão
Rio de Janeiro, RJ – 20921-380
que se reserva a propriedade literária desta tradução

Impresso no Brasil

ISBN 978-85-7684-292-7

Seja um leitor preferencial Record
Cadastre-se e receba informações sobre nossos lançamentos e nossas promoções.

Atendimento e venda direta ao leitor
mdireto@record.com.br ou (21) 2585-2002

Para todos aqueles cujo estudo das profecias da Bíblia os fez antecipar a restauração do antigo Império Romano. Esse cenário mostra uma das maneiras pelas quais ele pode se materializar em nosso tempo.

PREFÁCIO
de Tim LaHaye

Uma das profecias do Fim dos Tempos cuja realização os estudiosos da Bíblia anteciparam há mais de cem anos foi o renascimento do antigo Império Romano. Porque esse império nunca foi substituído por outro domínio mundial, como os três impérios anteriores mencionados pelo grande profeta hebreu Daniel, muitos escreveram e previram que Roma ressurgiria nos últimos dias. Essas expectativas têm por base os Capítulos 2, 7 e 8 de Daniel, os versos finais do Capítulo 11 e a Revelação 13.

Vinte e cinco anos depois da Segunda Guerra Mundial estudiosos começam realmente a se agitar com toda a conversa sobre o Mercado Comum Europeu, os Estados Unidos da Europa, o sistema bancário inspirado na França e na Alemanha e o eurodólar, já implantado. Lembro-me de como os estudiosos das profecias ficaram excitados quando o número de Estados europeus subiu para oito, alguns especulando abertamente se chegariam aos dez para coincidir com os dez dedos dos pés, ou as dez coroas de Daniel, ou as dez cabeças da Revelação 13. Porém, um silêncio ensurdecedor tem prevalecido desde que os números ultrapassaram os vinte Estados da Europa, mesmo depois do recente revés (que pode ter sido até uma redução no ritmo), quando os povos da França e da Holanda votaram contra a nova Constituição europeia.

A Europa está cansada de guerra! Reunir-se em uma união governamental corporativa faz muito mais sentido para aqueles países. A paz é preferível à morte que marcou a Europa antes mesmo de Napoleão Bonaparte, há mais de duzentos anos. O que os líderes europeus não percebem é que estão se colocando exatamente nas mãos dos conspiradores que planejam dominar o mundo, ou, pelo menos, preparar a dominação do mundo prevista pelos profetas do Velho e do Novo Testamento.

O herói da nossa série, Dr. Michael Murphy, é tanto um estudioso de arqueologia quanto das profecias, alguém que sabe sobre o verdadeiro governo do fim dos tempos e o "Homem do Pecado", o "Filho da Perdição", ou, como muitos se referem a ele, o "Anticristo", que será seu líder.

Neste livro fascinante Murphy vive acontecimentos arrepiantes para protelar a tarefa de Talon (que pode ser o mais cruel terrorista na história da ficção) e dos Sete para quem ele trabalha. Eles estão tentando estabelecer um Governo Mundial Uno, sistemas religiosos e comerciais que lhes darão o controle sobre o homem na Terra. Eles podem ou não saber que pavimentam o caminho para esse Anticristo mencionado por tantos profetas antigos. Murphy descobre o segredo de sua concepção quase milagrosa, que indica que ele já pode ser um residente do planeta Terra. Nesse processo, nosso herói é marcado para a extinção pelo grupo mais implacável já reunido.

Mal sabem que estão preparando o mundo para o homem que é mais cruel que eles. Felizmente para a humanidade, Murphy está a par e pronto para agir.

UM

PRIMEIRO HOUVE UM estalo... depois uma combinação de rajada de vento e puro terror. Trezentos metros de espaço vazio separavam Murphy do rio furioso e da morte instantânea.

Por uma fração de segundo ele ficou suspenso no ar como uma águia que plana. Depois, a gravidade se impôs. A adrenalina inundou seu corpo e ele apertou o cabo com mais força. Os dentes se chocaram e, quase sem respirar, ele se segurava com desespero.

Quando Murphy se aproximou pela primeira vez da garganta de 45 metros de largura, ele viu dois cabos atravessando o espaço presos a árvores de ambos os lados. O primeiro cabo era baixo, próximo do chão; o segundo ficava uns 2 metros acima do primeiro. Pendurado no centro do cabo superior havia o que parecia ser um envelope pardo dançando à brisa suave.

Ele balançou a cabeça. *Aquele devia ser o prêmio.*

Murphy aproximou-se da beirada, levantou a mão, agarrou o cabo mais alto e puxou com força. *Muito esticado.*

Cauteloso, ele se debruçou para olhar além da beirada. A visão do poderoso rio Arkansas mais de 300 metros abaixo quase o deixou sem ar.

Quer mesmo continuar, Murphy? Por mais que ame aventura, um dia Matusalém ainda o levará à morte.

Ele estudou o ambiente com atenção, procurando até o menor movimento. Embora não pudesse ver ninguém, a pele se arrepiava com a sensação misteriosa de ser observado.

Respirou fundo algumas vezes, depois, bem devagar, começou a se mover pelos cabos. Segurando o cabo superior com as mãos e apoiando os pés no cabo inferior, balançou algumas vezes para testar a resistência dos apoios.

Enquanto começava a se locomover, ele percebeu que tinha dois problemas: o movimento para cima e para baixo e o para a frente e para trás; este último, em particular, colocava mais peso em suas mãos quando os pés não estavam diretamente sob o corpo. Se tivesse de usar a força da metade superior do corpo para percorrer os 22 metros até a metade do caminho, o trajeto de volta seria muito longo.

Logo percebeu que não era uma boa ideia olhar para baixo, para a distância de 300 metros até o rio.

Concentre-se no envelope e não em balançar para a frente e para trás.

Murphy levou quase 15 minutos para chegar ao envelope. Quanto mais se aproximava do centro da garganta, mais o movimento dos cabos aumentava e mais o peso de seu corpo no cabo inferior fazia aumentar a distância entre os dois cabos. Mesmo com 1,89m de altura, agora ele mantinha os braços quase totalmente estendidos acima da cabeça.

Só mais 1 metro, ele pensou, a fim de recuperar a confiança.

Murphy sorria para si mesmo ao entrar em sua vaga reservada no estacionamento do campus da Universidade Preston. Chegar cedo dava a ele preciosos minutos de solidão nos quais poderia reorganizar os pensamentos antes de começar as aulas.

Uma boa noite de sono... ótima xícara de café... e uma radiante manhã de sol sem nuvens no céu... é maravilhoso estar vivo.

O gramado e as árvores bem-cuidados compunham um contraste fabuloso com o céu azul. O cheiro das magnólias perfumava o ar. Murphy havia aprendido a amar o estilo de vida do sul. E também suas aulas de arqueologia bíblica. Em três anos, o curso estava entre os mais populares da universidade. Era grato pela oportunidade de poder combinar o amor pela arqueologia e o amor pela Bíblia. Todos pareciam gostar de suas aulas. Todos, exceto o diácono Archer Fallworth.

Murphy ergueu o olhar quando Shari entrou na sala, os olhos verdes cheios de energia.

— Parece muito feliz para uma assistente que se atrasou para o trabalho — ele provocou.

— Eu teria chegado mais cedo se não fosse forçada a parar para pegar a *sua* correspondência — ela respondeu, sorrindo e deixando uma pilha de cartas, revistas e uma pequena caixa sobre a mesa.

A caixa embrulhada em papel pardo chamou a atenção de Murphy. Não havia endereço para devolução, apenas o nome Tyler Scott como remetente. E não fazia som algum quando ele a sacudia.

Shari fingia estar ocupada, mas Murphy notava que ela observava a caixa. Podia ser algum novo artefato de uma terra distante. Ela era uma arqueóloga dedicada, e extremamente curiosa. Como adorava provocá-la, Murphy deixou a caixa de lado e voltou a ler as anotações que preparara para as aulas daquele dia.

— Não vai abrir? — perguntou Shari.

— Abrir o quê?

— Você sabe o quê. Há uma tesoura na gaveta.

Murphy riu e pegou a tesoura para abrir a caixa. Shari inclinou a cabeça, observando atenta quando ele tirou um cartão cuja mensagem leu em voz alta:

Uma bela visão,
Real prazer e alegria.
Viajar à noite não
Mas à luz do dia.
Ele espera você chegar!

Além das portas da entrada
Lá ele aguarda.
Ele espera você chegar!

Porque até você, ele não pode ir.
Para ele o tempo é lento.
Ele espera você chegar!

Seu nome foi escolhido.
Ele é Tyler Scott.
Ele espera você chegar.

Use o cérebro, acenda na inteligência a centelha.
Os espanhóis dão a isso tal nome pela cor vermelha.
Ele espera você chegar.

— Que coisa estranha — comentou Shari intrigada. — O que pode significar?

— Acho que significa encrenca.

— Encrenca?

— Quem mais mandaria um enigma estranho e anônimo?

A curiosidade de Shari deu lugar à ansiedade.

— Acha que foi Matusalém?

— Boa dedução, Shari. E me pergunto o que ele planeja agora.

Murphy estava bem perto para alcançar o envelope pardo que dançava ao vento. A mão esquerda sustentava todo o peso do corpo no cabo superior, enquanto usava a direita para pegar o envelope.

Ele colocou o envelope dentro da camisa, pela gola, por medida de segurança, depois agarrou o cabo novamente com ambas as mãos. Após respirar fundo algumas vezes, começou a caminhar cuidadosamente de volta pelos cabos para o ponto de partida.

— Está se divertindo, Dr. Murphy? Eu sei que está. — A voz de Matusalém ecoou forte, quase desequilibrando Murphy.

De onde vinha o som? Murphy olhou em volta, mas, com o estrondo da correnteza do rio lá embaixo e o pulsar do sangue em sua cabeça, não podia nem ter ideia.

— Acho que até agora isso foi fácil demais para você. Não concorda comigo, Dr. Murphy?

Murphy tentou redobrar os esforços para chegar mais depressa à segurança da terra firme, além do limite da garganta.

A gargalhada de Matusalém ecoava, partindo das rochas próximas.

— Devagar, Murphy. Não precisa correr.

Foi quando o cabo sob seus pés cedeu. Instantaneamente, todo o peso do corpo foi transferido para as mãos e os braços, e ele ficou pendurado sobre o precipício.

Trabalhando freneticamente, Murphy conseguiu balançar as pernas, elevá-las, e apoiar o tornozelo direito, depois o esquerdo, no cabo superior. Agora estava pendurado sobre o precipício pelos pés e pelas mãos.

— Quanto tempo acha que consegue ficar aí pendurado, Dr. Murphy? — perguntou Matusalém, rindo.

— O suficiente para me movimentar pelo cabo e torcer seu pescoço! — gritou Murphy.

— Ora, ora, doutor, parece que está um pouco aborrecido. Vamos ver se podemos tornar essa situação um pouco mais interessante para você.

As gargalhadas de Matusalém ganharam força, e de repente o cabo superior estalou. Murphy sentiu que estava caindo.

— Tem alguma ideia do que significa o enigma? — perguntou Shari, com a testa franzida, o indicador enrolando uma mecha do cabelo preto.

— Não, mas tenho certeza de que é uma de suas mensagens cifradas. Vamos ter de decifrá-la por partes.

— Bem, ele repete "Ele espera você chegar" cinco vezes. Deve ter algum significado.

— Deve ser um pensamento-chave. Vamos começar pelo último verso: "Use o cérebro... os espanhóis dão o nome... pela cor vermelha."

— Essa palavra espanhola poderia ser o nome de um estado? Colorado?

— Excelente, Shari. E esse Tyler Scott que ele cita foi escolhido.

— Talvez tenha sido escolhido para chegar atrasado ao trabalho depois de parar para pegar correspondência perigosa.

Murphy riu.

— Ele pode ter sido escolhido pela polícia. Pense nessa frase: "Seu tempo é lento." Ele pode estar contando o tempo dentro da prisão.

— Faz sentido, se pensarmos que ele fala em "além das portas de entrada" e diz que "ele não pode ir até você", por isso você deve ir encontrá-lo. E quanto a "uma bela visão, real prazer e alegria"? O que acha que pode significar?

— Hmmm... Colorado. Prisão. Bela visão. Real prazer.

Murphy andava pela sala, repetindo as palavras e passando a mão pela cabeça. De repente, parou e olhou para ela.

— Acho que decifrei.

— Bem, não faça suspense. Em que está pensando?

— Quando criança, estive no Colorado com meus pais. Fomos de avião a Denver e alugamos um carro para explorar o estado. A viagem durou mais de um mês. Em uma dessas expedições, fomos a Colorado Springs e Pike's Peak. De lá seguimos até uma cidade chamada Pueblo. A oeste de Pueblo fica Cañon City. Por que acha que o lugar é famoso?

— Pelos canhões?

— Não. É famoso pela Penitenciária Estadual de Cañon City. E o lugar tem uma história bizarra.

— Bizarro parece um termo perfeito para associar a Matusalém. É o tipo de lugar que ele aprecia. Devia ir morar lá para sempre.

— A penitenciária foi a origem da Máquina de Enforcamento Faça Você Mesmo. Um dos prisioneiros projetou uma plataforma autoacionável que eliminava a obrigatoriedade de uma execução formal. O próprio condenado à morte puxava a alavanca. A máquina funcionava com uma série de engrenagens. Elas aplicavam uma pressão de 130 quilos à corda. A pressão puxava o prisioneiro para cima, quebrando imediatamente seu pescoço. Todos acreditavam que era melhor do que ser lentamente estrangulado na ponta da corda.

— Nossa! Para mim não parece nada melhor — exclamou Shari.

— Os prisioneiros que aguardavam a execução também não gostaram da ideia. Então, foi instalada a primeira câmara de gás do Colorado, e a chamaram de Suíte de Roy, em homenagem a Roy Best, carcereiro da penitenciária. Seu mais famoso prisioneiro foi Alfred Packer, o primeiro "Hannibal, o Canibal". Foi preso por comer carne humana.

— Onde consegue esse tipo de informação? — Shari sabia que a mente de Murphy estava cheia de estranhas trivialidades. Às vezes, os dados aparentemente confusos a levavam à loucura.

— O que isso tem a ver com o cartão?

— Vou chegar lá. Perto de Cañon City há a Royal Gorge... Percebe? Uma bela visão... real prazer. A mais alta ponte suspensa do mundo atravessa a garganta a uma altura de 320 metros. Sentir a ponte se mover nos cabos e a superfície balançar sob os pneus do carro é uma experiência incrível. Ao lado da ponte há um teleférico com trilhos em uma das inclinações mais íngremes já construídas. Em alguns pontos a distância entre as paredes da garganta é de apenas nove metros. É realmente espetacular! Foi criado um parque de diversões no local. Aposto um manuscrito em sânscrito como Tyler Scott é prisioneiro na Penitenciária Estadual de Cañon City. Shari, telefone para a prisão e verifique se eles têm lá um interno chamado Tyler Scott. Na próxima semana as aulas serão suspensas para o recesso de primavera, e preciso de férias.

Murphy ouviu um zumbido, depois o som da porta de metal deslizando e se fechando atrás dele. Estava em um cubículo com uma cadeira de madeira diante de uma vitrina de vidro de 4 centímetros de espessura. Na parede ao lado da vitrine havia um telefone.

Murphy olhou em volta. A pintura verde estava descascada e riscada. Nomes e mensagens haviam sido rabiscados na superfície velha. A impressão que se tinha era de que o lugar não era pintado havia vinte anos.

Depois de outro zumbido abafado Tyler Scott entrou no aposento do outro lado do vidro. Alto e magro, vestindo o uniforme da penitenciária, o macacão cor de laranja, aparentava ter 27 anos de idade. Os cabelos loiros estavam despenteados.

Murphy pegou o telefone.

— Meu nome é Michael Murphy — disse a Scott. — Vou direto ao ponto. Isso pode soar estranho, mas acredito que você possa ter uma mensagem para mim. Estou enganado?

— Não recebo muitas visitas. Até meus pais pararam de vir, há cerca de um ano. Eles viviam repetindo que eu nunca seria nada na vida. Dizem que sou um fracassado. — Depressão e desespero desenharam linhas profundas no rosto ainda jovem. — Não sei o que tudo isso significa.

— Nem eu — reconheceu Murphy.

— Há dois meses um estranho veio me visitar. Ele me disse que um homem grande chamado Murphy provavelmente viria e me perguntaria sobre uma mensagem. Ele me deixou algum dinheiro para comprar revistas e cigarros.

— Como ele era?

— Alto, uns sessenta e poucos anos, com cabelos grisalhos e muitas rugas. Parecia ter passado muito tempo exposto ao sol. Ah, sim, ele mancava um pouco ao andar. Notei quando se levantou para ir embora. A voz dele era diferente. Ele ria enquanto falava. Esquisito, se quer saber minha opinião.

— Qual era a mensagem?

— Meus cigarros acabaram, senhor.

Murphy sorriu.

— Vou deixar dinheiro para você comprá-los.

— Obrigado. Ele disse para ir ao lado norte do Royal Gorge, depois do parque de diversões. E para seguir o cânion por três quilômetros para o oeste. O cânion vai ficar mais estreito. Procure pelos cabos. Foi isso. Não entendi nada.

— Não faz sentido para mim também, mas agradeço a ajuda. Por que está preso?

— Assalto à mão armada. Uma loja de conveniência.

— Quanto tempo de sentença?

— Mais três anos. Estou estudando mecânica aqui. Espero conseguir um emprego quando sair.

— Tenho certeza de que vai conseguir. Além do dinheiro, vou deixar também um livro com os guardas. Acho que, com ele, vai poder criar uma vida nova para você.

Antes de sair, Murphy deixou dinheiro e uma Bíblia para Tyler Scott. Ele pôs um bilhete entre as páginas sugerindo que o rapaz começasse a leitura pelo Evangelho de João.

Enquanto dirigia pelos 15 quilômetros de Cañon City a Royal Gorge, Murphy tinha a mente inundada por recordações. Lembrou-se do pai levando-o pela estrada de ferro que corria no fundo da garganta. Eles haviam almoçado no trem e viajado nos carros abertos de observação, apreciando o cânion de baixo para cima. O melhor do passeio, para ele, fora atravessar a ponte suspensa de trilhos a bordo do trem.

Eu me diverti muito com meu pai. Se Tyler Scott tivesse um pai dedicado, sua vida seria diferente?

Murphy estacionou o carro e pegou a mochila, pensando no que poderia encontrar pela frente. Ele atravessou a ponte suspensa e seguiu para oeste acompanhando o traçado da garganta, deixando para trás o parque de diversões e as pessoas. Logo ficou sozinho.

Havia esquecido como eram lindas e majestosas as montanhas do Colorado. De vez em quando, ele parava e olhava para o fundo da garganta. Tudo estava quieto. Ouvia apenas o som das botas no solo, uma ave ocasional e o barulho das corredeiras lá embaixo.

Preciso fazer isso mais vezes. Há algo de terapêutico em estar sozinho e cercado pelas criações de Deus.

Só uma das pontas do cabo superior permanecia presa. Murphy balançava acima do cânion como um pêndulo humano. Em poucos momentos ele se chocaria contra a parede de um lado ou do outro da garganta.

Com os braços e as pernas enroscados no cabo, Murphy rezava para permanecer preso depois do choque. Já podia ver as rochas na parede de pedra, tal a proximidade que estava delas.

De repente, a posição do cabo mudou. Olhando para cima, Murphy percebeu que ficara preso em uma pedra saliente e gigantesca, o que conteve a amplitude do movimento. O impacto de Murphy contra a parede foi com os braços e as pernas, não com a cabeça, e ele se manteve agarrado ao cabo. Mas o pânico ameaçava dominá-lo quando ele foi lançado para o outro lado.

— *Oh, Deus! Estou escorregando! Ajude-me!* — gritou.

Depois de escorregar uns 6 metros pelo cabo, conseguiu deter a queda. As mãos estavam feridas. Sabia que não havia nenhuma possibilidade de sair daquela garganta; o topo parecia estar trinta metros acima dele. A única esperança de sobrevivência era escalar o cabo até o patamar rochoso logo acima dele — e depressa, antes que perdesse totalmente as forças.

Murphy estava exausto quando alcançou o patamar rochoso e se pôs em segurança. Permaneceu deitado por algum tempo, respirando profundamente. Quando a respiração se normalizou, ele olhou em volta. Estava sobre uma plataforma de pedra de cerca de 2 metros de largura e 1,20 metro de comprimento na área plana. O restante era íngreme demais para tentar se equilibrar. Ele içou o cabo e o enrolou em uma rocha. Não queria perder sua única ligação com o topo do desfiladeiro.

As mãos ensanguentadas tremiam violentamente enquanto, tirando a mochila das costas, ele pegava duas barras energéticas e a garrafa de água.

Tudo bem, Murphy. Você está vivo. Acalme-se.

Não tinha forças sequer para remover a tampa da garrafa.

Estou ficando velho demais para isso. Se eu puser as mãos em Matusalém, juro que vou matá-lo. Ou, pelo menos, surrá-lo até que esteja quase morto e pare com sua risada irritante.

Murphy sabia que precisava recuperar as forças para poder subir ao topo do cânion. Depois de comer as barras energéticas e beber água, ajeitou a mochila sob a cabeça e se deitou para dormir um pouco.

Deus, obrigado por ter poupado minha vida. Por favor, dê-me força e coragem para sair daqui.

Foi o som de um falcão que planava pelo cânion que acordou Murphy. Ele se sentou e tentou avaliar a situação. Seus olhos seguiram o cabo até onde era possível avistar o limite do cânion e a segurança além dele. Sabia que não podia chegar lá escalando o cabo de aço. Também não podia ficar naquela plataforma, à mercê de Matusalém. Mas tinha alguns recursos.

Retirou o cinto e fez com ele um nó prússico, com uma volta onde pudesse encaixar a mão. Com as alças da mochila, formou mais dois nós idênticos e laçadas de apoio. Depois de entrelaçar os nós no cabo, preparando-se para o que estava por enfrentar, começou a longa escalada até a beirada do precipício.

Murphy sustentou o peso do corpo na mão direita, presa na laçada. Com a esquerda, moveu os nós prússicos atados aos pés, apoiando-se neles e deslizando o cinto pelo cabo. Ele continuou esse processo como uma lagarta se movendo pelo galho de uma árvore, e levou quase duas horas para chegar ao topo.

Quando Murphy finalmente se deitou no chão à beira da garganta e fez uma prece de agradecimento, Matusalém não estava ali para ser visto — ou ouvido. Talvez tivesse presumido que ele não voltaria ao topo do penhasco com vida. Ou, mais provavelmente, se entediara.

A excitação não fora suficiente para ele, Murphy pensou, furioso.

Ao olhar em volta, viu algo na base da árvore em que os cabos haviam sido presos. Sobre uma rocha havia uma balança de bronze. Números de madeira quebrados foram deixados nos dois pratos da balança. Os números 1 e 2 estavam quebrados ao meio. Metade de cada um deles foi posta em cada prato da balança. No cartão deixado sob a balança alguém escrevera uma mensagem:

**BABILÔNIA — 375 METROS DIRETAMENTE
A NORDESTE DA CABEÇA**

Murphy balançou a cabeça. *Matusalém, você ainda não acabou com os jogos, não é? Bem, pelo menos confiava que eu sobreviveria a seus truques estúpidos,*

Murphy praticamente esquecera o envelope pardo dentro da camisa. Ele o pegou e abriu com cuidado, sem conseguir determinar seu conteúdo. Intrigado, virou o envelope sobre a palma da mão.

Gesso?

DOIS

A cidade de Acádia, 40 quilômetros de Babilônia, 539 a.C.

FIGURAS SOMBRIAS SE *esgueiravam pela cidade adormecida. Algumas iam aos pares, mas a maioria seguia sozinha. Todas, porém, conscientes do perigo. A cada esquina olhavam em volta, nervosas, para verificar se eram seguidas. Se descobertas, certamente seriam decapitadas. Mas fúria e ganância superavam o medo da morte e as impeliam ao local da reunião.*

Fazia frio e era noite avançada. A lua minguante e o céu encoberto por nuvens criavam sombras intensas. A cobertura perfeita de que precisavam. Latidos esparsos de cachorro quebravam o silêncio.

Não havia luzes para recebê-los no edifício do qual se aproximavam. Após uma batida codificada, a porta foi aberta e eles entraram no espaçoso aposento iluminado por algumas trêmulas lamparinas.

Os cheiros de alho, curry e odores corporais se misturavam no ar. Homens de barbas longas e olhos escuros e nervosos sentavam-se sobre tapetes orientais, a luz tremeluzente projetando sombras sinistras em seus rostos e turbantes de cores brilhantes. Alguns sussurravam furiosos uns com os outros. Outros permaneciam quietos. A maioria parecia muito ansiosa e apreensiva.

O sátrapa da província de Susa, Abd al Rashid, um homem atarracado com hálito desagradável, foi o último a entrar. Os governadores Abu Bakar e Husam al Din o cumprimentaram com um movimento de cabeça. Todos olharam para os governadores. Husam al Din foi o primeiro a falar.

— Temos fontes próximas ao rei Dario informando que ele planeja promover o velho hebreu ao posto de chefe administrativo de seu gabinete. Não podemos permitir que isso aconteça. Se ele for indicado para nos comandar, nossa operação inteira será afetada.

Abu Bakar acrescentou:

— Ele não é homem passível de suborno ou corrupção. É muito honesto. Outros já tentaram e foram mortos por isso. Precisamos de um plano para torná-lo desacreditado aos olhos do rei Dario.

Essas palavras de abertura causaram burburinhos. Kadar al Kareem levantou a mão.

— O velho hebreu é fiel a Dario. É pouco provável que possamos acusá-lo de deslealdade. Porém, pode haver um meio. O velho é seguidor de Jeová. Sua devotada fé religiosa pode ser distorcida e usada contra ele. Precisamos convencer o rei de que o Deus do velho é, de alguma forma, contrário a Dario.

Daniel terminava sua refeição de fruta e pão quando seu ajudante entrou na sala.

— Mestre, o rei Dario enviou um mensageiro com uma ordem. Ele convoca meu senhor e os outros dois governadores e seus 120 sátrapas para uma reunião no palácio real daqui a quatro dias.

— O mensageiro informou o assunto da reunião?

— Não, só mencionou que Dario vai criar uma nova lei. Será uma lei irrevogável dos medas e persas.

Daniel balançou a cabeça lentamente.

— Espero que ele pense com muito cuidado nessa nova lei. Em meus 85 anos, vi muitos reis se arrependerem por terem aprovado uma lei que não podiam mudar.

A multidão silenciou ao som da trombeta. Todos olharam para a porta, aplaudindo a entrada de Daniel.

Daniel sorriu e cumprimentou com um gesto de cabeça os homens em vestes coloridas enquanto caminhava para seu lugar ao lado do rei. Em seu âmago, sabia tratar-se de uma encenação. Os homens na sala sorriam e aplaudiam, mas ele sentia o ódio e o ciúme do grupo. Havia descoberto seu sistema secreto de corrupção. Eles sabiam que Daniel poderia desmascará-los a qualquer momento. Tinha plena consciência de que aqueles hipócritas eram seus inimigos políticos.

A guarda real começou a entrar no grande salão pela porta atrás do trono. Muitas trombetas soaram, e todos se levantaram silenciosos.

Aplausos ruidosos receberam o rei Dario, que entrou no salão sorridente e acenando. As vestes vermelhas com bordados dourados mal cobriam o corpo atarracado, redondo.

Depois do que pareceu uma eternidade, Dario finalmente se sentou e baixou o cetro.

— Fui informado de que todos vocês se reuniram e chegaram a uma decisão unânime e maravilhosa e que a trazem hoje aqui como sugestão — declarou.

O quê? Daniel não fizera parte da reunião. Ele sabia que havia algo de errado.

Sorrindo, Dario continuou:

— Aprecio a lealdade e a intenção de honrar-me como rei. Por isso, aprovarei uma nova lei que terá validade pelos próximos trinta dias. Será uma lei irrevogável dos medas e persas. Ela não será anulada por nenhuma razão. Nos próximos trinta dias, qualquer um que *reze para qualquer deus ou homem, à exceção de mim, será jogado na cova dos leões.*

Daniel entendeu imediatamente qual era o plano.

Dario chamou os escribas e assinou o decreto, sob os aplausos fervorosos da plateia — excetuando um homem.

O leão desmoronou com um rugido feroz, enquanto Daniel caía de costas. Ele levou poucos segundos para recuperar o fôlego. Depois de recobrar as forças, tentou focar a atenção. A única luz que penetrava no covil vinha do buraco no teto, a abertura pela qual ele fora jogado ali.

O cheiro dos leões e seus excrementos era insuportável. Era difícil respirar. Olhando em volta, viu os olhos estreitos e amarelados dos felinos que o observavam com surpresa. Um dos machos, um animal enorme, começou a rugir, e foi logo imitado pelos outros. O som era ensurdecedor... e aterrorizante.

Daniel sentia o medo invadindo seu corpo. Vira leões antes, mas só em jaulas. Agora não havia grades... apenas uns trinta leões se movendo em torno dele, a poucos metros de distância.

— Meu Deus, eu servi fielmente. Por favor, dê-me força para enfrentar a morte hoje.

A prece de Daniel foi interrompida pela voz vinda do alto. Dario. Daniel podia ouvir o tormento na voz do rei.

— *Daniel! Meu coração se angustia. Tentei salvá-lo, mas não pude. Que seu Deus, a quem você serve continuamente, possa resgatá-lo! Adeus, meu fiel servo.*

Antes que pudesse responder, ele ouviu outro som — o arrastar da pesada pedra que cobria o buraco através do qual ele havia sido jogado. A guarda real a devolvia ao lugar.

Escribas logo chegariam com a cera derretida que despejariam em uma extremidade da pedra. A cera escorreria da pedra para o solo e formaria uma poça. Quando estivesse prestes a secar, Dario e alguns de seus nobres usariam seus anéis para deixar as impressões que significavam a irrevogável lei dos medas e persas. Quem rompesse o lacre e tentasse resgatar Daniel, seria condenado imediatamente à morte.

Com a rocha cobrindo a abertura do buraco, apenas por pequenas frestas a luz penetrava no covil. Daniel podia ouvir os leões se movendo à sua volta. De vez em quando, um animal o assustava com um rugido. Quando começaria o ataque?

Por cerca de 15 minutos ele permaneceu sentado no meio do covil, com os braços em torno dos joelhos, balançando nervoso para a frente e para trás, e orando. O coração quase saltou do peito quando a cauda de um leão o atingiu no rosto e a enorme criatura passou por ele.

Meia hora se passou antes que Daniel percebesse que os leões poderiam não atacar. Ele começou a se mover devagar. Ao se aproximar de uma parede, sentiu que pisava em ossos. Ossos humanos. Imaginar a cena despertou nele ânsias de vômito. Finalmente, ele encontrou a parede, apoiou as costas contra ela e ouviu.

Era possível escutar os leões se movendo na escuridão. De vez em quando, sentia o hálito e os bigodes de um animal que o farejava. Era uma experiência enervante ao extremo. Ele continuava antecipando os dentes afiados e a dor que se seguiria ao hálito morno.

Daniel pensou em como se sentira ao ouvir pela primeira vez sobre o mais recente decreto de Dario. Soubera que os sátrapas e os governadores haviam criado uma armadilha para ele, porque todos tinham consciência de que ele não seria capaz de rezar para Dario. Jeová era o único e verdadeiro Deus do céu e da Terra. Ninguém mais merecia idolatria. Especialmente um homem pequenino, gordo, com um ego gigantesco, orgulhoso e arrogante.

Ele se lembrou de como a delegação de sátrapas invadira seus aposentos quando ele orava. Eles o agarraram e levaram à presença de Dario, dizendo ao rei que Daniel estivera rezando para Jeová e pedindo Sua ajuda. O rosto de Dario fora tomado por intensa palidez quando percebeu que havia sentenciado à morte seu mais fiel líder. O rei passara o dia em desesperadas tentativas para salvar a vida de Daniel, mas, finalmente, Dario havia reconhecido que não havia como revogar sua lei.

Daniel sentiu que a consciência lentamente o abandonava com o passar do tempo, e seus pensamentos se voltaram para a primeira vez em que estivera na Babilônia.

TRÊS

— Tenho a impressão de que alguém conversou comigo na semana passada sobre chegar atrasado ao trabalho. — Shari, vestindo o avental branco, nem levantou o olhar do microscópio quando Murphy entrou no laboratório.

Ele sabia que a moça fingia não sorrir.

— Fico feliz por perceber que está aprimorando sua capacidade de observação — ele respondeu.

Ela o encarou e sorriu.

— O que é esse arranhão na sua cabeça? — perguntou preocupada. — As férias foram agitadas demais?

— Uma pedra me atacou.

— É claro. Ela saltou do chão e correu atrás de você.

— Na verdade, eu corri ao encontro dela.

Shari o observou mais atenta, séria.

— E os ferimentos nas mãos? Lutou boxe com a pedra?

— Digamos que sim.

A conversa de tom bem-humorado logo tornou-se séria.

— Isso não tem nada a ver com Matusalém, não é?

Eram palavras que Laura diria. Desde que ela morrera, Shari havia assumido a tarefa de se preocupar com ele.

Murphy mudou de assunto. Não queria explicar a experiência de quase ter ido ao encontro da morte. Não queria ouvir todo aquele discurso sobre ter que ficar longe de Matusalém.

— Trouxe algo que quero que veja — ele disse, mostrando o envelope pardo.

Shari estava curiosa. Ela sabia que Murphy não ia falar sobre o que acontecera, por isso pegou o envelope e perguntou:

— O que é?

— Uma surpresinha. Quero que me diga o que acha disso.

Ela despejou o conteúdo do envelope em uma folha de papel sobre a bancada de trabalho. O choque de Murphy contra a parede havia triturado o gesso. Olhando as partículas bem de perto, ela comentou:

— Oh, a propósito, Bob Wagoner telefonou *antes de você chegar atrasado para trabalhar*. Ele pediu para você ligar de volta.

Murphy sorriu e foi para o seu escritório.

QUATRO

BOB ACENOU PARA Murphy de sua habitual mesa ao fundo. Murphy sorriu e respondeu ao aceno, pensando: *"Somos todos criaturas de hábitos."*

Eles trocaram um aperto de mão e Murphy se sentou no banco de vinil verde. A decoração do Adam's Apple Diner não havia mudado desde a inauguração, no final dos anos 1970. E Roseanne, a garçonete de cabelos grisalhos, dava a impressão de trabalhar ali e comer tudo que era servido desde a inauguração, também.

— Qual é o prato do dia? — Bob perguntou quando ela se aproximou da mesa.

— Temos sempre muitas opções no cardápio, pastor Bob, mas aposto que vai repetir seu pedido de sempre: cheeseburger e fritas com chilli.

— Você me pegou, Roseanne. — Ele abriu os braços num gesto de resignação.

— E para você, Dr. Murphy? O sanduíche de frango?

— Você lê pensamentos, Roseanne.

— Vou buscar o café — ela disse ao se afastar para a cozinha.

— Bem, conte-me tudo, Michael. Ainda não tivemos chance de conversar desde que voltou da viagem ao Ararat. Conseguiu encontrar a arca?

O sorriso de Murphy se apagou. Wagoner podia sentir desconforto e sofrimento em sua expressão.

— Aconteceu algo errado? — ele perguntou com tom sério.

Durante os 45 minutos seguintes Murphy relatou a morte dos membros da equipe de escalada. Ele falou sobre a traição do coronel Blake Hodson e de Larry Whittaker, o fotógrafo, e como eles haviam matado o professor Reinhold, Mustafá Bayer, Darin Lundquist e Salvador Valdez, ex-membro da Força de Operações Especiais da Marinha americana. Depois, ele seguiu descrevendo como Talon tentara matá-lo e como Azgadian o resgatara.

Wagoner ouvia em silêncio enquanto comia o cheeseburger. Não só estava bastante fascinado com o relato trágico, como sabia que Murphy precisava desabafar. Guardar toda aquela dor não era saudável.

— E Vern Peterson, o piloto do helicóptero? O que aconteceu com ele? — Wagoner perguntou quando Murphy fez uma pausa.

— Ele percebeu por instinto que algo estava muito errado. Viu o controle remoto na mão de Whittaker e tentou descer abaixo dos sinais de rádio antes da explosão da bomba. Ele sentiu que não poderia escapar e, desesperado, saltou do helicóptero.

— É incrível que não tenha morrido!

— A queda foi amortecida por um imenso banco de neve. Além disso, a neve o cobriu no momento da explosão. Quando o vi, ele estava na caverna comigo, Isis e Azgadian. O guardião da arca não só me resgatou, como levou Peterson para um local seguro.

— Vern ficou bem depois da queda do helicóptero?

— No início pensamos que ele tivesse alguns cortes profundos e uma torção no tornozelo. Mas ele tossia muito na caverna, e suspeitamos que devia haver alguma hemorragia interna. Nós o levamos a uma pequena clínica em Dogubayazit. Agora ele está se recuperando na Turquia e deve voltar aos Estados Unidos até o final do mês.

— E a arca? Você a encontrou?

Murphy ficou quieto por um instante, depois olhou em volta, como se quisesse se certificar de que ninguém o ouvia. Ele se inclinou na direção de Wagoner e respondeu:

— Foi incrível! Fantástico! Melhor que tudo que eu poderia ter imaginado.

Wagoner arregalou os olhos.

— Você deve estar brincando! — exclamou ele. — Encontrou mesmo a arca?

— Sim, Bob. Ela estava lá. Metade enterrada em uma geleira, mas conseguimos entrar na outra parte.

— Trouxe fotos?

O brilho se apagou dos olhos de Murphy.

— Talon as destruiu. Não temos evidência física. Talon usou explosivos para provocar uma avalanche que cobriu a arca com toneladas de neve. Agora existem apenas quatro testemunhas oculares vivas: eu, Isis, Azgadian e Talon. Seria necessário um milagre para que a arca fosse encontrada novamente.

Wagoner via a decepção nos olhos de Murphy. Ele decidiu mudar o rumo da conversa.

— Falando em Isis, como ela está? — perguntou sorridente.

Murphy também sorriu.

— Bem. Voltou ao trabalho na Fundação Parchments of Freedom. Acho que estava um pouco cansada depois de tudo que enfrentamos.

— Não foi isso que eu perguntei.

Murphy sorriu novamente.

— Ela é uma mulher muito atraente, Bob.

— Está interessado?

— Tudo bem, confesso que sim. Mas me sinto um pouco culpado.

— Michael, faz um ano e meio que Laura morreu. Pare de se punir. Deixe-me fazer uma pergunta: o que acha que Laura ia querer que fizesse? Acha que ela ia desejar que ficasse sozinho para sempre?

— Tudo bem, Bob, já entendi a mensagem. Podemos mudar de assunto?

— Encontrou alguma coisa na arca? — Wagoner podia sentir o entusiasmo do amigo. — Ah, vamos lá! Estou aqui morrendo de curiosidade!

— Precisa me prometer que não repetirá nada do que vai ouvir.

— Eu prometo, Michael. Não direi nada a ninguém.

Murphy contou sobre a descoberta dos pratos de bronze com o segredo da Pedra Filosofal, uma descoberta que poderia acabar com a necessidade de combustíveis fósseis. Ele falou sobre a espada cantora encontrada e sobre os vasos cheios de cristais autoiluminados.

Wagoner ouvia o relato sem interromper, apenas movendo a cabeça de maneira afirmativa.

— E onde estão esses objetos agora? — ele perguntou quando Murphy se calou.

— No fundo no mar Negro, com Talon. Acredito que ele foi despedaçado pelas hélices do helicóptero... o que me faz lamentar pelo navio.

— Não posso culpá-lo por ter esse tipo de sentimento. — Ele, provavelmente, sentiria o mesmo por alguém que houvesse esmagado a laringe de sua esposa. — Não existe alguma maneira de recuperar os pratos?

— Talvez houvesse, se tivéssemos um pequeno submarino e tempo de sobra. Mas seria como procurar por uma agulha em um palheiro.

— Aquele navio não percorre a mesma rota toda semana?

— Sim, é claro que sim — confirmou Murphy. — Por quê?

— Não pode obter os mapas da rota? Se tivesse esses dados e a hora aproximada em que Talon caiu no mar, poderia reduzir muito a área de busca. Pelo menos seria um palheiro menor.

— Não é má ideia, Bob. E se tivéssemos um equipamento para detecção de metais, talvez fosse possível encontrar os objetos. Não acredito que os pacotes já tenham afundado completamente na areia. Ainda não houve tempo para isso. Talvez valha a pena tentar.

Murphy olhou para o relógio. O tempo passara muito depressa.

— Bob, preciso ir.

Os dois homens caminharam juntos até o estacionamento. Wagoner disse:

— Gostaria de fazer uma oração com você antes de ir. Quero rezar para Deus lhe dar muita sabedoria e coragem. É evidente que ele o convocou para uma missão única e perigosa, composta de muitas tarefas difíceis. E também vou orar por seu possível relacionamento com Isis.

— Obrigado, Bob. Sou grato por sua amizade, e certamente preciso de suas preces.

cinco

BEM, STEPHANIE KOVACS — *Ás do jornalismo, está feliz?*

Ela podia ver o vazio nos próprios olhos enquanto, diante do espelho, retocava o batom.

Gosta de ser a amante? Vale a pena?

Agora estava ficando furiosa. Vendera o orgulho e a autoimagem por um estilo de vida extravagante, por poder c influência, e projeção na carreira de repórter.

Ela balançou a cabeça. O movimento deu aos cabelos o ar selvagem que Shane adorava. Depois, examinou pela última vez o vestido preto cujo decote ousado expunha boa parte dos seios fartos. Sentia-se sexy. Ajeitou o vestido nos quadris estreitos e se virou para examinar todos os ângulos no espelho. Satisfeita com o que via, saiu do quarto.

Barrington andava de um lado para o outro diante das janelas da cobertura quando ela entrou na sala. Atrás dele, as luzes da cidade cintilavam como belas joias na noite.

— Qual é o problema, Shane? — Stephanie perguntou.

Ele parecia um pouco assustado e levemente embaraçado. Shane Barrington não era o tipo de homem que gostava de dar a impressão de se aborrecer com alguma coisa. Franzindo a testa, ele respondeu:

— Estava apenas pensando...

— Em nós? — Havia certo tom amedrontado em sua voz. Embora estivessem juntos há algum tempo, não se sentia segura no relacionamento. Barrington era conhecido por suas furiosas explosões verbais e já havia perdido a cabeça em diversas ocasiões. Ele nunca a agredira fisicamente, mas era comum que se sentisse pisando em ovos quando estavam juntos.

— Não, não. É claro que não. Estava apenas pensando em assuntos do trabalho. Não temos uma boa matéria há semanas. Gosto de estar sempre no topo da rede de notícias. É bom para os lucros e traz prestígio e poder ao Barrington Network News.

Kovacs assentiu.

— Diga, o que aconteceu com o professor Sei-lá-seu-nome na Universidade Preston? Você sabe, aquele que está sempre procurando artefatos bíblicos — Barrington indagou.

— Refere-se ao Dr. Michael Murphy?

— Sim, sim. Ele mesmo. Ele não partiu em mais uma de suas buscas?

Barrington sabia muito bem onde Murphy estava. Queria apenas se fazer de tolo. Não queria demonstrar interesse excessivo. Isso despertaria a curiosidade da repórter Kovacs. Também não queria revelar a pressão que sofria dos Sete para fornecer mais informações. Eles não tinham notícias de Talon desde que ele descera do Ararat. Era como se o homem houvesse desaparecido da face da Terra.

Imediatamente, uma bandeira vermelha tremulou na mente sagaz de Kovacs. *O que Shane está tentando fazer?*, ela pensou. *Ele sabe muito bem onde está Murphy e sabe que ele procura a Arca de Noé. Até tentou contratá-lo, mas Murphy recusou sua proposta. Quem ele quer enganar?*

— Sim — respondeu Kovacs, enquanto refletia. — Ele estava procurando pela Arca de Noé no monte Ararat.

— E em que resultou a expedição? — Barrington olhava pela janela como se estivesse muito interessado na luz de busca do helicóptero da polícia.

— Não sei. — *Ele quer alguma coisa.* Uma centelha de entusiasmo se acendeu dentro dela. Era como a excitação que experimentava quando pressentia pistas para uma matéria investigativa. Talvez esta fosse a oportunidade que estava procurando.

A mente voltou à noite em que ela entrara na sala no último andar do edifício da Barrington Communications. O lugar estava abarrotado de imensos buquês de flores e o carpete, coberto por pétalas de rosas. Barrington dissera tratar-se de uma demonstração de reconhecimento por seu trabalho e lealdade, e de um modo de retratar-se por não ter ido jantar com ela. Naquela noite, ele revelara uma pequena brecha em sua armadura de segredos e sigilo. Contara que algumas pessoas tinham descoberto sobre suas dívidas gigantescas e sua contabilidade criativa e um tanto ilegal. Tais pessoas haviam investido 5 bilhões de dólares na Barrington Communications, e agora ele estava nas mãos desse grupo.

Kovacs havia especulado sobre a identidade dessas pessoas, mas Barrington dizia apenas que eram indivíduos "focados no estabelecimento de um único governo mundial. E em uma única religião, também. Pessoas como Murphy haviam antecipado essa tentativa pela leitura da Bíblia. Por isso, tinham de ser detidas, antes que pudessem convencer outros a resistir".

Desde que estavam juntos, Kovacs havia percebido que Barrington fazia mais do que ganhar dinheiro. Era mais do que simplesmente alimentar um ego faminto de poder. Era algo... diabólico.

Preciso me afastar desse homem e dessa vida, Kovacs reconheceu. *Não é o que quero de verdade. É vazio. Talvez com essa questão eu possa fazer alguma diferença e me redimir, de alguma forma, por minhas terríveis escolhas. Posso alertar Murphy sobre o perigo que ele corre.*

— Shane, por que não me deixa checar essa história para você? Talvez seja notícia. Talvez possamos usá-la de alguma forma.

Perfeito, ela mordera a isca. Barrington conteve um sorriso satisfeito. *Ela é tão fácil de manipular!*

— Bem, isso pode lhe dar uma chance de ter paz — respondeu ele. — Se quer ir atrás da história, vá. Leve um cinegrafista, se for necessário. E pode usar o jato também, se quiser.

Não pode deixar Shane perceber seus verdadeiros sentimentos. Precisa de mais tempo para planejar sua fuga. Tem de manter a farsa. Kovacs correu para ele e o abraçou.

Ele a beijou. *Ótimo! Vou ter uma noite fantástica, e ainda conseguirei as informações de que preciso. Nada mau, Barrington. Nada mau.*

SEIS

— MURPHY, VOCÊ tem ideia da idade dessas lascas e desse pó branco?

Os olhos verdes de Shari brilhavam, excitados. Ela amava a alegria da descoberta.

— Deixe-me imaginar, Shari. Hmmm... pelo menos duzentos mil anos?

Ela pôs as mãos na cintura e inclinou a cabeça.

— Você sabia, não é? — perguntou, em tom de acusação.

— Estava apenas imaginando.

Murphy contou a ela sobre as férias no Colorado. Quando terminou, ela começou:

— Eu...

Murphy ergueu a mão para detê-la.

— Eu sei, eu sei. Vai me dizer que eu não devia ter ido.

— Exatamente! — Mas sabia que prosseguir nesse assunto seria perda de tempo. — Bem, depois de tudo isso, chegou a alguma conclusão, pelo menos?

— Devo admitir que levei um certo tempo. A balança sob a árvore foi um enigma e tanto. Especialmente com os números um e dois quebrados.

— O cartão ajudou?

— Sim. Eu repetia a frase muitas vezes na minha cabeça: BABILÔNIA — 375 METROS DIRETAMENTE A NORDESTE DA CABEÇA. Então, entendi. Ele se referia à cabeça da estátua de ouro construída por Nabucodonosor. A mesma que foi levada à Fundação Parchments of Freedom. Matusalém estava me dando as coordenadas para outra descoberta. Devia estar localizada 375 metros diretamente a nordeste de onde havíamos encontrado a cabeça dourada.

— O que acha que isso significa?

— Ah, acho que você vai gostar disso. Na minha opinião, pode ser a Escrita na Parede mencionada no Capítulo 5 de Daniel.

— Refere-se à passagem que diz que Deus usou os dedos e a mão de um homem para escrever uma mensagem para o rei Belsazar? Você ficou maluco. De onde tirou essa ideia?

— Da balança com os números um e dois quebrados nos pratos. Você se lembra do que dizia a Escrita na Parede?

— Não.

— Dizia: *MENE, MENE, TEQUEL, UFARSIM*.

— Sim, é isso mesmo. Como pude esquecer? Faz sentido, é claro. Agora entendo.

— Tudo bem, tudo bem. Vamos pensar juntos. A palavra *MENE* significa numerado. E é repetida duas vezes. Isso se refere aos números um e dois nos pratos. A palavra *TEQUEL* quer dizer pesado. É isso que representam as escalas da balança. A palavra *UFARSIM* significa dividido. Por isso os números foram divididos em dois pedaços. Traduzido para o inglês simples, isso quer dizer: Deus *numerou* os dias nos quais Belsazar comandará como rei. Ele se viu *pesado* na balança do julgamento de Deus e foi punido pela *divisão* de seu reino, que fora entregue a outros.

— E quanto ao pó branco?

— É gesso. No Capítulo 5 é dito que a escrita foi feita no gesso da parede. Acredito que o envelope continha um pouco daquele gesso. Se essa teoria se confirmar, o gesso tem, então, mais de 2.500 anos de idade.

Murphy foi ao escritório e telefonou para Isis na Fundação Parchments of Freedom.

Só percebeu o quanto estava nervoso quando lhe pediram que aguardasse.

Tamborilando com os dedos na mesa, ele pensava: *Você parece um colegial, Murphy. Cresça!*

— Michael. — Murphy identificou o entusiasmo na voz de Isis. Ele sorriu, ansiando ver seus olhos verdes. *Controle-se!*

— Isis. Como vai?

Houve uma pausa breve.

— Melhor agora, Michael.

Por um momento as palavras o deixaram sem ação. Normalmente, não costumava ficar sem palavras, mas agora não conseguia ordenar os pensamentos.

— Isis, estou em um intervalo entre duas aulas. Estava pensando em você e imaginando se... — *Tudo bem, você consegue!* — se você está livre na sexta e no sábado. Vou ter de ir a Nova York. Você poderia pegar um voo de Washington e me encontrar no final de semana?

— Ótima ideia, Michael!

Quando desligou, Isis encheu os pulmões de ar e olhou através da janela. Ouvir a voz dele fora o suficiente para deixá-la emocionada.

SETE

MURPHY SENTIA SEU temperamento irlandês fervendo. Quanto mais se aproximava da sala de palestras, mais irritado ficava. Tudo havia começado quando, ao estacionar, vira a van com o logotipo da BNN. Pensar que havia gente da Barrington Network News no campus o incomodava demais.

Era impossível não lembrar a explosão na igreja. Recordava-se de como tentara confortar Shari pela perda de seu irmão e como o pastor Bob tentara consolá-lo depois do assassinato de Laura. Uma equipe da BNN estivera lá. A rede parecia estar sempre presente nos momentos mais dolorosos e inoportunos da vida de alguém. Tudo que os repórteres queriam era uma boa história. Não se importavam com os sentimentos alheios.

Ele pensou no funeral de Hank Baines. Podia se lembrar das palavras da repórter, Stephanie Kovacs, quando ela direcionara o microfone para ele.

— Direto do funeral de Hank Baines, agente do FBI, falo com o Dr. Michael Murphy, da Universidade Preston. Dr. Murphy, é verdade que foi a última pessoa a ver Hank Baines vivo?

Ela tentara induzi-lo a dar uma resposta emocional.

— O que discutiam, Dr. Murphy? Contou à polícia? Esteve com a viúva do agente? Sente-se de alguma forma responsável pela morte desse homem?

Desde aquela ocasião, o ressentimento de Murphy com os repórteres de maneira geral aumentara muito.

Próximo à entrada da sala de palestras avistou Stephanie Kovacs sentada sob uma árvore. Alunos conversavam com ela. O cinegrafista se posicionava para capturar as melhores imagens.

Ela se levantou ao vê-lo.

— Dr. Murphy, pode me dar um instante?

Os alunos o observavam, por isso ele fez o possível para parecer cordial.

— Em que posso ajudá-la, Srta. Kovacs?

— Estávamos passando por aqui e pensamos se não seria possível assistirmos à sua palestra hoje.

É claro! Estávamos passando por aqui. Murphy sabia que ela estava em busca de algo, mas tudo que disse foi:

— A palestra é aberta ao público, Srta. Kovacs. Qualquer um pode entrar.

— Temos autorização para fazer imagens? — Ela sorriu com aquele ar sedutor e falso.

— Fiquem à vontade, desde que não atrapalhem o andamento da aula. Prefiro que os alunos se concentrem no assunto a se preocuparem em aparecer na tela no jornal noturno.

— Obrigada, Dr. Murphy. Seremos muito discretos.

Muito discretos! Uma mudança e tanto! Por que, de repente, ela adotava uma atitude moderada e contida?

— Bom-dia, turma. Antes de começarmos nossa aula imagino que tenham notado que há uma celebridade entre nós, Stephanie Kovacs. Muitos aqui sabem que ela é repórter investigativa da BNN;

logo, dispensarei apresentações. Ela está acompanhada por um cinegrafista.

Os estudantes aplaudiram, assobiaram e fizeram muito barulho. Kovacs agradeceu a manifestação com um sorriso.

— O cinegrafista se movimentará pela sala enquanto filma. Por favor, evitem fazer sinais ou gestos reprováveis, ou poderão sofrer as consequências de uma investigação jornalística — Murphy preveniu com uma careta.

Todos riram.

— Isso vale especialmente para você, Clayton.

Clayton Anderson, o palhaço da turma, levantou as mãos e disse:

— *Quem? Eu?*

— Hoje vamos tratar de um assunto novo — Murphy continuou, agora num tom mais sério. — Falaremos sobre a antiga cidade da Babilônia. Talvez queiram fazer algumas anotações. O tema será matéria de prova.

Houve um gemido coletivo e a movimentação de todos abrindo cadernos e pegando canetas.

— Como devem se lembrar das palestras e aulas anteriores sobre a Arca, Noé tinha três filhos: Cam, Sem e Jafé. Cam foi o filho que violou o princípio da privacidade enquanto o pai dele dormia. Um de seus filhos foi chamado Cuxe, e Cuxe teve um filho chamado Nimrod.

Murphy notou uma expressão intrigada no rosto de alguns alunos.

— Acompanhem, por favor. Prefiro formar essa base. Em inglês simples e claro, Nimrod foi o primeiro bisneto de Noé. A Bíblia o chama de grande caçador ou guerreiro. Seu nome em hebreu significa literalmente "vamos nos rebelar". Tudo isso pode ser encontrado no Gênesis, Capítulo 10. O historiador judeu Josephus identifica Nimrod como o construtor da Torre de Babel. Essa enorme torre foi erguida para representar a revolta do povo contra Deus e o estabelecimento de sua própria estrutura de poder. Eles não queriam ficar sob Sua influência. Foi na Torre de Babel que Deus confundiu o povo e criou grupos que falavam diferentes línguas.

— Dr. Murphy? — Clayton tinha a mão erguida. — Sempre pensei que a Torre de Babel fosse o local onde o rei Salomão mantinha todas as esposas.

A classe explodiu em gargalhadas.

— Fico feliz por saber que está animado hoje, Clayton. Posso continuar? — Murphy sorria.

O cinegrafista registrava a interação.

— Nimrod foi o fundador da Babilônia e de outras cidades. Ele também foi o fundador da idolatria Baal, o primeiro sistema organizado de idolatria no mundo. A cidade tornou-se famosa anos depois por causa de um grande rei, Nabucodonosor, que quebrou o poder do Egito na batalha de Carchemish e governou a Babilônia por 45 anos.

Murphy diminuiu a iluminação e ligou o projetor com o PowerPoint. Surgiu na tela uma recriação da cidade da Babilônia.

— Babilônia está localizada a cerca de 80 quilômetros ao sul de Bagdá. Alguém ouviu recentemente o nome dessa cidade nos noticiários? Babilônia fica em uma imensa planície com um grande lago construído pelo homem, acima da cidade. No auge do reinado de Nabucodonosor, os jardins da cidade eram considerados uma das maravilhas do mundo. Heródoto estimou que a grande muralha que cercava a cidade tinha 96 quilômetros de comprimento, contornando quase 518 quilômetros quadrados. Algumas muralhas tinham até 25 metros de espessura, e muitas carroças podiam trafegar por cima delas. Duzentos e cinquenta torres foram instaladas na muralha. Estimava-se que quinhentas mil pessoas viviam dentro das muralhas da cidade e outras setecentas mil na cidade estendida fora das muralhas.

Murphy passou ao slide seguinte.

— A maior parte da cidade era construída com tijolos secos ao sol, e muitos deles traziam essa inscrição:

Nabucodonosor, Filho de Nabopolasar, Rei da Babilônia

— Sei que está desapontado por não terem incluído seu nome, Clayton. Eles o teriam nomeado rei das Piadas.

Todos riram e assobiaram.

Murphy passou para um slide de um antigo templo.

— Havia 53 templos dentro da cidade. As estruturas eram chamadas de zigurates. Consistiam em plataformas, de três a sete, que diminuíam de tamanho à medida que cresciam em altura. A próxima imagem vai dar uma boa ideia do tamanho de um zigurates.

Murphy passou ao slide seguinte e parou, esperando que os alunos absorvessem a informação. Ao ouvir os comentários murmurados, ele moveu a cabeça em sentido afirmativo.

— Sim, é surpreendente, não é? Essas torres eram imensas.

ZIGURATE BABILÔNICO

1º nível: 91 metros por 91 metros por 33 metros de altura

2º nível: 79 metros por 79 metros por 18 metros de altura

3º nível: 61 metros por 61 metros por 6 metros de altura

4º nível: 52 metros por 52 metros por 6 metros de altura

5º nível: 43 metros por 43 metros por 6 metros de altura

6º nível: 30 metros por 30 metros por 6 metros de altura

7º nível: 21 metros por 21 metros por 15 metros de altura

91 Metros de Altura — Um Edifício de 30 Andares

— O próximo slide mostra os vários deuses idolatrados pelos babilônios.

DEUSES BABILÔNIOS	
Anu	Deus do mais alto céu
Marduk	Deus nacional dos babilônios
Tiamat	Deusa dragão
Kingu	Marido de Tiamat
Enlil	Deus do tempo e das tempestades
Nabu	Deus das artes
Ishtar	Deusa do amor
Ea	Deus da sabedoria
Enurta	Deus da guerra
Anshar	Pai do céu
Gaia	Mãe Terra
Shamash	Deus do sol e da justiça
Ashur	Deus nacional dos assírios
Kishar	Pai da terra

— Ao longo da história da humanidade os homens se referiram a vários deuses. Parte da razão para isso é podermos olhar em volta e vermos a grandeza da criação. Então, nos perguntamos de onde veio tudo isso. É possível que tenha simplesmente acontecido? Surgiu do nada? Deve haver uma causa específica. Alguma coisa ou alguém começou tudo isso que chamamos de universo. Nós o denominamos questão da primeira causa. E isso nos leva à segunda questão. Com todo o projeto complexo da natureza, houve um projetista? Não importa quem tenha sido ele, com certeza, era mais sábio que eu. Essas duas questões nos remetem à terceira e à quarta questões: há um propósito na vida? E posso descobrir que propósito é esse?

Murphy parou e olhou para o relógio.

— Bem, acho que é o suficiente por hoje. Vocês já têm material em que pensar até o nosso próximo encontro. Não esqueçam de pegar as indicações de leitura na saída.

oito

— DR. MURPHY, quero agradecer por ter encontrado um tempo para falar comigo. E também por ter autorizado a gravação de imagens em sua aula — disse Stephanie Kovacs, ao se aproximar dele.

Murphy esperava no pátio do centro estudantil.

— Vai gravar a entrevista aqui mesmo? — Murphy perguntou, confuso. *Por que ela está se comportando com tanta gentileza? Onde está u tática habitual de atacar direto na jugular?*

— Não. Já pedi ao cinegrafista que guardasse o equipamento. Só queria fazer algumas perguntas sem ter de me preocupar com os ângulos da câmera.

— Vá em frente.

— Posso fazer um breve retrospecto? Há alguns meses você planejou uma expedição em busca da Arca de Noé. Esteve mesmo no Ararat?

— Sim, estivemos lá.

— A arca deve ser um assunto popular.

— Não sei bem o que você quer dizer.

— Bem, eu estava dando uma olhada nos relatórios dos jornais e encontrei uma notícia recente sobre outra equipe que procura pela arca. Parece que a expedição é patrocinada por um empresário cristão da Califórnia. De acordo com o relato, o patrocinador contratou a Earth-Link Limited para fazer algumas fotos por satélite da região do Ararat. O artigo relata que o degelo no Ararat foi o maior desde 1500. Evidentemente, eles descobriram alguma coisa na montanha parecida com uma estrutura de madeira.

— Também tiramos algumas fotos que indicavam o mesmo — Murphy respondeu.

— O empresário reuniu uma equipe de arqueólogos, peritos científicos, geólogos e glaciólogos. Eles seriam conduzidos por um guia que já havia escalado o Ararat muitas vezes. O guia contou à equipe que já houvera outra expedição em 1989, e que o grupo visitou o local e tirou fotos.

— Sim, também fomos informados sobre essa expedição.

— Estava tudo pronto para a visita, mas, de repente, o governo turco proibiu a expedição. Alegou-se a existência de ameaças terroristas.

Murphy sorriu.

— Talvez tenha sido mais do que isso.

— O que quer dizer? — Kovacs perguntou aflita. Sua curiosidade chegava aos dez pontos na escala Ritcher dos repórteres.

— Acredito que eles podem ter cancelado *todas* as autorizações depois da nossa expedição.

— Sua expedição? Por quê?

— Por causa dos assassinatos.

— Que assassinatos?

Murphy passou a hora seguinte relatando em detalhes a busca pela arca e a morte dos membros da equipe de escalada. Cauteloso, omitiu informações sobre Talon, os pratos de bronze e os cristais especiais encontrados no fundo da arca. Sem evidências, tudo isso soaria apenas como fantasia.

— Encontrou a arca? — Kovacs interrompeu agitada.

Murphy hesitou antes de divulgar a excitante descoberta.

Kovacs pensava: *Existe* realmente *uma arca? Murphy não parece ser um desses lunáticos, ou um cristão conservador transtornado como os que entrevistei anteriormente. E os assassinatos... Shane teria alguma coisa a ver com eles?* Preferia nem pensar nisso.

No escritório, o toque do telefone acabou com a concentração de Shari. Bob Wagoner estava procurando por Murphy.

— Olá, pastor Bob — Shari o cumprimentou com simpatia.

— Como vai?

— Muito bem, Shari. Vi você na igreja com Jennifer e Tiffany Baines. O que achou delas?

— Acho que elas estão se adaptando à perda do marido e do pai. Desde que foram ao encontro do Senhor, parecem ter encontrado paz em meio ao caos.

— Sim, vamos continuar orando por elas. E *você*, como está?

— Estou bem. Estou lendo o Livro de Filipenses. É um grande incentivo. Especialmente o Capítulo 4.

— Ótimo, Shari. Continue assim. Posso falar com Michael, por favor?

Wagoner ficou surpreso ao ser comunicado de que Murphy estava ocupado em uma entrevista com Stephanie Kovacs.

— Bem, peça para que ele me ligue quando puder. Há algo que gostaria de compartilhar com ele.

— Darei o recado, pastor Bob. Foi um prazer falar com você.

Algo no tom de Stephanie Kovacs fez Murphy responder a pergunta sobre a arca. Não sabia identificar o que era. Ela não agia com a agressividade habitual. Fazia as perguntas certas para uma repórter, mas ele podia sentir uma tristeza em seus olhos azuis e sempre iluminados. Ela ouvia atentamente tudo que Murphy dizia.

— Deixe-me fazer uma pergunta, Stephanie — Murphy pediu.
— O que achou da palestra de hoje?

— Muito interessante. Não tinha ideia de que a Babilônia era tão grande. É difícil acreditar que os babilônios eram tão adiantados nos conhecimentos de construção civil. Gostaria de assistir a outras palestras suas.

— Considere-se convidada. O que achou da última parte da apresentação? Aquela sobre o propósito e o significado da vida? Já encontrou propósito e significado? Está feliz?

Kovacs desviou o olhar de imediato. Não sabia como lidar com a pergunta de Murphy. Ele tocara em um ponto sensível. *Não* estava feliz com Barrington. Não queria ser uma amante. Queria ser amada por quem era, não pelo que fazia na cama.

Murphy compreendeu que era melhor não insistir no assunto. Às vezes é melhor deixar uma questão importante penetrar lentamente na alma do ouvinte.

— Bem, Srta. Kovacs, preciso voltar ao escritório. A próxima palestra sobre a Babilônia será na quinta-feira de manhã. Talvez se interesse pelo que tenho a dizer. Se estiver na cidade, não deixe de comparecer.

Murphy já estava em pé, com a mão estendida. Kovacs queria alertá-lo de que ele estava em perigo, mas alguns alunos passavam por ali e poderiam ouvi-la. As palavras simplesmente ficaram presas na garganta.

Em silêncio, ela apertou a mão do professor, que se afastou em seguida.

NOVE

MURPHY SE DIRIGIA a seu escritório quando viu Paul Wallach saindo do laboratório ao lado. Murphy se preparou para chamá-lo, mas percebeu que ele seguia para o estacionamento dos alunos. E caminhava olhando para o chão.

Ele não parece muito feliz.

Shari chorava quando Murphy entrou no laboratório. Ao ouvir a voz dele, ela soluçou e pegou um lenço de papel.

— Paul e eu discutimos novamente.

— Sobre o quê?

— O de sempre — ela respondeu, assoando o nariz. — Ele continua falando sobre seus planos de trabalhar para a Barrington Communications quando se formar, em maio. Estou certa de que não será bom para ele. Sinto algo de ruim em Barrington.

Laura teria dito algo muito parecido... mas acrescentaria: "É intuição feminina."

— Como é que vocês ficaram depois disso?

— Não sei. Paul está muito obcecado com essa história de ganhar dinheiro, conhecer gente importante e ter poder, como Barrington. Eu não vou viver desse jeito. A vida é mais do que se vender pela oferta mais alta. Paul está mudando, e não gosto do que vejo. Ele era mais atencioso comigo, mas agora... Agora é como se só se interessasse em ser importante e rico. Antes costumávamos caminhar de mãos dadas e discutir nossas ideias, e agora... Oh, Murphy, não sei o que devo fazer. — Shari parou e respirou fundo. — Vou dar uma volta. Preciso de um pouco de ar.

— Há algo que eu possa fazer? — Murphy perguntou, preocupado.

— Apenas reze por mim — disse Shari, com a voz entrecortada. — A propósito, Bob Wagoner telefonou enquanto você estava fora. Pediu que você ligasse para ele.

Murphy sentou-se atrás de sua mesa e pegou o telefone. Estava preocupado com Shari, mas tinha certeza de que seus valores sólidos a guiariam na direção certa. Murphy ligou para Wagoner, que atendeu logo ao primeiro toque.

— Tenho um artigo pelo qual você pode se interessar. É sobre o fim do mundo.

— Do que está falando?

Bob riu.

— Na semana passada, Alma e eu levamos um grupo de alunos do colégio a Orlando, mais precisamente, Disney World. Estávamos lá quando notei um artigo no jornal que me interessou. É sua área. Fala sobre o fim dos tempos. Recortei o artigo e o trouxe comigo. Vou ler para você:

> ### Fim do Mundo
>
> A polícia de Orlando encontrou um homem idoso vagando pelas ruas na noite de terça-feira. Ele parecia confuso e desorientado, e gritava que o fim do mundo se aproximava. Ele afirmava que um único homem logo governaria o mundo.

> O sargento da polícia, Owe East, contou aos repórteres
> que esse foi o terceiro incidente semelhante envolvendo o
> mesmo indivíduo. Cada vez ele parecia sempre mais agitado.
> A polícia acompanhou o homem de volta ao asilo local. Acre-
> dita-se que ele seja portador de Alzheimer.

— É bem interessante, Bob. Mande-o para mim. Vou acres-
centá-lo à minha coleção — Murphy disse, sorrindo.

DEZ

— Gostou das férias, Talon?

Todos os seus músculos ficaram tensos por um breve momento, e a raiva inundou seu corpo. Em seguida, ele relaxou quase com a mesma rapidez. Anos de treinamento para controlar as emoções agora eram úteis, e um sorriso distendeu seus lábios.

— Férias?

— Sim. Parece que não teve nenhuma pressa para se reapresentar. Já estávamos aqui imaginando que você havia saído de férias.

Talon estava aborrecido com o sarcasmo de John Bartholomew. Seu tom de voz lembrava o do diretor do colégio interno no qual Talon estudara. Não gostava de ser tratado dessa maneira nem mesmo quando era criança. Respirando profundamente, ele lembrou o prazer que sentira ao furar os pneus do carro do diretor. Por causa disso, havia perdido uma aula importante em Capetown.

Os dedos de Talon acariciavam as gárgulas nos braços da poltrona, e ele voltou a se concentrar nas sete pessoas diante dele. A toalha vermelho-sangue que cobria a mesa em torno da qual se reuniam era muito apropriada para o grupo.

— Peço desculpas pela demora — falou Talon calmamente. — Estive nadando no mar Negro. — Era inútil contar que caíra do navio e quase fora destroçado pelas hélices. Eles não se importariam por ter quase morrido ou por ter sido forçado a nadar quase vinte quilômetros até a praia e, depois, ter passado uma semana no hospital por causa de tudo que acontecera. Tudo que interessava a eles eram os resultados e a implementação de seu plano de governar o mundo.

— Bem, *señor* Talon — disse Mendez —, parece que descobriu a lendária Arca de Noé.

Mesmo com pouca luz, Talon podia ver Mendez sorrindo por trás do impressionante bigode

— De fato, descobri.

Mendez pigarreou e continuou:

— O Sr. Bartholomew nos informou que você descobriu na arca uma nova tecnologia que vai nos permitir controlar todos os suprimentos de energia do mundo. Ele disse que isso faria do petróleo coisa do passado. É verdade?

— Bem, não sou cientista. Como sabe, minha especialidade é eliminar pessoas, mas acho que Noé descobriu a Pedra Filosofal.

— A Pedra Filosofal, a base para transformar metais básicos em metais preciosos? — Mendez admirou-se. — Tem certeza?

— Eu ouvi essa informação. Estava escondido na arca ouvindo a conversa entre o coronel Hodson, agente da CIA, e o professor Wendell Reinhold, do MIT. Isso foi poucos momentos antes de Hodson ter quebrado o pescoço de Reinhold como se fosse um palito de dentes. Depois, tive o prazer de tirar a vida *dele*.

— E quanto à Pedra? — interferiu Bartholomew.

Talon se movia com leveza. Suas mãos estavam frias, e ele podia sentir as gárgulas sob seus dedos. Ele sabia que os Sete não ficariam felizes com o que iam ouvir.

— A fórmula da Pedra Filosofal está escrita em três pratos de bronze — explicou ele. — Eu os coloquei em uma mochila com alguns cristais curiosos, uma adaga que pode ser de tungstênio e outros itens da arca. Estavam comigo quando embarquei no navio de Istambul para a Romênia.

— *Estavam?* — exclamou Sir William Merton.

Talon controlou-se e sorriu. Podia sentir o suor brotando em sua testa, e as axilas também estavam úmidas.

— Encontrei o professor Murphy no navio, e nós lutamos. A mochila caiu e se perdeu.

— O quê? — O general Li bateu com o punho cerrado na mesa. — Pensei que houvesse matado Murphy quando provocou a avalanche que soterrou a arca sob milhares de toneladas de neve e gelo!

— Ele conseguiu escapar.

— Não pagamos você para cometer erros, Talon — disse Jakoba Werner, uma alemã obesa com cabelos loiros. — Você ganha muito dinheiro para destruir nossos inimigos.

O tom de John Bartholomew era frio.

— Talvez tenhamos de encontrar outra pessoa capaz de fazer o serviço.

— Eu posso fazer o trabalho — retrucou Talon. — Tenho contas pessoais a acertar com Murphy.

— Falar é fácil — pronunciou-se Viorica Enesco, uma mulher esbelta e com forte sotaque romeno. — A hora é de ação. Mostre-nos o que pode fazer.

Bartholomew falou novamente:

— Existe alguma possibilidade de você recuperar a mochila?

— Acho que sim. Mas vou levar algum tempo para varrer a área onde caí no mar Negro.

— Não queremos uma aula de geografia ou desculpas, queremos os pratos — Barrington resmungou. — Mas, no momento, algo chamou nossa atenção e precisa de uma resposta imediata. Temos muitos informantes. Um deles monitora todos os jornais impressos pela Barrington Network News. Ele encontrou um pequeno artigo sobre um homem idoso que fala sobre o fim do mundo e um líder que surgirá para governar o mundo. Esse homem precisa ser eliminado.

— Que mal pode fazer um velho...? — começou Talon.

— Basta! — gritou o general Li. — Você não é pago para questionar! Apenas para executar... agora! Sua vida pode depender disso!

ONZE

Murphy colocou a pasta sobre a mesa, pegou suas anotações e observou a sala. Ele notou Paul Wallach sentado ao fundo, nas últimas fileiras. *Não é seu lugar de costume. Ele e Shari ainda estão brigados.*

Shari estava do outro lado da sala, distribuindo os trabalhos corrigidos. Ela nem notou que Paul a observava.

Murphy suspirou.

— Bom-dia, classe. Vamos começar. Vocês se lembram de que falávamos sobre a antiga cidade da Babilônia. O Império Babilônico era muito avançado. Os babilônios eram os melhores na teoria matemática de geometria e álgebra. Eles mediam o tempo com relógios de sol e água. E também mediam com precisão os graus dos ângulos. Seu sistema numérico era baseado no sessenta. Por isso, temos sessenta minutos em uma hora e 360 graus em um círculo. Eles também utilizavam um sistema decimal e conheciam a raiz quadrada e o valor de pi. Seu calendário baseava-se nos ciclos da lua, com 12 meses lunares. Pesos e medidas eram regulados em todo o império, com a utilização de pesos de pedra ou metal na forma de patos.

Don West levantou a mão. Murphy sempre podia contar com Don para adicionar algum detalhe único. Ele era o estudante que mais lia entre seus alunos.

— Dr. Murphy — disse Don —, eu estava pesquisando sobre a Babilônia na internet ontem à noite. Li que os babilônios eram muito sofisticados também na área da medicina. Acreditava-se que eles possuíam um conhecimento soberbo de anatomia e fisiologia humana e animal. Eles também compreendiam a circulação do sangue e a importância da pulsação. O artigo mencionava que eles faziam até delicadas cirurgias oculares.

— Exatamente, Don. Eles eram muito científicos, por um lado, e muito supersticiosos, por outro. Os babilônios lançavam mão de adivinhação e bruxaria. Usavam fórmulas mágicas para tentar ler o futuro. Faziam uso de gotas de óleo em água e da interpretação da direção do vento e da influência das tempestades. Eles também faziam previsões com base na direção da fumaça ascendente, em como um fogo ardia e na posição das estrelas. Para os babilônios, até aves anormais tinham algum significado relacionado ao futuro. Arqueólogos encontraram pedras entalhadas na forma de rins de carneiro com encantamentos inscritos nelas. Eles se especializaram na observação de entranhas de animais. Acreditavam que os deuses se comunicavam por meio de sinais, fenômenos naturais e eventos corriqueiros. Por exemplo, a súbita aparição de um leão, um eclipse lunar, ou um sonho incomum podiam ser previsões para o futuro.

Stephanie Kovacs entrou na sala pela porta lateral. *Curioso*, Murphy pensou. *Talvez ela esteja realmente interessada na antiga Babilônia.*

— Os babilônios fizeram registros sistemáticos dos planetas e deram nomes a muitos dos signos do zodíaco — continuou Murphy. — Havia um próspero comércio com a venda de amuletos e encantamentos para proteger as pessoas do mal. Assim como hoje usamos pé de coelho para ter sorte. A Babilônia é muito importante para a arqueologia e as profecias bíblicas. É a segunda cidade mais mencionada na Bíblia. A primeira é Jerusalém, para a qual existem 811 referências. Babilônia é citada 286 vezes. Essas duas cidades têm grande importância histórica.

Kovacs já havia encontrado um assento no fundo da sala e olhava atentamente para Murphy.

— O Livro de Daniel e o Apocalipse falam muito sobre a Babilônia. Os eventos do sonho de Nabucodonosor, Sadraque, Mesaque e Abednego, na fornalha de fogo ardente, Daniel na cova dos leões e a Escrita na Parede no banquete de Belsazar, tudo aconteceu na Babilônia.

Murphy parou e se apoiou casualmente à mesa.

— Vocês devem lembrar, de aulas anteriores, que a Bíblia falava sobre o Dilúvio de Noé como um julgamento do mal. Os homens só poderiam ser salvos do julgamento de Deus na segurança da arca. Pois bem, a Escrita na Parede no banquete de Belsazar é semelhante. Foi um julgamento contra o rei Belsazar e sua maldade e orgulho. Seu reino foi aniquilado, da mesma forma como o mundo foi destruído pelo Dilúvio. O povo dos tempos de Noé foi advertido para abandonar sua conduta reprovável, mas não ouviu o aviso. Belsazar não ouviu as advertências de Deus quando seu avô fui punido com a insanidade. Devem lembrar que o avô dele, Nabucodonosor, tornou-se praticamente um animal e passou sete anos andando de quatro.

Murphy parou por um momento para deixar que os alunos absorvessem a informação.

— Não é estranho que façamos do mesmo modo, hoje? Deus nos dá avisos. Ele pede e nos conforta. Vocês podem perguntar: como Ele faz isso? Ele intercede por meio da voz da nossa consciência. A consciência nos diz o que é certo e o que é errado. Se ouvimos nossa consciência e fazemos o que é certo, a consequência é a felicidade. Porém, se a ignoramos, enfrentamos a destruição e a infelicidade, como o povo dos tempos de Noé, como Nabucodonosor e Belsazar. Já ouviram a voz de sua consciência? Vocês a obedeceram ou ignoraram?

Murphy parou de falar para permitir que os alunos refletissem. Finalmente, o toque do sinal interrompeu o silêncio e assustou a turma inteira. Falava-se pouco quando os alunos saíram da sala. Stephanie Kovacs permaneceu em seu assento.

DOZE

— Bom-dia, Stephanie — disse Murphy em voz alta. Os dois estavam sozinhos no auditório. — Não vi o cinegrafista.

— Achei que não seria necessário. Ainda estava na cidade e pensei em assistir à palestra. Tem um tempo para conversar entre uma aula e outra?

— Sim, é claro. Vamos ao centro estudantil? Há alguns bancos perto do lago, e lá não seremos incomodados. Este espaço será usado para outra palestra dentro de 15 minutos. Não podemos ficar.

Kovacs o encarou, séria.

— Preciso pedir desculpas — disse ela, o tom desprovido da habitual arrogância.

Murphy foi pego de surpresa.

— Por quê?

— Por ter sido incisiva demais. Como repórter investigativa, sempre abordei todas as histórias com algum ceticismo. Uso minha agressividade esperando deixar a outra pessoa nervosa para que, assim, ela revele algo que a incrimine. Tentei usar essa tática com você no passado, e tudo que obtive foram respostas verdadeiras. Já pude observá-lo em várias situações de estresse e descobri que não é um maluco religioso.

Murphy riu.

— Talvez um pouco estranho, mas maluco? Não.

O humor aliviou um pouco a tensão. Kovacs começou a relaxar e se abrir.

— Estive pensando no que disse em sua primeira palestra. Aquela história sobre ser feliz e encontrar propósito na vida. É mesmo possível alguém ser realmente feliz?

— Bem, acho que depende do que você chama de felicidade, Stephanie. Se acha que ser feliz é se livrar de todo e qualquer conflito com as pessoas, duvido que possa acontecer. Teremos sempre alguma decepção, um sofrimento, atritos com a família, com os amigos, os colegas de trabalho. Isso é parte da vida. Ser feliz não significa que vamos viver eternamente livres da preocupação com as questões financeiras. Existem muitas pessoas doentes que parecem ser alegres, enquanto há também pessoas saudáveis que são pessimistas. O mesmo se pode dizer sobre ricos e pobres. Conheço algumas pessoas que possuem muito pouco do que se considera bens terrenos mas são contentes. E há muita gente rica que é revoltada e deprimida. Quem nunca ouviu falar em algum milionário que cometeu suicídio?

Kovacs assentiu. Não se identificava com essa parte do suicídio, mas entendia a revolta e a insatisfação. Estava vivendo com um homem assim.

— A felicidade tem mais a ver com atitude — continuou Murphy. — Na verdade, creio que a felicidade é o resultado final de ter uma atitude positiva com relação à vida, mesmo no meio de dificuldades. Alguém já disse que a felicidade é como uma borboleta. Quando a perseguimos, ela parece sempre fugir de nós. Mas quando nos ocupamos das nossas responsabilidades, a borboleta da felicidade pousa sobre nossos ombros.

— Bem, minha borboleta deve estar de férias — respondeu Kovacs, com um sorriso pálido.

Murphy sabia que havia mais por trás da resposta breve. Ele tinha consciência de que seria melhor deixá-la falar.

— Hoje, quando você mencionou Sadraque, Mesaque e Abednego na fornalha e Daniel na cova dos leões, lembrei-me de algumas coisas. Meu avô costumava me contar histórias sobre eles. Era um homem muito religioso. Era divertido, carinhoso e afetuoso. Agora que penso nisso, acho que ele era um homem feliz.

— Você ia à igreja quando era criança?

— Sim, em Michigan.

— E ainda frequenta a igreja?

Kovacs parou, depois explicou:

— Não. Parei de ir à igreja quando comecei o colegial. Meu pai foi morto por um motorista bêbado, e eu não conseguia entender por que um Deus amoroso permitiria tal coisa. Acho que me zanguei com Deus e desisti da Igreja.

— Isso acontece com muita gente.

— Hoje você mencionou julgamento e consciência. Isso foi bem pesado. Nunca pensei em Deus usando nossa consciência.

— Você parece desanimada.

— Desiludida é o mais adequado. Não creio que seja possível ser feliz. Pelo menos para mim.

— Acho que Deus pode estar tentando falar com você.

— Lamento, Dr. Murphy, mas agora está falando como um daqueles malucos religiosos. Não ouço vozes. Sempre me incomodou quando as pessoas dizem que ouvem Deus falar com elas. Tenho a sensação de que elas deveriam estar em algum manicômio.

— Bem, deixe-me tentar ajudá-la a entender. Você alguma vez empinou pipa com seu pai?

— Sim, muitas vezes.

— Deve se lembrar de que, quando dava linha, a pipa subia. Como você podia ouvir o papel tremulando ao vento. Às vezes, ela subia tanto que quase desaparecia.

— Eu me lembro disso.

— Quando a pipa sumia, como você conseguia saber que ela ainda estava lá?

Kovacs se mostrou confusa por um momento. Depois disse:

— Acho que pela tensão da linha. Eu sentia que o vento ainda impulsionava a pipa e a sustentava no ar.

— Certo. É mais ou menos assim quando Deus fala com você — explicou Murphy, com um sorriso. — Você não pode vê-Lo. Ele está fora do seu campo de visão. E também não pode escutar Sua voz, porque Ele está muito longe. Mas você pode sentir Sua tensão amorosa na linha de seu coração. É isso que Ele faz quando você lê a Bíblia. E quando você ouve a voz da sua consciência. É assim que Deus fala conosco.

— Ah, esse é um conceito diferente da idcia de ouvir vozes.

— Sim, é verdade. Deixe-me fazer uma pergunta: você sente hoje a tensão de Deus na linha de seu coração?

Os olhos azuis de Stephanie Kovacs começaram a se encher de lágrimas. Ela desviou o rosto depressa, mas Murphy soube que lhe dera alimento para o pensamento.

TREZE

Jerusalém, 605 a.C.

GRITOS HORRENDOS PODIAM ser ouvidos em todos os lugares quando começou o ataque final de Nabucodonosor. Com seus arqueiros disparando contra os soldados que protegiam as muralhas, centenas de homens caíam instantaneamente.

Ele não havia obtido sucesso com o uso de escadas de sítio, catapultas ou aríetes. A mudança de estratégia exigiu quase um ano para ser completada. Agora, uma rampa de terra dava acesso à parte mais baixa da muralha em torno de Jerusalém e proporcionava a brecha necessária.

Seus soldados bem-treinados subiam a rampa correndo, passando pela muralha e invadindo a cidade como ondas. Mulheres e crianças gritavam por proteção. O exército de Jeoaquim caía e centenas de homens eram atingidos por flechas. Não podiam enfrentar os endurecidos e experientes babilônios. Em metade de um dia a batalha terminou.

O cheiro da morte pairava no ar. Soldados removiam dos corpos tudo que era de valor e os deixavam no local onde haviam caído. Os sobreviventes eram conduzidos ao pátio do templo. Lá, os mais velhos, os deficientes e os feridos eram separados de mulheres, crianças e adolescentes. Os homens fisicamente íntegros eram mortos no local.

Nabucodonosor e seus homens pilharam a cidade. Ele deixou seus comandados pegarem tudo que queriam. Conservou para si apenas o ouro e as tapeçarias do templo. Os troféus seriam levados para o tesouro da casa de seu deus.

Nabucodonosor foi examinar os cativos. Ele instruiu Aspenaz, o chefe dos eunucos, para selecionar homens jovens, entre 14 e 17 anos, para serem treinados como ajudantes para a corte do rei.

— Quero que escolha apenas os filhos de Jeoaquim ou os nobres da cidade. Eles devem ser saudáveis e sem máculas. Certifique-se de que tenham inteligência, aprendam depressa e sejam amplamente letrados em vários campos. Devem ter postura suficiente para, mesmo em silêncio, parecerem bem no palácio. As mulheres e as crianças que ficarem deverão ser criadas para os nobres da corte. Deixe os mais velhos, os aleijados e os feridos para limpar a cidade. Eles não representam ameaça.

Daniel, com outros rapazes, foi acorrentado à longa fila que faria a marcha de volta à Babilônia. Durante a parada para beber água no segundo oásis, Daniel teve a oportunidade de conversar com os que estavam acorrentados mais próximos dele.

— Meu nome é Daniel — ele murmurou. — Sou filho de Malkia, juiz da corte do rei. Os bárbaros mataram meu irmão e meus pais.

— Meu nome é Hananias — disse o adolescente ao lado de Daniel. — Estes são meus irmãos, Misael e Azaria. Somos filhos de Zepata. Nosso pai era guardião do tesouro do rei. Também perdemos nossos pais. Sabe para onde nos levam?

— Ouvi alguém dizer que nos tornaríamos escravos no palácio do rei Nabucodonosor.

Misael olhou para o homem que cuidava dos escravos.

— *Sabe alguma coisa sobre ele?*

— *Os soldados o chamam de Aspenaz* — explicou Daniel. — *Ele é o chefe dos eunucos do rei.*

Azaria comentou, amedrontado:

— *Isso significa o que estou pensando?*

— *Receio que sim* — disse Daniel. — *Mas, pelo menos, não vão nos matar.*

— *Mas, Daniel, não deseja um dia se casar e ter filhos? Como pode permanecer tão calmo?*

— *Sim, Azaria, eu quero, mas todos sabemos que agora isso não vai mais acontecer. Devemos confiar em Deus. Não gosto da ideia de me tornar um eunuco. Não mais do que você.*

Daniel foi arrancado de suas lembranças quando sentiu o roçar do pelo macio no rosto. Um dos leões havia parado, olhado para ele e farejado. Daniel estava paralisado. Prendia a respiração quando o leão se virou e caiu a seu lado como um imenso animal de estimação. Confuso e curioso, Daniel estendeu a mão hesitante e tocou as costas do animal. O leão não se moveu.

O que aconteceria se eu o afagasse?

Daniel sorriu ao sentir que o enorme felino apreciava a carícia.

Devo estar sonhando. Isso não pode ser real.

Mas era. Podia sentir o calor do corpo do leão e os movimentos de seu peito acompanhando sua respiração. O calor do corpo do felino era quase um conforto. Devagar, Daniel começou a relaxar. E quando começou a orar, as lembranças retornaram.

Hananias foi o primeiro a ver.

— *Vejam!* — exclamou ele, apontando para o norte.

Os outros rapazes se viraram para ver a majestosa cidade da Babilônia ao longe.

Quando se aproximaram, eles notaram um largo fosso contornando a cidade. Barcos mercantes navegavam nas águas que eram alimentadas pelo grande rio Eufrates. A muralha que cercava a Babilônia tinha 90 metros de altura e se estendia até onde a vista podia alcançar. Outro dos cativos disse ter ouvido que as quatro muralhas em torno da cidade tinham 24 quilômetros de comprimento cada. Nunca antes um deles havia visto coisa parecida.

Os agricultores nos campos fora das muralhas da cidade interromperam o trabalho quando os prisioneiros acorrentados passaram em marcha lenta. Ali todos os tipos de frutas e grãos pareciam crescer. Daniel notou os trabalhadores mergulhando regadores nos canais. Eles pararam e apontaram para os prisioneiros, cochichando. Seriam escravos também?, *pensou Daniel.*

A grande ponte sobre o fosso era coberta por vigas de madeira. Elas podiam ser removidas em caso de sítio à cidade. Quem quisesse atacar a cidade teria de atravessar o fosso nadando e depois escalar a imensa muralha. Babilônia era uma conquista impossível.

O imenso portão no final da ponte estava aberto. Quando os prisioneiros caminharam para ele, Daniel viu que havia uma muralha interna afastada da parede exterior. O espaço entre elas era coberto de pedras de tamanhos variados. Ninguém podia atravessar facilmente aquela área. Se invasores conseguissem de alguma forma transpor a muralha, ainda teriam de atravessar o labirinto de pedras e escalar a muralha interna.

Muito astuto, *pensou Daniel.*

Depois de passarem pelo segundo portão, os quatro rapazes entraram na cidade e ficaram fascinados com o que viram. Havia ruas largas, cheias de gente, carroças e carros com soldados. Eles entraram na Aa-ibursabu, a rua do festival, que corria paralela ao canal Arahtu. Edifícios de ambos os lados das avenidas arborizadas ultrapassavam os 30 metros de altura.

— Parece que vão tocar o céu — disse Hananias. — São enormes.

Logo eles passaram pelo pequeno tempo de Ninip, que se estendia dos dois lados do canal. Depois, pelo E-sagila, o magnífico e ricamente decorado templo de Belus, dedicado ao deus Merodach.

— Outro escravo me disse que o tesouro do templo contém artigos fantásticos feitos em ouro e prata. Muitos foram capturados por Nabucodonosor durante suas inúmeras guerras — disse Misael.

Eles esticaram o pescoço quando viram o templo em forma de pirâmide.

— Dá para acreditar nessas ruas? — perguntou Daniel. — São pavimentadas com pedras de 1 metro quadrado. Quantos escravos não foram necessários para colocá-las no lugar?

Azaria apontou:

— Olhe para aquelas lindas casas e muralhas feitas de tijolos secos ao sol. O piche parece betume negro. E vejam! Todos os tijolos têm os nomes e os títulos de Nabucodonosor impressos.

Eles marcharam para Qasr, um edifício ricamente decorado que ocupava uma área de 11 acres.

Por toda a cidade era possível ver enormes e coloridas reproduções de leões, touros, dragões e serpentes gigantes. Grandes cenas de caça retratavam a perseguição de um leão e de um leopardo.

Eles devem ter muitos artesãos talentosos, pensou Daniel.

Eles passaram pela Porta de Ishtar e pelo imenso palácio Mediano, decorado com cedro e madeiras caras. Muitas portas eram feitas de palmeira, cipreste, ébano e marfim, e emolduradas por prata e ouro, adornadas por cobre. Batentes e dobradiças eram feitos de bronze.

Quando os rapazes passaram por grandiosas estátuas de Ninus, Semíramis e Júpiter, Daniel comentou:

— Que triste. Os babilônios idolatram deuses feitos pelas mãos humanas e não Jeová, o verdadeiro Deus do céu e da Terra.

Hananias e seus irmãos estavam encantados com os magníficos jardins suspensos. Flores, videiras e árvores cobriam os terraços elevados numa exibição de tirar o fôlego.

— Gostaria de que nossa mãe estivesse viva — comentou Hananias, com tristeza. — Lembram-se de como ela devolvia a vida até à planta de aparência mais enferma?

— Como eles projetaram o sistema de irrigação? — perguntou Misael, intrigado. — Aqueles motores que bombeiam a água do canal e a levam aos terraços suspensos são incríveis.

Com o passar dos dias, a mudança na vida dos garotos era simplesmente inacreditável. Agora eram eunucos. Os rapazes eram gratos, porém, por terem um ao outro como apoio para a difícil experiência. Com a dor superada, agora precisavam aprender a sobreviver, a se adaptar.

Daniel, Hananias, Misael e Azaria logo começaram a ser educados de acordo com a sabedoria dos caldeus. O primeiro passo aconteceu quando eles tiveram seus nomes modificados por Muklitar, o superintendente que os treinara.

— Vocês não serão mais conhecidos por seus nomes hebreus. Devem esquecer o passado. Agora terão nomes de deuses da Babilônia.

Ah, ótimo, *pensou Daniel.*

— Daniel, você vai ser chamado de Beltesazar. Hananias, você será Sadraque. Misael, você será Mesaque. E Azaria será Abednego. Quanto antes compreenderem que agora são babilônios, mais feliz será a vida de vocês. Servir à corte do rei é melhor do que trabalhar nos campos. Também sou um escravo, como sabem.

— Mukhtar, pode atender a um pedido nosso? — perguntou Daniel, respeitoso.

— O que quer?

— A comida da mesa do rei.

— *Não come o suficiente?*

— *Não, não. Não é isso. Temos alimento suficiente. Não é o que estamos acostumados a comer, porém. É rico demais para nós. Podemos receber vegetais e água, em vez do que temos comido?*

— *O quê? Vão adoecer e enfraquecer! Se perdem a saúde, eu perco a cabeça. O rei nunca me perdoará por ter sido negligente com minhas responsabilidades.*

— *Não pode ao menos considerar um teste de dez dias?*

— *Que tipo de teste?*

— *Alimente-nos apenas com vegetais e água por dez dias e depois compare-nos com os outros jovens que comem a comida rica do rei. Se parecermos enfermos, voltaremos a comer o mesmo de antes.*

Um dos leões rugiu e bateu com a pata em uma fêmea. Ela se encolheu e ele, bocejando, continuou andando pela cova. Daniel podia ver seus dentes brancos e afiados mesmo com a luz escassa.

— Jeová, o que está acontecendo? — *indagou ele em voz alta.* — Por que me deixa viver? Há algo que queira de mim?

A mente de Daniel começou a divagar.

— *Não posso crer que três anos se passaram* — disse Mukhtar. — *Quando chegaram aqui e me pediram para comer apenas vegetais, pensei que fossem malucos. Mas vocês são mais saudáveis que os outros jovens.*

— *Nosso Deus nos dá força* — respondeu Daniel.

— *Deve ser isso. E também dá sabedoria. Vocês dominaram nossa literatura e ciência. Mostraram ter compreensão dos sonhos e visões. Isso é bom... porque serão levados à presença do rei hoje para serem testados. Ele vai fazer várias perguntas para verificar o que aprenderam. Sei que se sairão bem, porque são dez vezes mais astutos do que os outros jovens que treinei. O rei os aceitará em sua equipe de mágicos habilidosos e astrólogos sábios.*

— Serviremos onde nos colocar, Mukhtar — declarou Daniel. — Mas se temos alguma sabedoria, ela nos foi dada por Jeová.

QUATORZE

— LAMENTO, SENHOR, mas vai ter de tirar o cinto e os sapatos. Estamos um pouco mais cautelosos hoje. Temos um alerta para casos de terrorismo.

Murphy mordeu o lábio e não disse nada. Havia levado quase uma hora para passar pela inspeção de segurança.

Oh, não, agora vou ter de esperar mais 1h45 pelo voo. Paciência não era uma de suas virtudes. Não gostava de esperar em filas ou ficar sentado no aeroporto. Incomodava-o não ser ativo, não estar produzindo. Ele pegou o celular, discou 411 e pediu o número do Departamento de Polícia de Orlando.

Enquanto esperava a gravação fornecer o número, Murphy observava as pessoas na sala de espera: uma jovem tentava conter os dois filhos pequenos e agitados. Outras pessoas também davam sinais de frustração com a espera. *Os eventos de 11 de setembro certamente mudaram o mundo todo*, pensou ele, taciturno.

A gravação recitou o número, e ele apertou a tecla correspondente à opção de discar automaticamente. Murphy identificou-se para o oficial que o atendeu e pediu para falar com o sargento Owen East.

* * *

— Vai pedir, senhor?

— Sim, vamos pedir agora. — Murphy sorriu para Isis. Os olhos verdes brilhavam, e os lindos cabelos vermelhos emolduravam um rosto de traços delicados. Ela parecia uma supermodelo recém-saída das páginas de uma revista de moda. Quem poderia imaginar que era uma acadêmica? Murphy se sentia como um colegial em seu primeiro encontro.

— É bom ver você, Isis — comentou ele. — Está ótima.

O sorriso radiante e o olhar cheio de vida quase o fizeram derreter.

— Oh, a propósito, tenho ótimas notícias — disse Murphy. — Vern retornará aos Estados Unidos na semana que vem. Os médicos na Turquia dizem que ele está quase totalmente recuperado. Falei com ele por telefone no aeroporto enquanto aguardava meu voo.

— Isso é maravilhoso! Espero que não tenha mais nenhuma aventura de vida ou morte em seus planos. Acho que Ararat foi agitação suficiente para uma vida inteira — Isis respondeu.

Murphy ficou calado.

Ela o observou, intrigada.

— Sua hesitação significa o que estou pensando?

Murphy parecia contrito.

— Eu sei. Eu sei. Mas essa é uma possível descoberta arqueológica que ajudaria a confirmar a Bíblia... tanto quanto a descoberta da arca.

Murphy passou todo o tempo da refeição explicando seu mais recente episódio com Matusalém e o conteúdo do envelope. Ele concluiu:

— Podemos encontrar a famosa Escrita na Parede de Belsazar. Acho que era isso que Matusalém nos disse na Babilônia.

— Ele *nos* disse?

Murphy sorriu.

— Sim. *Nós*. Preciso de sua ajuda. Você tem o conhecimento para determinar a validade da escrita.

— Precisa do meu conhecimento! — O tom normalmente suave de Isis demonstrava irritação. Murphy percebeu que não conseguia se fazer entender. Ele se inclinou para a frente, estendeu a mão para ela e disse, sério:

— Isis, quero que *você* venha comigo. Mesmo que não encontremos nada, quero ter você a meu lado.

QUINZE

ERAM SETE DA noite. Murphy dirigia seu velho Dodge para o estacionamento da Casa de Repouso Quiet River.

A recepcionista de cabelos grisalhos o recebeu com um sorriso. Ele perguntou pelo Dr. Harley B. Anderson e foi orientado para encontrá-lo na biblioteca, no final do corredor à esquerda.

Todas as casas de repouso têm o mesmo cheiro, pensou Murphy, enquanto caminhava pelo corredor.

Só havia uma pessoa na pequena biblioteca. O homem idoso sentado diante da mesa tinha cabelos abundantes e brancos. Bem-vestido, com camisa esporte e calça cáqui, tinha os bifocais pendurados na ponta do nariz. Estava concentrado no livro. Não parecia alguém de mente transtornada, desligado da realidade.

— Com licença, senhor. Por acaso é o Dr. Anderson?

O homem levantou a cabeça e esperou. Murphy podia notar que ele tentava entender como aquele desconhecido sabia seu nome.

— Sim, sou o Dr. Anderson, rapaz.

Murphy estendeu a mão.

— Meu nome é Dr. Michael Murphy. Sou professor na Universidade Preston em Raleigh, na Carolina do Norte. Posso me sentar?

— Fique à vontade — respondeu o idoso. — Já nos conhecemos? Minha memória tem andado fraca ultimamente.

— Não, senhor. Soube sobre seu trabalho através de um artigo de jornal e por intermédio do sargento East do Departamento de Polícia de Orlando. O artigo trazia um comentário sobre suas preocupações com o fim do mundo.

Anderson mudou de posição na cadeira. Seus olhos se acenderam e o cansaço desapareceu de seu rosto.

— É professor de quê?

— Arqueologia bíblica.

— Então, sabe muito sobre a Bíblia?

— É, podemos dizer que sim. Estudo a Bíblia há muitos anos.

— Ótimo! Nesse caso, talvez eu tenha encontrado alguém capaz de me entender. Vamos começar pelo início da história. Sou embriologista. Fui um dos pioneiros no campo da inseminação artificial e da fertilização *in vitro*. É claro, estou aposentado há muito tempo. De qualquer maneira, em 1967, eu trabalhava com um ginecologista chamado Dr. J. M. Talpish em um projeto na Transilvânia, na Romênia.

Murphy ouvia com atenção, percebendo rapidamente que o Dr. Anderson não sofria de Alzheimer ou qualquer outra desordem mental ou cerebral. O homem era tão lúcido quanto ele mesmo.

O Dr. Anderson continuou:

— Descobrimos um processo para inseminar artificialmente espermatozoides móveis em óvulos femininos fora do útero. Isso era feito sob microscópios altamente poderosos e em laboratório. Os óvulos fertilizados eram mantidos em soluções salinas nas placas de petri até serem implantados no revestimento endometrial do útero da mãe.

— Desculpe-me, Dr. Anderson, mas, de acordo com meus conhecimentos, a primeira fertilização *in vitro* bem-sucedida aconteceu na Inglaterra em 1978. Se não me engano, os médicos Steptoe e Edwards foram os pioneiros.

O Dr. Anderson tinha a testa franzida.

— Eles receberam os *créditos* como se fossem os pioneiros... mas Talpish e eu fomos quase 12 anos mais rápidos que eles. Não pudemos publicar nossos resultados nem falar sobre eles com ninguém.

Murphy estava muito interessado na história.

O Dr. Anderson continuou falando quase sem parar para respirar. Ele tinha um segredo que queria divulgar, e Murphy estava ali para ouvi-lo.

— Inseminamos artificialmente o óvulo de uma doadora e o implantamos no útero de uma jovem cigana, uma mulher de 18 anos de idade. Foi uma situação muito estranha. Fomos contratados por um grupo que se identificava como Amigos da Nova Ordem Mundial. Eles nos deram muito dinheiro por essa inseminação artificial.

— Quando diz que foi uma situação estranha, o que quer dizer realmente?

— Bem, esse grupo nos deu o óvulo e também o sêmen. Nosso trabalho era simplesmente uni-los e implantar o óvulo no útero daquela jovem. Tivemos de jurar sigilo absoluto. Acompanhamos o projeto até o nascimento da criança. Um menino. E então...

— Então o quê? — Murphy perguntou, fascinado.

— Meu sócio, o Dr. Talpish, morreu em um misterioso acidente de automóvel. Logo percebi que *não* se tratava de um acidente. Creio que aquele grupo que nos contratou o tenha assassinado. Para me proteger, mandei todos os meus papéis e minhas anotações para minha filha nos Estados Unidos. Ela os guardou em um cofre de banco. Dei a ela instruções para que, se eu morresse de modo misterioso, tudo aquilo fosse entregue aos jornais. Não muito tempo depois da morte do Dr. Talpish alguém daquele grupo veio me visitar. Tive a sensação de que tentariam algo contra mim, por isso me manifestei antes que eles tivessem uma chance de agir. Relatei que havia enviado meus papéis para os Estados Unidos e que toda a documentação estava guardada em local seguro. Eles ficaram furiosos, me ameaçaram, juraram matar minha esposa e minha filha se algum dia eu revelasse alguma coisa. E estavam falando sério!

— Sua família ainda está sob ameaça?

— Não. Minha esposa faleceu há alguns anos, de causas naturais. Fui morar com minha filha, que nunca se casou. Ela também morreu de uma enfermidade hepática há um ano. Foi quando vim para cá.

— E nunca mais foi procurado por aquele grupo?

— Não. Eles me deixaram em paz. Acho que não querem criar confusão.

— Então, por que agora anda pelas ruas contando sua história?

— Acho que quero limpar minha consciência — disse o velho. — Acredito que fizemos algo terrivelmente mau. Tive a oportunidade de acompanhar o menino, filho da jovem cigana, mas perdi contato com eles depois dos primeiros cinco anos. Acho que o grupo levou a mulher para algum lugar... ou a mataram. Não tenho certeza. Recentemente, comecei a ler algumas profecias da Bíblia. O que li me assustou. A profecia falava sobre a vinda de alguém maléfico que governaria o mundo. Quanto mais eu lia, mais me convencia de que o Dr. Talish e eu havíamos colaborado para o nascimento desse ser. Tenho tudo detalhado nos papéis que guardei no cofre.

Murphy estava hipnotizado.

— Estou doente. Os médicos estimaram uma sobrevida de poucos meses. O diagnóstico é leucemia. Minha esposa e minha filha estão mortas, e logo irei me juntar a elas. Que mal esse grupo pode me causar agora? — O Dr. Anderson perguntou com um sorriso cansado. — Quero tentar reparar de alguma forma minhas atitudes do passado. Preciso alertar as pessoas do perigo que as ameaça. Eu me sinto culpado, como Judas na Bíblia. O traidor de Jesus. Como Deus poderá me perdoar?

Havia em seu rosto uma mistura de medo e frustração.

Murphy podia sentir o sofrimento que ele devia carregar na alma havia anos.

— Deus o perdoará — disse, enfático. — Ele perdoa todos que O procuram, por mais que tenham sido maus ou egoístas.

— Não me preocupei com Deus nos meus mais de 80 anos de vida. É muito tarde para mim agora.

— Nunca é tarde demais. Lembra-se da história da morte de Jesus na cruz? Naquele dia, outros dois homens foram crucificados com ele. Ambos eram ladrões. Um deles pediu para ser salvo por Jesus, minutos antes de morrer. Jesus disse: "Hoje mesmo você vai estar comigo no paraíso." O mesmo pode ser válido para você, Dr. Anderson — Murphy opinou com sinceridade. — Só precisa convidar Deus para entrar em sua vida.

— Com licença — disse a recepcionista de cabelos brancos. Ela estava parada na porta da biblioteca e sorria para os dois homens. — Lamento, mas o horário de visita terminou. Terá de sair agora. Se quiser continuar essa conversa com o Dr. Anderson, volte amanhã.

— Você precisa voltar! Ainda tenho muito para contar — exclamou o Dr. Anderson.

Mais tarde, já no quarto de hotel, Murphy, sentado na cama, refletia sobre a conversa que tivera com o médico.

Podia ser verdade? Anderson e seu sócio haviam sido os responsáveis pelo nascimento do Anticristo? Nesse caso, ele estava vivo... e com cerca de 38 anos.

Murphy sabia que não ia conseguir dormir se continuasse pensando no assunto. Ele ligou a televisão e começou a desfazer a mala. Saía do banheiro quando algo chamou sua atenção.

O âncora do telejornal dizia:

— Temos uma última notícia. Aconteceu hoje um fato bizarro com um certo sargento do Departamento de Polícia de Orlando, Owen East. Atacado por um falcão, o policial quase morreu. Testemunhas afirmam ter visto uma ave enorme, que alguns acreditam tratar-se de um falcão, descendo do céu para atacar o sargento. Ele deixava o trabalho quando o incidente aconteceu. Outro oficial, que também deixava seu posto, o socorreu. Ele conseguiu afugentar a ave com o cassetete. Médicos do Mercy Hospital relatam que o estado do sargento é crítico. O Dr. Alfred Fordham, chefe da equipe de emergência, diz que a laringe do sargento foi seriamente danificada e houve significativa perda de sangue. Em outro segmento falaremos sobre...

Isso deve ser obra de Talon!

DEZESSEIS

O UTILITÁRIO PRETO parou sob um salgueiro junto ao meio-fio. Talon abriu a janela, deixando sair o som de música clássica.

Ele sorriu. *Dois por um. O dia prometia ser bom.*

Talon abriu um livro de Edgar Allan Poe e começou a ler.

— Dr. Murphy, é uma alegria revê-lo — disse o Dr. Anderson com um largo sorriso. — Quer caminhar um pouco enquanto conversamos? Este lugar é bem deprimente. É bom ter a companhia de alguém ainda jovem e com a mente funcionando bem.

— Sim, podemos caminhar. O dia está ótimo. Notei um pequeno parque não muito longe daqui. Há uma cafeteria ao lado. Por que não vamos tomar um café e comer algo?

— Ah, o pão doce de canela daquele lugar é minha fraqueza. Sou frequentador assíduo — riu o Dr. Anderson.

Murphy e o Dr. Anderson caminharam lado a lado na direção do parque. Salgueiros magníficos lançavam sobre a calçada uma sombra fresca.

— Dr. Murphy, antes de encontrá-lo, estive no cartório de Quiet River. O tabelião serviu de testemunha para o reconhecimento desta carta.

Ele deu a Murphy uma folha de papel.

Federated Bank & Trust
Cidade de Nova York, Nova York

A Quem Possa Interessar:

O portador desta carta, Dr. Michael Murphy, tem minha permissão para retirar objetos do meu cofre. Por questões de saúde, meus médicos não permitem que eu faça viagens longas. Portanto, dei ao Dr. Murphy esta procuração para que ele possa agir em meu nome.

Por favor, dê a ele toda a assistência que for necessária. Obrigado por sua ajuda nessa questão.

Sinceramente,
Harley B. Anderson
Harley B. Anderson, Médico
Casa de Repouso Quiet River

Testemunha.   *Lenny H. Harris*
                       Tabelião da Flórida nº 1.2331

— Não sei se entendi bem. — Murphy olhava confuso para o Dr. Anderson.

— Dr. Murphy, não me resta muito tempo. Preciso passar essa informação para as mãos de alguém que possa alertar as pessoas certas. Acho que você é essa pessoa. Sei que só nos conhecemos ontem, mas há algo em você que desperta minha confiança. Poderia fazer esse favor a um homem moribundo?

Era difícil resistir ao apelo no olhar de Anderson.

— É claro que sim — respondeu Murphy. — Será um prazer ajudá-lo.

— Muito obrigado. Não sabe o quanto isso significa para mim.

✳ ✳ ✳

Talon abaixou o volume da música, fechou a janela e ligou o motor do utilitário. *Chegou a hora de pagar por aquele mergulho no mar Negro, Dr. Murphy.*

Seus olhos estavam fixos em Murphy, que caminhava com os braços ocupados por café e pães doces.

Paciência. Tenha paciência. Ela é uma virtude, como você sabe.

Murphy saiu da cafeteria sem perceber o utilitário atrás dele. Estava olhando para o Dr. Anderson, que o esperava em pé ao lado de um banco do parque. Ia carregando o café e os pães doces de canela, e tentava não derrubar nada. Só quando se aproximou do Dr. Anderson ele percebeu que havia algo errado. O velho tinha os olhos muito abertos e o queixo caído, e olhava para algo atrás dele. Algo que o apavorava.

O treinamento em artes marciais era algo que aguçava o instinto. Murphy soltou sua carga e saltou para a frente, tentando agarrar o médico. Quando as mãos o tocaram, ele ouviu o rugido do veículo se aproximando em alta velocidade.

Murphy tentou saltar para o lado, levando consigo o Dr. Anderson, mas era tarde demais. O homem foi arrancado de suas mãos pelo para-choque que o atingiu e o jogou longe. Murphy sentiu o impacto da lateral do automóvel em seu corpo e rolou para mais longe, tonto, mas vivo.

Talon nem se deu o trabalho de parar e descer do carro, porque estava certo de ter concluído sua missão. Satisfeito, pisou fundo no acelerador e virou na primeira esquina. Murphy recuperou-se depressa e, mancando, aproximou-se do Dr. Anderson. O homem ainda respirava, mas com grande dificuldade.

— Doutor! Doutor, aguente firme! Vou buscar ajuda!

A mão fraca e trêmula se moveu em sua direção. Murphy se debruçou sobre o médico, aproximando a orelha de sua boca.

— A chave. No meu pescoço — o Dr. Anderson sussurrou.

Murphy notou a corrente pendurada no pescoço dele. Havia muito sangue em torno dela.

— Quero ser como o ladrão... na cruz — o Dr. Anderson murmurou antes de fechar os olhos. Pela última vez.

DEZESSETE

MURPHY SABIA QUE Levi Abrams era um homem complicado. Ele havia nascido em Israel e cursara a faculdade nos Estados Unidos. Depois, logo após a formatura, alistara-se no Exército israelense. Alto e musculoso, logo atraíra a atenção da Mossad — o Instituto de Inteligência e Operações Especiais de Israel. O grupo recrutou Abrams para um trabalho ultrassecreto. Murphy nunca conseguira convencê-lo a falar sobre o que fizera durante seus anos com a Mossad.

Embora Abrams afirmasse que se aposentara da Mossad e vivia agora nos Estados Unidos, Murphy não estava tão certo disso. Mantinha boas conexões no Oriente Médio e na Arábia, e conhecia bastante as operações secretas em andamento. Murphy acreditava que o trabalho de Abrams como perito na área de segurança, contratado por uma companhia de alta tecnologia na área de Raleigh-Durham, era só um disfarce. Levi podia ter a informação de que Murphy precisava, por isso telefonou para o velho amigo.

— Como vai, Michael? Soube que esteve lutando com um utilitário — disse Abrams ao atender a ligação.

— Como soube?

— Ficaria surpreso com as coisas que sei, Michael. Mas, se eu revelar, terei de matá-lo.

Murphy riu.

— Acho que teria alguma dificuldade. Aprendi alguns golpes novos de caratê.

— Parece animado demais para alguém que quase morreu atropelado. Não esqueça que está falando com o mestre, professor.

— Oh, sim, me desculpe, Todo-poderoso. Acha que um humilde estudante pode dispor de algum tempo e da atenção do Grande Mestre?

— Qual é o problema, Michael?

— O nome Matusalém tem algum significado para você?

— O que o velho abutre quer agora?

— Acho que ele me deu uma pista para outro artefato bíblico... A Escritura na Parede. Aquela que foi escrita na parede do palácio de Nabucodonosor pela mão de Deus.

— Você deve estar brincando, Michael. Confia realmente em Matusalém?

— Não muito. Mas ele nos levou a grandes descobertas no passado.

— Então, como posso ajudar?

— Preciso voltar ao Iraque. Tenho de ir à Babilônia, e você tem as conexões certas.

Houve uma pausa.

— Está falando sério, Michael? Acho que você quer morrer. Lá pode não ter nenhum utilitário tentando atropelar você, mas há bombardeios na estrada, ataques-surpresa e sequestros. Quer mesmo perder a cabeça para uma espada?

Ignorando a questão de Abrams, Murphy continuou:

— Estou planejando levar Isis comigo. Ela vai entrar em contato com a Fundação Parchments of Freedom para verificar se eles podem patrocinar a viagem como fizeram com a expedição Ararat. Há uma boa chance de obtermos esse patrocínio.

— Ah, ótimo! Agora vai levar uma linda ruiva americana como acompanhante. E espera não chamar atenção? O Iraque não é o lugar mais seguro para civis.

— Podemos pelo menos nos encontrar para conversar?

— Quando pensa em partir?

— Dentro de um ou dois meses. Preciso ir a Nova York para tratar de negócios. Isis me encontrará lá, e então discutiremos os detalhes.

— Talvez possamos nos encontrar em Nova York. Amigos me pediram que resolvesse uns problemas por lá.

— Amigos?

Houve outra pausa.

— Michael, vamos dizer apenas que eles precisam de determinada informação para que possam tomar decisões eficientes. Só isso.

DEZOITO

EUGENE SIMPSON OLHOU para o relógio ao estacionar ao lado do jato Gulfstream IV. Com um suspiro aliviado, desligou o Mercedes e desceu. *Uau! Em cima da hora!*

Trabalhava para a Barrington Communications havia três anos e só se atrasara uma vez. Um erro era a única chance que um empregado tinha com Shane Barrington, um dos homens mais ricos e poderosos do mundo.

Quando Simpson abriu a porta traseira, ele deparou com os olhos cinzentos de Barrington. Aquele olhar sempre lhe causava arrepios. Recuou um passo e ficou em estado de alerta como um soldado treinado. O porte atlético do implacável guerreiro do mundo corporativo emergia. Ele ajeitou o paletó do terno de 2.500 dólares e olhou em volta.

Os cabelos, já com mechas grisalhas nas têmporas eram batidos pela brisa suave. Simpson olhou para o rosto magro e os lábios finos do patrão. O corpo forte e a atitude imponente intimidavam.

— Pegue as malas, Eugene.

O céu estava encoberto quando o jato desceu em Zurique. O tempo escuro e úmido combinava com o espírito de Barrington. Não estava feliz por estar ali. Na verdade, começava a se cansar de receber e cumprir as ordens de sete egomaníacos pomposos, arrogantes e ávidos por poder. Estava muito perto de se fartar de tudo aquilo.

Cuidado, Barrington. Eles o ajudaram a enriquecer e podem destruí-lo, também. Eles controlam o conteúdo de seus cofres, como você sabe... pelo menos por enquanto.

Ele sentiu o peito e o estômago contraídos quando o motorista parou o carro que o levaria ao castelo.

Por que eles sempre mandam esse motorista pavoroso e sem língua? Ah, bem... Pelo menos não preciso ouvir conversa fiada.

Em cerca de 15 minutos a limusine surgiu como se estivesse escondida entre as nuvens baixas. O céu era azul e o sol brilhava sobre os Alpes nevados. Uma hora se passou antes que Barrington pudesse ver as torres góticas do castelo ao longe. Elas já não pareciam tão agourentas quanto na última vez em que as vira.

Talvez eu esteja me acostumando a elas, disse a si mesmo. *Não fosse por aqueles egomaníacos, seria um belo lugar para visitar.*

O motorista deixou Barrington na frente da gigantesca porta de madeira. No interior do amplo hall de entrada ele passou por armaduras que eram como sentinelas sem vida de algum rei medieval. As tochas que normalmente ardiam brilhantes estavam apagadas. Todo o lugar parecia sinistro e proibitivo... deserto. Seus passos ecoavam forte no piso de pedra.

Já conhecia a rotina. Sem hesitar, dirigiu-se à larga porta de aço inoxidável no extremo sul do corredor e ouviu o som sibilante quando ela foi aberta para deixá-lo entrar, depois o mesmo som quando foi fechada. Ele apertou o botão da cabine para descer. *Todos a bordo. Primeira parada: Inferno.*

Havia sido o Inferno, realmente. Em especial na noite em que conhecera Talon enquanto seu filho Arthur jazia sobre uma cama com uma máscara respiratória encobrindo-lhe o rosto. Ele recordou a conversa.

— Talon? Isso é nome ou sobrenome?

Podia ouvir o sotaque sul-africano como se o houvesse escutado ontem.

— Não faz diferença. Uso esse nome como um tributo ao único ferimento sério que já sofri em toda a minha vida de guerreiro. O primeiro falcão que criei e treinei ainda menino na África do Sul, a última criatura a que me deixei ligar afetivamente, um dia se voltou contra mim, me atacou e arrancou meu dedo indicador.

Barrington lembrava-se de Talon removendo a luva da mão direita para exibir o enxerto bem-parecido com um dedo, exceto pela ausência de unha e pela extremidade afiada. O dedo artificial era, na verdade, uma arma letal. E Talon usava o dedo da morte com grande eficiência.

Mesmo endurecido como era, Barrington ainda tremia ao se lembrar de Talon usando o dedo artificial para cortar o tubo que levava ar ao pulmão de seu filho e o mantinha vivo. Barrington assistira em silêncio enquanto Arthur sufocara até a morte. Não amava realmente aquele menino, mas ficara furioso com a própria atitude. *Por que não detive Talon? Fora assassinato a sangue-frio, e não fiz nada para impedir.*

Podia sentir seus punhos se fechando quando o elevador parou e a porta se abriu.

A atenção de Barrington se voltou para a cadeira de madeira entalhada no centro da sala imersa em penumbra. Uma luz proveniente do teto a iluminava. Ele podia ver as gárgulas nos braços. Lembrava-se de tê-las agarrado com força em algumas ocasiões.

Bem, vamos acabar com isso de uma vez. Hora de sentar na cadeira elétrica.

Ele se sentou na cadeira imponente e olhou para a longa mesa diante dele. A toalha vermelha ainda a recobria. Não havia ninguém sentado nas sete cadeiras atrás da mesa. No silêncio denso, Barrington podia ouvir o próprio coração batendo.

Isso é como ser mandado para a sala do diretor no colégio. Você fica sentado no corredor suando frio por um bom tempo, até que alguém o chama para enfrentar a reprimenda. Conheço o jogo.

Ele esperou 10 minutos antes de os sete entrarem na sala e ocuparem seus lugares.

Não são muito corajosos. Eles iluminam meu rosto para que eu não consiga ver o deles. Mas um dia vou descobrir quem são. Então, veremos até aonde vai sua coragem.

John Bartholomew foi o primeiro a falar:

— Está um pouco atrasado, Sr. Barrington. Precisamos comprar um relógio suíço para você?

O tom sarcástico irritou Barrington. *Sorria e ignore.*

— Talvez seja uma boa ideia. Sabem onde posso encontrar um?

— Está muito impertinente hoje, Sr. Barrington.

Sabia que era melhor desistir do sarcasmo. Estava em território inimigo, e eles tinham o poder... dessa vez. Ele começava a pensar em uma resposta quando o general Li falou:

— Estamos preocupados. O que o Dr. Murphy fazia em Orlando com um certo Dr. Harley B. Anderson? Nosso mensageiro não conseguiu eliminá-los, e ficamos muito aborrecidos com isso.

A voz de uma mulher com sotaque alemão soou na sala.

— Queremos que obtenha mais informações sobre o Dr. Michael Murphy. Não estamos satisfeitos com o que temos até agora. O que planeja fazer nesse sentido?

Barrington sabia que estava realmente na cadeira elétrica.

— Uma das minhas melhores repórteres investigativas está seguindo o Dr. Murphy neste exato momento.

— Isso é fato, Sr. Barrington? — indagou o *señor* Mendez. — E essa repórter é, por caso, Stephanie Kovacs?

Como essas pessoas conseguem tantas informações?, pensou Barrington, furioso.

Mendez continuou num tom suave.

— Ela não é sua amante? — A voz do homem soava debochada.

Barrington procurava desesperadamente por uma resposta, quando Sir William Merton se manifestou:

— Acha que pode confiar nela, Sr. Barrington? Não temos muita paciência com deslealdade — ele disse, tocando o colarinho clerical.

Barrington fervia de ódio. Não gostava de ser ameaçado — especialmente por gente que se escondia no escuro. Suas mãos agarraram as gárgulas, e a voz soou gélida:

— Sei que posso confiar nela. Ela sempre vai até o fim de uma história. E também mantenho um aluno em uma das turmas de Murphy trabalhando para mim. O nome dele é Paul Wallach. Com essas duas pessoas, espero conseguir todas as informações de que vocês precisam.

— Para seu próprio bem, Sr. Barrington, espero que esteja certo. Sua saúde depende disso — declarou Bartholomew com firmeza.

Se alguém falasse comigo desse jeito quando eu vivia pelas ruas de Detroit, não estaria em pé e andando, Barrington pensou, revoltado.

— Recomendamos que a observe atentamente. Estamos entendidos?

Barrington apertou os lábios.

— Não ouvi sua resposta, Sr. Barrington.

Agora a situação se resumia em um jogo de pressão. Os Sete o estavam testando para estabelecer quem estava no comando, quem detinha o poder.

— Entendo.

— O que disse, Sr. Barrington? Não ouvi — repetiu Bartholomew.

Era evidente que eles não só queriam submissão, mas também pretendiam humilhá-lo.

— Eu disse que ENTENDO!

— Bem, é bom tê-lo conosco. E na próxima vez, não se atrase.

Barrington mordeu a língua. Sua mente girava depressa quando se levantou e saiu. *Quem essas pessoas pensam que são... me fazer atravessar o Atlântico para uma reunião curta como essa! Podiam ter telefonado para me dar as mesmas instruções. Eles só querem me mostrar quem está no controle. Não sei quanto ainda vou conseguir tolerar.*

DEZENOVE

Murphy olhou para o relógio. *Dez para as nove. É melhor ir andando.*

Ele terminou de beber o café e jogou o copo descartável no lixo. Depois se levantou, alongou os músculos, recolheu suas anotações e respirou profundamente. O cheiro de magnólias pairava no ar. Aquele lugar tranquilo no campus era um paraíso para pensar e rezar antes do início das aulas.

Muitos alunos já estavam sentados quando ele entrou no auditório. Murphy desceu a escada para a plataforma no centro e à frente e abriu a pasta. Retirou as anotações e olhou em volta. Shari conversava com dois alunos na lateral da sala. Paul Wallach estava sentado do outro lado.

Parece que ainda estão com problemas, ele pensou.

Alguns alunos se reuniam ao fundo.

— Sentem-se, por favor — Murphy anunciou. — Vamos começar.

Quando o grupo começou a se dispersar, ele percebeu que os alunos estavam reunidos em torno de Stephanie Kovacs.

Três aulas consecutivas. Por que ela tem passado tanto tempo na Preston... e nas minhas aulas?

— Bom-dia, turma. Hoje vamos continuar com nosso estudo histórico da grande cidade da Babilônia. Já vimos que tinha edifícios majestosos, ruas pavimentadas, sistemas de drenagem e ampla rede de canais de irrigação. As dimensões do maior desses canais ainda podem ser traçadas. Ele deixava o Eufrates em Hit e contornava o deserto, seguindo para o sudeste por mais de 650 quilômetros para o golfo Pérsico, onde desaguava na baía de Grane. Ao longo dos anos, a cidade foi governada por diversos grandes líderes, incluindo Hamurabi, Nabucodonosor, Ciro, o Grande, e Alexandre, o Grande.

"Em 539 a.C. os persas conquistaram a Babilônia. O rei Xerxes I da Pérsia destruiu parte da cidade. Daí em diante, começa o declínio da Babilônia. O escritor Dio comenta que quando Trajano a visitou, em 116, só viu 'montes de pedras e ruínas'."

Murphy notou os olhares vidrados, sinal de que os alunos começavam a se debater no mar dos detalhes históricos *Talvez isso recupere a atenção deles*, pensou.

— O nome Saddam Hussein soa familiar para vocês? Sabem que Saddam começou a reconstruir a Babilônia no início da década de 1980?

Murphy ligou o projetor. Slides de muitos edifícios novos e grandes muralhas eram projetados.

— O próximo slide é uma citação de Saddam Hussein, um trecho de um discurso feito em 1979.

> *O que é mais importante para mim sobre Nabucodonosor é a ligação entre as habilidades árabes e a libertação da Palestina. Afinal, Nabucodonosor era um árabe do Iraque, embora do Iraque antigo. Nabucodonosor foi o homem que trouxe os escravos judeus acorrentados da Palestina. É por isso que, sempre que me lembro de Nabucodonosor, gosto de lembrar aos árabes — aos iraquianos em particular — de suas responsabilidades históricas. É uma carga que não deve impedi-los de seguir com a ação, mas impeli-los à ação, por causa de sua história.*
>
> Saddam Hussein, 1979
> Citado por David Lamb no *Los Angeles Times*

— Antes da guerra no Iraque e da captura de Saddam Hussein, ele tinha três objetivos que se sobrepunham: conquistar território, obter poder econômico e eliminar a nação de Israel. Agora ele não pode mais alcançar nenhum desses objetivos, mas temos que nos manter atentos ao Iraque e à cidade da Babilônia.

Murphy notou que havia recuperado a atenção dos alunos.

— Na Bíblia, o Livro do Apocalipse contém mais de 404 versos. Nos Capítulos 17 e 18 há 42 versos que tratam do que penso ser a reconstrução literal da Babilônia. Quando se acrescenta o Apocalipse 14:8 e 16:19, que discutem o futuro da Babilônia, passam a ser 44 versos falando dessa cidade. Em outras palavras, ela é suficientemente importante para estar no centro de dez por cento do Livro do Apocalipse.

— Dr. Murphy, por que acha que a Babilônia é tão importante? — perguntou Paul Wallach.

Essa é a primeira vez que Paul se manifesta em muito tempo. Fico feliz por ele ter finalmente decidido participar.

— Essa é uma boa pergunta, Paul. Creio que ela é importante porque foi a primeira cidade onde houve uma rebelião organizada contra Deus. Encontramos essa menção no Gênesis, Capítulo 11. Babilônia foi a capital do primeiro governante mundial, Nimrod. Ele também foi o rei da Babilônia, como Nabucodonosor, que destruiu a cidade de Jerusalém e o templo em 586 a.C. Ela foi a cidade de onde quatro impérios gentílicos governaram sobre Jerusalém.

Murphy projetou o slide seguinte.

— Outra razão que considero importante foi encontrada no Apocalipse 17:5. Vejam estas palavras fortes do apóstolo João.

> MISTÉRIO: BABILÔNIA, A GRANDE, A
> MÃE DAS MERETRIZES E DAS
> ABOMINAÇÕES DA TERRA.
> Apocalipse 17:5

— O grande historiador Arnold Toynbee sugeriu a seus leitores que a Babilônia seria o melhor lugar para se construir uma metrópole cultural no mundo do futuro. De fato, há aqueles que acreditam que não só a Babilônia será um polo cultural, mas também se tornará um centro econômico. De acordo com a profecia da Bíblia, esse centro vai abrigar o governo, a religião e o comércio únicos do mundo.

Wallach levantou a mão outra vez.

— Por que acham que a Babilônia é tão importante?

— Acredito que haja mais de uma razão, Paul. Uma resposta óbvia é que ela se localiza no centro de boa parte da produção mundial de petróleo. Outra razão seria ajudar a reconstruir o Iraque de forma que aplacasse e amenizasse as tensões no mundo árabe. A esperança pode ser a da adoção de uma visão mais tolerante por parte dos vários grupos radicais de culturas muçulmanas. Dessa forma, eles podem esperar reduzir as atividades terroristas. Porém, não acredito que a renovação da Babilônia vai levar à realização do objetivo desejado.

Murphy notou que a essa altura até Stephanie Kovacs fazia anotações.

— Vou retomar a ideia de a Babilônia tornar-se um centro econômico. Nas últimas décadas, temos testemunhado o surgimento do que se chama União Europeia. Trata-se de uma família de países europeus democráticos que se uniram em torno do propósito da paz e da prosperidade. Inicialmente, o grupo era formado por apenas seis países: Bélgica, Alemanha, França, Itália, Luxemburgo e Países Baixos. Mais tarde o grupo recebeu a adesão da Dinamarca, Irlanda e Reino Unido. A Grécia tornou-se integrante em 1981 e Espanha e Portugal integraram a lista de países em 1986. Eles foram seguidos por Áustria, Finlândia e Suécia. Mais países se candidataram à filiação. Alguns se referem a essa união como Estados Unidos da Europa. A União Europeia está crescendo e precisa de maiores suprimentos de petróleo. Para satisfazer essa necessidade as nações do grupo começam a olhar para os países árabes.

Murphy passou ao slide seguinte.

— Vocês vão perceber nessa imagem que há dois lemas, ou slogans. Notem a diferença entre eles — isso tem muito a ver com filosofia e foco.

ESTADOS UNIDOS DA AMÉRICA
"UNIDOS PERMANECEMOS".

UNIÃO EUROPEIA
"UNIDADE NA DIVERSIDADE".

— Formando um grupo, os membros da União Europeia elevaram o padrão de vida para os europeus durante a última metade do século. Eles têm promovido a cooperação entre as nações afiliadas sem deixar de incentivar a diversidade. Uma das maneiras pelas quais se uniram foi ao estabelecer um novo sistema monetário utilizando o que chamam de euro. Isso fortaleceu a voz da Europa no mercado mundial. De fato, o euro é mais estável e valioso que o dólar americano. Os Estados Unidos operam com um déficit comercial de 435 bilhões de dólares; a União Europeia, porém, pode se gabar de um superávit comercial de 26 bilhões. Juntas, as nações da UE têm uma economia 14 por cento maior que os Estados Unidos. O slide seguinte mostra o que já foi estabelecido pela União Europeia.

União Europeia

- Parlamento Europeu
- Conselho da União Europeia
- Comissão Europeia
- Corte de Justiça
- Corte de Auditores
- Comitê Europeu Econômico e Social
- Comitê das Regiões
- Banco Central Europeu
- Ombudsman Europeu
- Banco de Investimento Europeu
- Dia da Europa — 9 de maio

— Esse lema "Unidade na Diversidade" é simbolizado por uma mulher cavalgando um grande touro. Ela porta uma bandeira com dez estrelas em um círculo. As dez estrelas representam os dez países originais que fundaram a UE. Também cavalgando o touro estão pessoas menores, levando as bandeiras das diversas nações do grupo.

— O que isso simboliza? — perguntou Don West.

— Vem da mitologia grega, Don. De acordo com a lenda, a Mãe Terra e o Pai Céu tiveram dois filhos, chamados Cronos e Rea. Cronos e Rea tiveram um filho, chamado Zeus. A história conta que Zeus observava uma jovem donzela chamada Europa jogando e conversando com suas amigas.

— Não vejo nenhuma grande mudança nisso — disse Clayton Anderson. — Nós ainda observamos as garotas.

Os alunos riram e assobiaram.

— E você deve ser especialista no assunto, Clayton — Murphy respondeu, para diversão da turma. — Se eu puder continuar... Cupido disparou uma de suas flechas contra Zeus, e ele se apaixonou por Europa. Ele se transformou em um belo touro castanho com um círculo prateado na testa e chifres como uma lua crescente. Europa e suas amigas se aproximaram do touro e o afagaram. Europa disse: "Aposto que eu poderia cavalgar a criatura. Ele parece tão calmo e doce!" E esse foi seu erro. Quando ela montou no touro, o animal se levantou e correu através do oceano. Europa se segurava desesperada. Mais tarde Zeus se casou com Europa, e foram viver na ilha de Creta. Seus filhos se tornaram muito famosos e poderosos. Embora seus nomes tenham sido esquecidos, o dela não foi. Acredita-se que o continente europeu tenha recebido seu nome por causa de Europa. A donzela cavalgando o touro é um lembrete de Zeus e Europa. O símbolo pressagia o nascimento de um continente que se tornará muito famoso, poderoso e influente.

Quando Murphy passou ao slide seguinte, soou o sinal que anunciava o fim da aula.

— Só um minuto, pessoal. Quero passar uma tarefa para a próxima aula. Um texto para leitura.

Houve um gemido coletivo da classe.

— Quero que leiam o Capítulo 2 do Livro de Daniel. Ele fala sobre o sonho de Nabucodonosor com uma grande estátua. Acho que esse texto vai ajudá-los a esclarecer algumas questões sobre a União Europeia e eventos futuros.

VINTE

ENQUANTO OS ALUNOS se retiravam do auditório, Stephanie Kovacs desceu os degraus até a plataforma onde Murphy guardava suas anotações.

— Bom-dia, Stephanie. Fiquei surpreso por vê-la aqui novamente.

— Eu ainda estava na cidade, Dr. Murphy, e aproveitei para assistir a mais uma aula sua. Gostei muito. Tem ideias que provocam a reflexão. Acredita mesmo que a Babilônia vai se tornar um centro cultural e econômico?

— Na verdade, sim. Creio que ela voltará a ser importante como parte de várias profecias da Bíblia.

— Receio não ser muito bem-informada sobre a Bíblia, muito menos sobre suas profecias. Pode me dar um exemplo do que está dizendo?

Murphy tirou a Bíblia da pasta.

— Vou ler para você um trecho do Livro do Apocalipse, Capítulo 18, começando do Versículo 9. Ele fala sobre como os povos do mundo vão chorar a queda da Babilônia.

"Ora, chorarão e se lamentarão sobre ela os reis da Terra, que com ela se prostituíram e viveram em delícias, quando virem a fumaça do seu incêndio e, conservando-se de longe, pelo medo do seu tormento, dizem: 'Ai! Ai! Tu, grande cidade, Babilônia, tu, poderosa cidade! Pois, em uma só hora, chegou o teu juízo.' E sobre ela choram e pranteiam os mercadores da Terra, porque já ninguém compra a sua mercadoria: mercadoria de ouro, de prata, de pedras preciosas, de pérolas, de linho finíssimo, de púrpura, de seda, de escarlate; e toda espécie de madeira odorífera, todo gênero de objeto de marfim, toda qualidade de móvel de madeira preciosíssima, de bronze, de ferro e de mármore; e canela de cheiro, especiarias, incenso, unguento, bálsamo, vinho, azeite, flor de farinha, trigo, gado e ovelhas; e de cavalos, de carros, de escravos e até almas humanas. O fruto sazonado, que a tua alma tanto apeteceu, se apartou de ti e para ti se extinguiu tudo o que é delicado e esplêndido, e nunca jamais serão achados. Os mercadores dessas coisas, que por meio delas enriqueceram, conservar-se-ão de longe, pelo medo do seu tormento, chorando e pranteando, dizendo: 'Ai! Ai da grande cidade, que estava vestida de linho finíssimo, de púrpura, e de escarlate, adornada de ouro, e de pedras preciosas, e de pérolas, porque, em uma só hora, foi devastada tamanha riqueza!' E todo piloto e todo aquele que navega livremente, e marinheiros, e quantos labutam no mar conservaram-se de longe. Então, vendo a fumaça do seu incêndio, gritavam: 'Que cidade se compara à grande cidade?'"

— Essa profecia foi escrita pelo apóstolo João em 95 d.C., depois de a Babilônia ter já caído em ruínas. Ele falava sobre uma destruição futura que iria acontecer. Isso é especialmente interessante desde que Saddam começou a reconstruir a Babilônia.

— Fiquei fascinada pelo símbolo da mulher cavalgando e o paralelo com a União Europeia. Tem mais alguma informação sobre isso?

— Por que não vem à minha próxima aula e descobre?

— Adoraria, mas não estarei na cidade — respondeu Kovacs.

— Bem, vamos tomar um café no centro estudantil e lhe contarei o que sei. Tem tempo agora?

— Sim, é claro. — *Talvez dessa vez eu consiga contar a ele.*

Kovacs tomou um gole do café e olhou em volta, notando os estudantes sentados em várias mesas, rindo e flertando. *Ah, os dias da inocência. Como gostaria de poder voltar a eles.*

— Por onde gostaria de começar? — perguntou Murphy.

— Incomoda-se se eu fizer algumas anotações?

— Fique à vontade.

— Fale mais sobre a estátua. Não entendi essa parte.

— Bem, começou quando o rei Nabucodonosor teve um sonho com uma grande estátua que tinha cabeça de ouro, peito de prata, corpo de bronze, pernas de ferro e pés de ferro e argila misturados. Ele não conseguia entender essa imagem.

— Nem eu.

— Daniel informou ao rei que a cabeça de ouro representava seu reino e poder. O peito e os braços de prata significavam o reino que seguiria o de Nabucodonosor. Ele não seria tão forte e influente quanto aquele. Esse era o Império Medo-persa. Ele seria seguido pelo Império Grego, representado pelo corpo de bronze. As duas pernas de ferro eram o Império Romano, que se dividiu em duas partes. Os pés de ferro e argila ilustravam dez reinos que ainda surgiriam.

— Nabucodonosor deve ter comido pizza demais antes de dormir naquela noite.

Murphy não conteve uma gargalhada, mas concordou.

— Muitos estudiosos da Bíblia acreditam que os dez dedos da imagem representam dez reinos do revivido Império Romano. Eles creem que esses impérios surgirão da União Europeia.

— Mas não foi mencionado que há mais de dez países na União Europeia?

— Sim, agora há mais do que isso. Muitas pessoas sentem que há outras possibilidades com relação ao que esses dez dedos representam. Algumas acreditam que vai acabar acontecendo uma fusão de vários países. Outros pensam que os dez dedos são as dez regiões de comércio mundial. Essa é, provavelmente, a explicação mais plausível.

— Por regiões o que você quer dizer? — Kovacs ia anotando.

— Já foi sugerido que as regiões são a Europa, o Extremo Oriente, o Oriente Médio, a América do Norte, a América do Sul, o sul da Ásia, a Ásia Central, a Austrália e a Nova Zelândia, a África do Sul e a África Central. É claro que só o tempo vai dizer. Mas, nesse momento, podemos ver a ascensão da Europa. Ela se torna cada vez mais poderosa e começa a ter uma voz mais forte nas questões mundiais.

— Ouvi dizer que o mundo precisa de um líder mundial. Alguém que possa trazer a paz. Acredita que um dia isso vai acontecer?

— Certamente! A Bíblia o chama de Anticristo. Algumas pessoas acreditam que ele pode estar vivo hoje. Ele unirá as nações em princípio e dará a impressão de ser o portador da paz. Porém, isso é só uma trama. Logo ele se tornará um ditador e assumirá o controle da economia, da sociedade e da espiritualidade.

— Como Hitler, Stálin ou Mao?

— Acho que será muito pior. A Bíblia também fala em um arrebatamento, quando os crentes em Deus serão retirados do mundo antes da última guerra mundial, a batalha de Armagedon. Os que não acreditam em Deus serão deixados para trás e enfrentarão um período de grande atribulação.

— Sim, já ouvi isso. Tudo me parece muito assustador — Kovacs respondeu. — E incrível, também. Como uma novela.

— Não precisa ser.

— Como assim? — Kovacs parecia confusa.

— Bem, as pessoas não precisam ser deixadas para trás. Elas só precisam convidar o Cristo para entrar em sua vida e mudá-las de dentro para fora. Stephanie, lembra-se da última vez em que conversamos? Usei um exemplo da pipa, e de como Deus fala conosco por meio de nossa consciência e da Bíblia. Outra ilustração vem do Livro do Apocalipse. Ela é encontrada no Capítulo 3, no Versículo 20. Diz: *"Eis que estou à porta e bato; se alguém ouvir a minha voz e abrir a porta, entrarei em sua casa, e com ele cearei, e ele comigo."* É uma imagem do Cristo batendo à porta de seu coração. Ele gostaria de entrar, mas é um cavalheiro. Ele não vai abrir caminho à força. Espera pacientemente e bate até que a porta seja aberta. Ele continua batendo e alimentando a esperança de que Sua voz seja ouvida. Ele bate na porta do coração de todos. É como a tensão da linha da pipa. Stephanie, você O ouve batendo à porta de seu coração?

— Eu... tenho medo, Dr. Murphy.

— Do que tem medo, Stephanie?

— Das mudanças que eu teria de fazer no meu estilo de vida.

— Entendo. Talvez não seja fácil, mas Deus vai lhe dar a força necessária.

— Ainda sinto medo. Não estou pronta para isso.

— Não tem importância. Deus tem muito tempo. Você pode abrir a porta do coração para Ele quando se sentir preparada. Não precisa ser em uma igreja ou na presença de alguém. Você pode abrir a porta quando estiver sozinha. Tudo que precisa fazer é uma breve prece para Ele. Alguma coisa como: "Deus, percebi que sou uma pecadora e tenho feito tudo errado. Acredito que Você morreu na cruz para pagar por meus pecados. Acredito que Você se levantou dos mortos para criar uma nova vida para mim. Gostaria de experimentar essa nova vida. Por favor, perdoe-me. Quero seguir Você. Por favor, mude minha vida. Por favor, ajude-me a viver para Você. Obrigada por fazer isso por mim. Amém."

Stephanie olhava para o vazio.

— Deixe-me escrever para você um verso que acredito que pode ser útil. Você pode decorá-lo. — Murphy anotou o verso e o entregou a Kovacs. Eles falaram sobre aquelas palavras por alguns minutos, depois Don West se aproximou da mesa.

— Com licença, Dr. Murphy. Vi Shari Nelson há alguns minutos e ela me pediu para avisá-lo, caso o encontrasse pelo campus, que há um recado importante para você no escritório.

— Obrigado, Don.

Murphy olhou para Stephanie.

— Com licença. Acho que preciso ir ver que recado é esse. Shari não costuma me procurar pelo campus, a menos que seja realmente importante.

— É claro, entendo. Talvez possamos continuar com essa conversa outra hora. — *Por que somos sempre interrompidos quando vou prevenir o Dr. Murphy sobre o risco que ele corre? É quase como se alguma força se opusesse a mim.*

Stephanie permaneceu sentada, vendo Murphy se afastar. Depois, ela olhou para as palavras escritas no papel que tinha na mão.

Sei estar abatido e sei também ter abundância; de todas as maneiras e em todas as coisas, estou instruído tanto a ter fartura, como a ter fome; tanto a ter abundância, como a padecer necessidade. Posso todas as coisas em Cristo, que me fortalece.

Filipenses 4:12-13

VINTE E UM

— PUXA, VOCÊ agora está encrencado! — disse Shari com uma careta quando Murphy entrou no escritório.

Murphy riu. Com a careta e as tranças negras, Shari era uma visão singular. Ela era uma mulher de estilo muito pessoal, definitivamente.

— Encrencado?

— Deixei o recado em sua mesa. O reitor Archer Fallworth quer vê-lo em seu escritório às 11h. Ele parecia um pouco aborrecido ao telefone.

— Sabe do que se trata?

— Ele não disse. Só me fez garantir que você receberia o recado. Aposto que ele está com inveja da frequência de suas aulas de arqueologia bíblica. Isso deve ser orgulho ferido.

Murphy sentia o estômago tensionado ao se aproximar do escritório de Fallworth no edifício de artes e ciências. O relacionamento profissional entre eles nunca havia sido muito tranquilo.

Fico me perguntando qual vai ser a queixa dessa vez.

Fallworth ergueu o olhar quando Murphy entrou. A mão tremia ligeiramente, embora o reitor tentasse manter uma expressão controlada.

— Quero conversar sobre suas aulas — ele disse sem rodeios. — Soube que está fazendo propaganda religiosa outra vez.

Murphy sentia o humor entrar em ebulição.

— Não sei se entendo bem o que você quer dizer. Estou lecionando arqueologia bíblica, e é evidente que discutimos alguns assuntos relacionados à religião nessas aulas. Faz parte do currículo.

— Minhas fontes relatam que você está usando o curso para divulgar sua visão unilateral sobre o cristianismo. Pelo que me informaram, está falando contra os árabes e diminuindo a importância de outras religiões.

— Não sei onde consegue esse tipo de informação, Archer, mas ela é totalmente improcedente. Divulgo fatos e detalhes sobre muitas formas de idolatria na Antiguidade, como deuses babilônios, mitologia grega e cristianismo. Os alunos recebem informações que têm alguma relação com arqueologia e história. Não diminui coisa alguma.

— Não fala mais sobre o cristianismo do que sobre as outras religiões?

— Archer, está ouvindo o que digo? É um curso de arqueologia bíblica. É claro que falo mais sobre o cristianismo.

— Pois acho que está tratando com intolerância e fanatismo as ideias de outras pessoas.

— Espere um minuto! — Os pés de Murphy estavam plantados firmes no chão, e ele se inclinava para a frente. — Como você define tolerância?

Murphy notou que o pescoço de Fallworth começava a ficar vermelho.

— Tolerância é respeitar os pontos de vista de outras pessoas e tratá-los com igualdade, atribuindo a eles a mesma importância que dá aos seus. Devia atribuir o mesmo tempo a todos os conceitos e não julgar as crenças ou os comportamentos de outras pessoas.

— Ótimo. Sua ideia soa politicamente correta, Archer, mas não é isso que significa tolerância de acordo com o dicionário. Parte do que está dizendo é verdade. Sim, devemos respeitar o direito de outras pessoas de acreditar no que quiserem. Nem todos acreditam na mesma coisa. Mas não tenho de colocar as crenças de outros indivíduos no mesmo nível daquilo em que acredito. Isso faria a verdade relativa, não absoluta.

— A verdade *é* relativa.

— É mesmo? Se um terrorista árabe, russo ou de qualquer nacionalidade explode uma escola cheia de crianças inocentes, está sugerindo que devo tratar as crenças, os valores e os comportamentos desse indivíduo no mesmo nível dos meus, mesmo que eu acredite que a vida é sagrada? E porque não endosso e não aprovo suas crenças como faço com as minhas, sou intolerante e fanático? Não é assim que funciona.

— Esse é um bom exemplo do que eu quero dizer. Veja o que você acabou de fazer. Traçou um perfil racial dos terroristas. Acho que tem fobia de árabes e russos!

— Ei! Espere um minuto, Archer. O fato de eu ter opiniões firmes e convicções que diferem daquilo em que você acredita me torna fóbico? É esse o jogo? Se tenho um ponto de vista diferente, você me rotula?

Murphy e Fallworth estavam em pé agora.

— Você é fóbico e fanático com relação a certos assuntos! — exclamou Fallworth.

Murphy conteve o impulso de sugerir que fossem resolver a questão lá fora. *Controle-se, Murphy. Não leve isso ainda mais longe. Uma resposta suave aplaca a ira.* Ele respirou fundo.

— Usei os terroristas árabes e russos como um exemplo. Não quis menosprezar um grupo específico de pessoas. Esses exemplos são constantes na televisão e nos jornais. Não vemos notícias sobre terroristas esquimós ou polinésios, certo? Creio que tolerância e correção política tornaram-se conceitos distorcidos. Discordar das crenças e dos comportamentos de alguém não é intolerância, é discernimento e convicção. Se não tivéssemos essa capacidade, pensaríamos todos da mesma maneira.

— Seria uma mudança muito agradável, comparada a suas opiniões fanáticas.

— E quem determina de que maneira pensar ou acreditar, Archer? Você? Se alguém discorda de você, devemos, então, chamar a polícia do pensamento para prender os que discordam? Se todos nós temos de tratar todas as crenças e comportamentos como se estivessem em situação de igualdade e se temos de ser tolerantes e aceitá-los, por que não aceita minhas opiniões e as coloca no mesmo patamar que as suas? Por que as trata com intolerância? Por que devo abrir mão daquilo em que acredito e aceitar o que você acredita? Não existe aqui um padrão duplo? A Universidade Preston não é um lugar onde as ideias são compartilhadas e o discurso livre é permitido?

— É claro que permitimos o discurso livre, mas não o discurso do ódio. Não aceitamos fanatismo.

— Acho que perdeu a noção do que diz, Archer. Ter convicções, valores e padrões morais não é sinônimo de fanatismo.

— É esse o ponto. Você se acha o dono da verdade. Não respeita os sentimentos de outras pessoas, nem acolhe outras crenças.

Murphy compreendeu que a conversa se desenvolvia em círculos, por isso recorreu à sua tática habitual para quando se sentia frustrado e sob ataque verbal. Ele fez uma pergunta:

— Então, qual é o ponto dessa discussão, Archer? O que quer de mim?

— Quero que ponha um fim nesse seu discurso tendencioso. Suas crenças conservadoras, de direita, fóbicas e fundamentalistas são nocivas à universidade. O cristianismo deve ser discutido na igreja; não há lugar para ele na sala de aula.

— Vamos ver se segui sua lógica: está comparando discurso tendencioso a cristianismo. E é aceitável que haja um discurso tendencioso e fanático na igreja, mas não na sala de aula. Devo presumir que não considera as suas visões como um discurso tendencioso contra as ideias e crenças do cristianismo?

Fallworth ignorou a pergunta.

— Murphy, eu adoraria remover completamente do nosso currículo essas suas aulas idiotas de arqueologia bíblica.

— Bem, Archer, tenho cerca de 150 alunos muito interessados nessas aulas. Nenhum deles reclama do conteúdo. As únicas queixas são suas, e você não tem assistido às minhas aulas ultimamente. Portanto, acho que posso questionar sua honestidade intelectual.

— Sabe com quem está falando?

— Sim, sei. Estou falando com uma pessoa que teve uma experiência religiosa negativa em algum momento da vida e ainda se sente magoado e ressentido por isso. Ou talvez esteja se debatendo com algumas questões morais. Minha experiência demonstra que quando as emoções são desproporcionais ao evento a que são atribuídas... há alguma coisa por trás disso.

— Nossa conversa termina aqui, Murphy. Lembre-se do que eu disse: seu emprego depende disso.

— Isso é uma ameaça, Archer?

VINTE E DOIS

MURPHY E ISIS estavam sentados à mesa perto da janela no Pierre, de onde viam o Central Park. Eles esperavam por Levi Abrams.

Murphy não conseguia desviar os olhos de Isis. Ela era fabulosa. Os longos cabelos vermelhos pareciam brilhar como metal precioso derretido. Estar com uma mulher tão linda quase o impedia de respirar.

O coração disparou quando Isis o encarou e sorriu. Murphy olhou pela janela, tentando controlar as emoções. De onde estava, podia ver o lago, o Wollman Memorial Rink, as árvores magníficas e as luzes da cidade piscando do outro lado do parque.

Isis falou com a voz suave:

— Há algo de encantador na noite de Nova York, não é?

— Tem razão. Desde o 11 de Setembro, quando o World Trade Center foi destruído, tenho a impressão de que todos olham para a cidade de um jeito diferente. É como se o evento houvesse aproximado as pessoas.

Isis olhou para Murphy por um momento, vendo-o apreciar a paisagem além da janela. Ele tinha uma beleza máscula, quase rústica. Era decidido e direto. Não havia nele nenhum tipo de fingimento. Era positivo, cheio de vida e sempre buscava aventura. Era impaciente e suas opiniões, firmes, mas ela havia aprendido a apreciar o valor de sua franqueza e de sua honestidade. Era infinitamente melhor do que tratar com outros homens, como alguns com quem ela já havia saído, que nunca tinham opiniões ou convicções sobre nada.

Murphy a surpreendeu observando seu rosto. Algo naquele olhar, nela, o perturbava. Tentava pensar em alguma coisa para dizer quando ouviu a voz conhecida.

— O que os pombinhos estão tramando?

Murphy se sentiu constrangido com o tom e as palavras de Levi Abrams. Ainda não havia sido claro com Isis sobre seus sentimentos por ela.

Murphy levantou-se e os dois homens se abraçaram com carinho fraternal. Depois, Abrams se inclinou para beijar o rosto de Isis.

— Você está linda. Michael, é bom podermos nos encontrar. O lugar é excelente. Há alguns anos não tenho a oportunidade de comer aqui.

Fadil permanecia nas sombras, tremendo nervoso enquanto observava a rua. Nada parecia estranho ou impróprio. Ele olhou para a janela do Aladdin's Magic Carpet e viu algumas pessoas no restaurante, jantando. Depois de consultar o relógio de pulso, ele atravessou a rua e entrou no estabelecimento.

As luzes fracas dificultavam a missão de identificar quem estava ali. Havia no ar um cheiro forte de curry. Fadil dirigiu-se ao fundo do salão e viu rostos familiares. Ele cumprimentou as pessoas com um aceno de cabeça e sentou-se.

Asim foi o primeiro a falar:

— Fico feliz por todos vocês terem conseguido vir esta noite. Recebi um e-mail codificado de Abdul Rachid Makar, determinando para nos mantermos preparados.

— Quer dizer que não precisamos mais ser guerreiros adormecidos? — perguntou Ibrahim animado. — Quando nosso líder deseja que ataquemos?

— Em breve! Muito em breve! Os cães infiéis vão enfrentar mais uma vez o terror de Alá! Se acharam que o 11 de Setembro foi ruim, não sabem o que ainda terão de enfrentar!

A voz de Fadil tremia quando ele falou:

— Será de manhã ou à noite?

Asim olhou em volta e baixou a voz.

— Será de manhã, quando os infiéis estiverem se dirigindo ao trabalho. Acha que pode interferir no fornecimento de energia?

Fadil assentiu.

— Ótimo. Fui informado de que os aparatos já estão a caminho — revelou Asim. — A maior parte da segurança está concentrada nos aeroportos, estações de trem e edifícios governamentais. Vamos pegá-los desprevenidos e provocar um estrago gigantesco.

Todos ergueram seus copos.

— À morte!

— Foi um jantar maravilhoso, Michael. E estar na companhia de tão bela dama só contribuiu para o prazer desta noite. Realmente, fui duplamente abençoado — comentou Abrams.

Todos riram.

— Michael, agora me conte sobre essa sua ideia maluca de voltar à Babilônia — pediu Abrams, recuperando a sobriedade.

— Já contei sobre meu encontro com Matusalém e o envelope com gesso antigo.

— Antigo? Aquele material tem 2.500 anos, pelo menos! — Isis enfatizou. — Submeti o gesso a um teste de carbono nos laboratórios da Parchments of Freedom para determinar a data aproximada.

— Acho que Matusalém encontrou a Escrita na Parede de Nabucodonosor e nos deu pistas para que nós também a encontremos. Pode nos levar ao Iraque de alguma maneira?

— Talvez. Lembra-se do coronel Davis da Marinha americana?

— Aquele com o aperto de mão destruidor?

— Exatamente. Fui informado de que ele ainda é o comandante da guarda na Babilônia. Ele pode interferir, acionar alguns contatos. Mas não quer mais ninguém na expedição? Serão só vocês dois?

— Em quem mais está pensando?

— Em seu amigo Jassim Amram. O professor de arqueologia da Universidade Americana no Cairo. Ele é especialista em cultura árabe e em identificação de artefatos antigos. Acho que seria uma grande ajuda para vocês.

— Boa ideia, Levi. E ele também é especialista em *sled* sonar. O uso desse equipamento pode acelerar muito o processo de busca e pesquisa. Acho que sei mais ou menos qual é a localização, mas o sonar nos ajudaria a encontrar o local exato. Vou telefonar para ele amanhã mesmo, verificar se está disponível e pedir ajuda para estudarmos a possibilidade de utilização de um *sled* sonar.

— E enviarei um e-mail para o coronel Davis pedindo permissão para a expedição. Já tem patrocínio?

— Estamos cuidando disso — respondeu Isis. — A fundação se interessou muito pela possibilidade de uma descoberta desse porte.

Houve uma pausa breve, quase hesitante, antes de Murphy perguntar:

— Levi, e quanto a seu assunto? Encontrou o que veio procurar em Nova York?

Sabia que ele não poderia revelar detalhes, mas estava curioso.

— Bem, vamos dizer que estamos seguindo rumores de que uma importante transação está para acontecer.

— Em Nova York?

— Ainda não temos certeza, mas há uma forte possibilidade. Vou verificar alguns detalhes nos próximos dias, e depois parto para o Texas — resumiu Abrams.

— Texas? Sobre o que estão falando? — perguntou Isis intrigada.

— É só uma conversa boba entre homens — respondeu Abrams, olhando para o relógio. — Lamento, mas tenho de ir. Preciso de um táxi. Ainda tenho um compromisso esta noite.

— Táxi? — Murphy riu. — Bobagem! Alugamos um carro. Podemos dar uma carona a você.

— Seria ótimo, Michael. Deixe-me dar um telefonema e então partiremos.

— Que história é essa? — perguntou Isis quando Abrams se afastou da mesa.

— Terroristas. Tudo indica que o grupo de Levi — Murphy ergueu a sobrancelha — está colhendo informações sobre a existência de mais um ataque com bomba na cidade de Nova York.

— Então, por que ele vai ao Texas?

— Tenho a impressão de que acreditam que algum aparato vai ser contrabandeado pela fronteira mexicana. É quase impossível agir naquela área sem o apoio da Guarda Nacional. Existem rumores de que o México é a porta de entrada favorita dos terroristas para os Estados Unidos nos dias atuais. Assim que entram no país, eles se recolhem para o que chamam de células-dormitório, onde ficam aguardando as ordens para atacar alvos predeterminados nos Estados Unidos.

— E conseguiu deduzir tudo isso com uma simples conversa durante o jantar?

— Não, não foi hoje. Sei muito mais sobre Levi — Murphy contou em voz baixa. — Acho que ele é um agente secreto da Mossad aqui nos Estados Unidos. Por isso tem tantas conexões.

— Estamos falando sobre atividades de espionagem?

— É, podemos dizer que sim. Fico feliz por ele estar do lado dos mocinhos na história. Bem, vou deixar você no hotel e depois levarei Levi ao encontro dos amigos.

Isis parecia preocupada.

— Michael, quero que tome cuidado — ela disse com sua voz suave.

Murphy hesitou por um momento, depois segurou a mão dela sobre a mesa. Estava se preparando para fazer um comentário divertido, mas, olhando nos olhos dela, percebeu que seria impróprio.

Por isso, ele sorriu e disse:

— Não se preocupe. Vou tomar cuidado. Quero ter muitas outras conversas com você.

Isis sorriu, apesar do medo que apertava seu peito.

VINTE E TRÊS

MURPHY VIROU à direita na rua 62.

— Michael, passe pela ponte sobre o Randalls Island Park e continue pela 278 para o Bronx. Vou encontrar meu contato perto do Hunts Point Market.

Murphy havia estado em Hunts Point certa ocasião, a caminho do zoológico do Bronx com alguns amigos. Eles queriam que ele conhecesse um dos maiores centros de distribuição de alimentos nos Estados Unidos. Lembrava-se de ter ouvido um deles dizer que o mercado fornecia carne e produtos agrícolas para mais de 15 milhões de pessoas. Toneladas de comida eram carregadas e descarregadas no mercado todos os dias. O local não era um ponto turístico. Muitos dos trabalhadores ali não eram homens que gostaríamos de encontrar numa rua escura. Murphy lembrava-se de ter visto no local todas as nacionalidades possíveis trabalhando lado a lado. *Seria fácil para um terrorista desaparecer naquela multidão*, ele admitiu.

Abrams interrompeu seus pensamentos.

— Sabia que há muitos famosos que saíram do Bronx?

— Sei que o estádio do Yankee fica lá. Assisti a alguns jogos.

— Sim, mas há *pessoas* famosas que saíram do Bronx. Regis Philbin, Carl Reiner e até Colin Powell. Eu o conheci em Israel.

— Quando foi isso? — quis saber Murphy.

— Quando ele foi comandante do Estado-Maior Conjunto. Soube também que os atores de cinema James Caan e Tony Curtis, o cantor Bobby Darin, e Ralph Lauren, o estilista e senhor dos perfumes, moraram lá. Acho que Al Pacino e Neil Simon também saíram do Bronx.

— Você é um livro ambulante de informações triviais, Levi. Algum dado sobre essas pessoas com quem vai se encontrar?

Abrams hesitou por um momento.

— Michael, vire ali na próxima esquina.

Murphy compreendeu que o amigo queria mudar de assunto.

— Devagar agora. Apague os faróis e encoste.

Murphy seguiu as orientações de Abrams sem questioná-las.

— Está vendo o carro velho no próximo quarteirão?

— Na frente da casa para alugar?

— Sim, aquele é Jacob. Pisque o farol alto duas vezes, por favor.

Murphy atendeu ao pedido e esperou. Depois de trinta segundos as luzes de breque do carro velho piscaram duas vezes.

— Podemos nos aproximar — explicou Abrams. — Assim que eu descobrir o que está acontecendo, você pode voltar para o hotel.

Juntos, eles caminharam até o carro velho e se sentaram no banco traseiro.

— Quem é esse, Levi? — perguntou Jacob.

— Este é meu amigo Michael Murphy. Pode falar sem medo o que tem para dizer. Ele é totalmente confiável. O que descobriu?

— São aproximadamente sete — começou Jacob, sem hesitar. — Temos o primeiro nome de três, e estamos trabalhando nos outros quatro. Há um homem baixinho e gordo, com bigode preto. O nome dele é Asim. Ele parece uma versão reduzida de Saddam. Acreditamos que é o líder do grupo. Há um outro, alto e magro, chamado Fadil. Ele parece ser um tipo muito nervoso. O outro é

Ibrahim. Tenho a impressão de que ele é o pavio curto da turma. É uma pessoa muita intensa, um verdadeiro fanático.

— Descobriu alguma coisa sobre os planos desses homens?

— Interceptamos um e-mail para Asim. Era de Abdul Rachid Makar.

— Makar! — exclamou Abrams.

— Sim, o número dois na hierarquia do movimento. Ele é muito poderoso e exige lealdade absoluta. Governa com mão de ferro. Um dos nossos informantes nos contou que ele fez uma festa para a esposa e convidou amigos. Um desses convidados havia roubado uma pequena quantia em dinheiro dele no passado.

— Deixe-me adivinhar: ele cortou a mão do sujeito.

— Não. Cortou a cabeça, na frente de todo mundo. Ele é um homem muito cruel.

— O que dizia o e-mail?

— Ainda estamos trabalhando na decodificação, mas temos quase certeza de que é uma ordem para o grupo se preparar para um ataque importante. Não sabemos onde ou quando, mas tudo indica que será em breve. As coordenadas sugerem Nova York.

— Faz sentido. Seria uma grande conquista para o movimento se conseguirem burlar as barreiras e a segurança pela segunda vez. Onde está Matthew?

— Além da esquina, em um carro, vigiando a entrada dos fundos.

— Vamos encontrá-lo.

Quando Abrams, Jacob e Murphy se aproximaram do local indicado, viram um homem que parecia estar muito interessado em algo na frente do automóvel. Abrams bateu na janela do motorista, mas o homem não se moveu.

— Há algo errado aqui! — Abrams exclamou, abrindo a porta em seguida. Os olhos de Matthew estavam abertos, mas era evidente que ele estava morto. Então... por que continuava sentado e ereto?

Jacob abriu a porta traseira.

— Levi, ele foi esfaqueado.

Murphy olhou por cima do ombro de Jacob. Alguém sentado no banco traseiro havia enterrado uma faca de lâmina muito longa no encosto do assento do motorista e nas costas do homem. A faca o mantinha na posição ereta.

Abrams e Jacob fecharam as portas e limparam as digitais das maçanetas.

— Vão deixá-lo aqui? — Murphy perguntou.

— Michael, essa é a parte mais triste do nosso trabalho — Abrams explicou num tom sombrio. — Temos de deixar nosso amigo aqui. Ele está em uma missão secreta e não tem nenhum documento de identificação. Não podemos ficar para sermos encontrados pela polícia ou alguma outra agência. Todos nós sabíamos que seria assim quando nos alistamos.

— Precisamos sair daqui. Depressa! — exclamou Jacob. — Não podemos esperar que eles promovam um ataque. Devemos detê-los antes que façam algo.

— Sabe onde eles estão?

— Eles moram no quinto andar, no final do corredor. As luzes estão acesas.

Abrams olhou para Murphy.

— Você precisa ir agora. Não pode ser encontrado conosco. É muito perigoso.

— Mas... vocês são dois e eles, sete! E está me pedindo para ir embora? De jeito nenhum! Vou com vocês.

— Não está armado.

— Assumo os riscos. — Murphy ainda nem havia acabado de falar quando lembrou o olhar preocupado de Isis. Havia prometido a ela que seria cuidadoso.

O grupo levou apenas dois minutos para chegar ao quinto andar. Eles se aproximaram da porta em silêncio, depois pararam para ouvir. Havia uma televisão ligada. Jacob abriu.

Abrams empunhou a arma e cochichou:

— Não creio que eles tenham ouvido. Vamos esperar um momento, depois entramos.

Jacob assentiu, guardou as gazuas e empunhou sua automática. Os dois homens acoplaram os silenciadores. Murphy deduziu que não era a primeira vez que eles trabalhavam juntos. Era como observar o funcionamento de uma máquina bem-lubrificada.

Abram assentiu e Jacob girou lentamente a maçaneta, abrindo a porta. Eles entraram em um corredor estreito que tinha duas portas, uma de frente para a outra. Uma estava aberta, a outra, fechada. Uma luz azul e trêmula passava pela porta aberta acompanhando o som da televisão. Eles se aproximaram lentamente. Abram fez um sinal para Jacob indicando que ele devia permanecer atento à porta fechada. Jacob assentiu. Murphy estava logo atrás deles.

Abrams saltou na frente da porta com a arma em punho e parou para observar o ambiente. Ele olhou para Jacob e ergueu um dedo. Jacob assentiu. Havia um homem deitado no sofá diante da televisão. Ele dormia.

Abrams aproximou-se rapidamente do sofá, pôs a mão sobre a boca do homem e sussurrou em árabe:

— Não se mexa.

Mas o homem, assustado, começou a se mover. Ele ameaçou reagir, mas foi imobilizado por uma coronhada da pistola de Abrams.

Isso o fará ficar quieto.

Eles revistaram o homem inconsciente e encontraram uma arma 32 automática e uma faca bem imponente. Abrams a reconheceu: a faca especial tinha lâminas afiadas em ambos os lados do metal. Esse homem devia ser um assassino treinado.

Abrams moveu a cabeça para Jacob, que começou a caminhar para a porta fechada. Jacob girou a maçaneta num silêncio impressionante. A lingueta estalou. Se havia alguém do outro lado, certamente ouvira o ruído. Ele esperou um momento e começou a abrir a porta.

Estava na metade do movimento quando soou um grito em árabe e tiros. Murphy não percebeu a bala, mas viu Jacob se retorcer e ouviu seu grito. Jacob se chocou contra a parede do corredor e caiu, soltando a pistola. O sangue jorrava de sua coxa.

Abrams se abaixara e saíra da linha de tiro.

O árabe gritava quando saiu da sala. Ao ver Jacob no chão, ele apontou a arma em sua direção para concluir o trabalho. Murphy saltou para o corredor gritando. O árabe tentou apontar a pistola para ele, mas era tarde demais.

Murphy bloqueou a arma com a mão esquerda e com a direita desferiu um violento e preciso golpe de caratê na têmpora esquerda do atacante. O homem caiu, inconsciente. Murphy continuou se movendo para a porta aberta.

O silêncio repentino era chocante. Abrams e Murphy ouviam atentos, tentando identificar qualquer som que pudesse revelar a presença de outro terrorista. Jacob rangia os dentes, tentando não emitir nenhum gemido.

Abrams foi o primeiro a falar:

— Michael, você está bem?

— Sim, mas eles acertaram Jacob.

— Eu vou ficar bem — Jacob respondeu com voz tensa. — Vejam se há mais alguém aqui.

Abrams e Murphy revistaram o apartamento, mas não encontraram ninguém.

Quando voltaram ao corredor, Jacob falou:

— Estavam sozinhos. Os outros devem estar perto daqui, talvez em algum bar. Esses muçulmanos não são como os outros. Eles gostam de álcool e de mulheres.

Murphy ajudou Jacob a ir até a sala de estar. Eles olharam para o homem no sofá.

— Agora entendo por que ele reagiu — disse Jacob. — É Ibrahim, o fanático transtornado. Você o acertou em cheio!

Abrams e Murphy contiveram a hemorragia na perna de Jacob, depois revistaram o apartamento. Perto do telefone havia um bloco de papel. Abrams pegou o bloco e o levou para bem perto da lâmpada do abajur, virando-o em todas as direções.

— Alguém escreveu aqui e removeu a folha.

Ele pegou um lápis e começou a riscar suavemente a folha em branco no topo da pilha. Algumas linhas brancas surgiram onde a mensagem escrita anteriormente deixara depressões. Havia apenas uma palavra.

— Presídio — Abrams leu.

— Presídio? Há uma base militar chamada Presídio em São Francisco. Fica perto da ponte Golden Gate — lembrou Jacob.

Murphy manifestou-se:

— Também há no Texas uma cidadezinha muito pacata chamada Presídio. Fica na fronteira com o México. O rio Grande corre entre Presídio, do lado americano, e Ojinaga, do lado mexicano. Presídio passou a 6 ou 7 mil habitantes graças ao programa de anistia do governo para estrangeiros sem documentação. Durante a Revolução Mexicana, o general Pancho Villa usou Ojinaga como quartel-general para suas operações. Seria um local perfeito para atravessar a fronteira.

Murphy estava terminando de falar quando o homem no sofá recobrou a consciência e pulou nas costas de Abrams, tentando enforcá-lo. Instintivamente, Abrams cerrou o punho direito e, ao mesmo tempo, a mão esquerda surgiu sobre o outro punho. Ele fez uma rápida torção de tronco e cravou o cotovelo no estômago de Ibrahim. A dor e a perda de ar fizeram o homem se curvar para a frente. Quando ele abaixou a cabeça, Abrams se virou e lançou o joelho no rosto do terrorista, que se chocou contra a parede antes de cair no chão. O nariz fraturado sangrava abundantemente.

Jacob rastejava na direção de sua automática, que Murphy havia recolhido e deixado sobre a mesa. Abrams também sacava a arma que levava na cartucheira presa ao ombro. Sangrando, Ibrahim lembrava um animal acuado, desesperado para fugir. Os olhos iam de Abrams a Murphy, depois fitavam Jacob sentado no chão.

Abrams falou em árabe.

— Fale sobre Presídio.

Ibrahim gritou:

— Nunca, seus cães infiéis! — Em seguida, ele se virou e começou a correr. Abrams e Murphy saltaram, mas ele já estava fora do alcance dos dois. Transtornado, o homem se jogou pela janela gritando: — Alá seja louvado!

Ibrahim caiu na saída de incêndio do outro lado da janela. Agora, além do nariz fraturado, ele tinha também vários cortes provocados pela vidraça quebrada. Ele subia a escada para o telhado.

— Michael, fique aqui e certifique-se de que Jacob está bem. Vou atrás dele — Abrams avisou por cima do ombro.

Murphy pegou a arma sobre a mesa e apoiou Jacob no sofá.

— Aqui — disse ele. — Fique com a arma para o caso de aparecer mais alguém. Vou ajudar Levi.

VINTE E QUATRO

O SÚBITO RUGIDO dos leões assustou Daniel e interrompeu seus pensamentos. Dois deles lutavam entre si. Era possível ouvir o barulho assustador dos dentes e das patadas contra pelos macios. O leão que cochilava ao lado dele se levantou com um rosnado abafado quando os dois combatentes rolaram em sua direção.

Daniel tentou se mover, mas não foi bastante rápido. Suas articulações haviam enrijecido e estavam doloridas do tempo que havia passado no chão frio e duro da cova. Era um homem idoso; fluidez de movimentos era coisa do passado.

Os dois leões que lutavam rolaram por cima dele, expulsando o ar de seus pulmões. Ele não conseguia acreditar em como eram pesados. Que ironia ser morto por esmagamento em uma cova de leões, Daniel pensou. Mas foi só uma breve reflexão. Daniel examinou-se rapidamente em busca de ferimentos e sangramentos. Não queria que os animais sentissem cheiro de sangue fresco.

A luta começara tão depressa que ele nem tivera tempo para rezar. O choque o impedira de reagir. Mas agora ele se descobria agradecendo a Deus por não ter sido ferido pelas bestas selvagens.

Meus amigos ficariam surpresos por me ver vivo, *ele pensou.* Não acredito que isso esteja acontecendo comigo.

A estranha noite se arrastou com Daniel cochilando e acordando muitas vezes. Havia sido difícil separar a realidade da cova daquela de mais de sessenta anos de memórias de vida como escravo babilônio na corte do rei. Ainda podia ouvir as palavras do rei Nabucodonosor como se o houvesse escutado ontem.

— Bem, Daniel. Suponho que não tenha de explicar por que você está aqui.

— Foi perturbado por um sonho, meu rei. Um sonho fantástico que agitou seu espírito, e quando acordou, nada dele restava. Nem um fragmento. Só um eco vazio, como o som de uma palavra em um idioma estranho.

Daniel lembrava como isso perturbara o rei.

— Viu uma imagem grandiosa, ó, rei. A cabeça da estátua era de ouro, incrivelmente brilhante, como fogo líquido, o peito e os braços eram de prata fulgurante, como a lua quando está cheia. O ventre e as coxas da estátua eram de bronze, as pernas, de ferro, os pés eram de argila e ferro misturados.

Embora Daniel houvesse previsto a destruição do reino de Nabucodonosor, ele se lembrou de como o rei o recompensara tornando-o chefe da administração e superior a todos os homens sábios da Babilônia.

Ele pensou em como o coração de Nabucodonosor se havia endurecido com o passar dos anos. Ele não reconhecia Jeová, o Deus do céu. Seu orgulho era grande demais para dar a Deus o crédito pelo estabelecimento de seu reino. Em sua arrogância, o rei havia erigido uma estátua de ouro de 60 côvados em honra própria. Agia como se tivesse poderes sobre-humanos... até aquela noite fatídica. A noite em que Deus o castigara com a insanidade.

* * *

— *Mestre! Mestre! Acorde!*

Daniel sentiu seu assistente sacudindo-o.

— *O que é? Que horas são?*

— *Mestre, a guarda real está à porta. Precisa ir depressa. Algo aconteceu com o rei.*

Daniel vestiu-se rapidamente e seguiu os guardas, cujas carruagens esperavam. Eles seguiram na velocidade do vento para o palácio real.

O que poderia ter acontecido com Nabucodonosor? Ele era um homem muito saudável. Teria sido atacado?

Quando entraram no pátio do palácio, Daniel viu soldados correndo, seguidos pelos criados do rei. Todos gritavam e berravam. Daniel aproximou-se do capitão da guarda, que urrava ordens.

— *Tarub, o que está havendo? Onde está o rei?*

— *Ele enlouqueceu. Num momento estava jantando, e no outro começou a arremessar pratos e comida. Ele grunhe como um animal selvagem. Tentamos contê-lo, mas ele tem uma força descomunal. Parece ter o poder de dez homens. Nós o trancamos em seus aposentos e chamamos os astrólogos e os sábios. Alguns momentos atrás ele escapou e correu para os campos do outro lado do Eufrates. Os homens procuram por ele agora. Pode ajudar-nos de alguma maneira?*

Daniel virou-se e olhou para os campos além dos portões. Era possível ver muitas tochas ao longe.

Um guarda aproximou-se correndo do capitão quando Daniel fazia uma prece breve pedindo esclarecimento.

— *Senhor, o rei acaba de ser encontrado por alguns homens. Ele está perto do canal que irriga as figueiras. À esquerda dos portões, naquela região iluminada pelas tochas.*

Quando saltou da carruagem, Daniel viu o rei no centro do terreno cercado por soldados, todos preocupados em se manter bem afastados dele. Não queriam provocá-lo e fazê-lo fugir de novo. Nabucodonosor estava no chão, de quatro, cavando a terra.

Os soldados se afastaram para permitir a passagem de Daniel. Ele era conhecido como homem influente e dotado da sabedoria dos deuses. Todos os olhos estavam nele.

Quando se aproximou do rei, ele percebeu o que Nabucodonosor fazia. Ele estava arrancando as plantas e comendo raízes. Seus olhos estavam transtornados. Saliva e terra se misturavam escorrendo de sua boca. Ele grunhiu quando Daniel se aproximou.

Daniel parou e se abaixou, tentando parecer menos ameaçador. Ele começou a falar num tom baixo e sereno.

— Meu rei Nabucodonosor, o que o perturba? Eu, seu servo Daniel, estou aqui para confortá-lo. Tenho permissão para falar?

Grunhindo alto, o rei jogou contra Daniel a planta que arrancara da terra, e Daniel caiu para trás. Sabia que o rei não voltaria ao normal enquanto Deus não permitisse que isso ocorresse.

Mas ele permanecia fiel ao rei. Toda semana, durante sete anos, ele percorria os campos e ia visitar e tentar conversar com Nabucodonosor. Às vezes, encontrava agricultores jogando pedras no rei, cujos cabelos e unhas haviam crescido demais. Eles gritavam e o xingavam de nomes horríveis. Daniel os afugentava. Sentia pena de Nabucodonosor, um rei que agora vivia como um animal.

Deus o reduziu à condição de humilde durante sete anos, enquanto ele cavava a terra à sombra de seu palácio. Sua vontade fora jogada ao vento. Durante esse período, seu grande reino quase foi destruído. E só se mantinha por um fio muito tênue. Os vizinhos invejosos planejavam destroná-lo até Deus devolver sua sanidade.

— Oh, Deus, mantenha-me humilde. Não permita que o orgulho me destrua. Não me permita esquecer que Você e só Você levanta e faz desmoronar toda gente, como fez com Nabucodonosor — Daniel orou.

VINTE E CINCO

ABRAMS PASSOU PELA janela quebrada e olhou para cima. Mal podia perceber Ibrahim escalando a escada de incêndio um andar acima. Abrams gritou para o homem parar, mesmo sabendo que era inútil.

Seus sapatos faziam um barulho estridente na escada de aço. Mesmo assim, ele ainda podia ouvir Ibrahim gritando ameaças de morte em árabe.

O prédio tinha oito andares, e quando Abrams chegou ao telhado, ele estava arfante. Por um momento, parou e olhou para cima pela janela. Mal havia posto a cabeça para fora quando o som de um tiro e os estilhaços dos tijolos ao lado de sua orelha o fizeram mergulhar novamente para dentro do prédio.

Ele devia ter uma arma escondida no telhado, em algum lugar.

Abrams sacou a arma, ergueu o braço acima da muralha de proteção e disparou três vezes na direção do tiro. Ainda podia ouvir Ibrahim correndo pelo cascalho do telhado.

Ele olhou novamente pelo vão, para cima, e viu o árabe correndo para o poço do elevador. Mais um tiro, e dessa vez ele viu um tijolo explodindo bem perto do ombro de Ibrahim. Abrams saltou para fora, para o telhado, e correu atrás do terrorista. Quando chegou à porta do poço do elevador, não havia ninguém ali.

Ele espiou pela lateral do pequeno edifício. O fanático atirou. Várias vezes. Abrams respondeu com outros tiros. Depois, silêncio.

Murphy estava subindo pela escada de incêndio quando ouviu o primeiro tiro.

Talvez haja mais árabes!

Ele começou a subir mais depressa, preocupado com os tiros que pipocavam na noite. Uma batalha se desenrolava lá em cima, e ele não tinha nenhuma ideia de quem seria o vencedor.

Quando Murphy chegou ao telhado, havia apenas o silêncio. Ele olhou para fora, por cima da mureta, mas não viu ninguém. Havia apenas uma pequena construção, provavelmente a casa das máquinas do elevador. Com cuidado, ele saiu e se dirigiu ao local. Estava quase chegando quando ouviu dois tiros abafados ao longe. Não no telhado. Teriam sido disparados no apartamento?

Murphy aproximou-se do pequeno telhado vermelho e olhou em volta da construção retangular. Levi Abrams estava em pé, com as mãos erguidas. O fanático Ibrahim gritava:

— Vai morrer, porco judeu!

Murphy gritou.

Ibrahim se virou e disparou na direção do som. Murphy e Abrams foram para o chão. Ibrahim então se voltou para o local onde Abrams estivera e puxou o gatilho, mas a arma estava descarregada. Abrams se levantou de um salto e correu. A mão direita atingiu o lado interior do pulso da mão armada, enquanto, com a mão esquerda, ele batia na própria arma, jogando-a longe.

Ibrahim se abaixou quando todo o peso do corpo de Abrams se chocou contra o dele. Também havia sido treinado para lutar.

O fanático se levantou e jogou Abrams no chão, de costas. O agente tinha dificuldade para respirar.

Mas agora Murphy corria para o local da luta. Ibrahim ouviu sua aproximação e correu, com Murphy em seu encalço. Assim que recuperou o fôlego, Abrams também correu atrás do terrorista.

Ibrahim só precisou de alguns momentos para chegar à beirada do prédio. Ele saltou para a parede externa, além da mureta, e hesitou. O prédio vizinho ficava a três metros de distância, aproximadamente. Sua única chance de escapar era um salto poderoso.

Murphy gritou:

— Não faça isso! Não vai conseguir!

Ibrahim se abaixou e saltou. As mãos estavam erguidas e todo seu corpo se distendeu quando ele se jogou no vazio gritando:

— Alá seja louvado!

Abrams aproximou-se da mureta a tempo de ver as mãos do terrorista agarrando os tijolos no topo do edifício vizinho. Depois, o resto de seu corpo se chocou contra a parede. O impacto fez suas mãos soltarem, e ele começou a cair.

Murphy e Adams viram, impotentes, Ibrahim despencar oito andares, agitando desesperadamente braços e pernas. Seu corpo chegou ao chão do beco com um baque impressionante.

Abrams e Murphy se entreolharam. Houve uma fração de segundo de silêncio, depois os dois pensaram na mesma coisa: *Jacob!*

Correram de volta à escada de incêndio, descendo pelos degraus em velocidade vertiginosa. Quando entraram no apartamento pela janela, Jacob estava no chão. Ele mantinha os olhos fechados, mas ainda segurava a arma.

Ao ouvi-los entrar, Jacob abriu os olhos e apontou a arma para eles.

— Está vivo! — exclamou Abrams.

— Sim... Ouvi os tiros, o barulho no corredor... Acho que o outro árabe acordou. Ouvi os ruídos, mas não o vi. De repente, ele passou como um raio pela porta da frente. Atirei duas vezes, mas não consegui atingi-lo.

— Temos de tirar você daqui e levá-lo para um lugar seguro — Abrams disse, abaixando-se para pegar o parceiro. Murphy agarrou seu outro braço, e os três foram para o elevador mancando e cambaleando. Havia barulho atrás das demais portas; outros moradores deviam estar chamando a polícia. Mas ninguém saía dos apartamentos para ver o que estava acontecendo. Não naquela vizinhança. O risco era sempre muito grande e próximo.

— Lamento ter metido você nisso, Michael. Não precisa desse tipo de problema — Abrams comentou aborrecido.

— Fico feliz por ter podido ajudar. Se sei que há terroristas planejando atacar o país que amo, não posso simplesmente me esconder e não fazer nada.

— Michael, depois que nos deixar na casa onde teremos total segurança, quero que volte para o hotel. Comporte-se como se nada houvesse acontecido. Precisamos enviar essas informações para nosso grupo. Entrarei em contato com você mais tarde. Obrigado mais uma vez pela ajuda... especialmente no telhado.

— O que aconteceu lá em cima? — quis saber Murphy.

— Acho que estou ficando velho. Durante o tiroteio, Ibrahim gritou e se jogou no chão como se tivesse sido atingido. Corri até ele, certo de que o havia ferido. Ele estava apenas fingindo, e me pegou nessa armadilha tola. Se você não houvesse gritado, eu não estaria andando e respirando agora.

Usando luvas, Abrams revistou os bolsos do fanático morto, procurando pistas. Murphy segurava a lanterna e, olhando para o corpo, perguntou:

— O que é aquilo no pescoço dele?

Abrams moveu um pouco a gola da camisa.

— A estrela e o crescente. O símbolo estampado nas bandeiras de muitos países muçulmanos.

Murphy se aproximou para iluminar a tatuagem.

— Não. Esse desenho é diferente, Levi. Olhe bem. Em todos os desenhos muçulmanos as pontas do crescente se voltam para cima ou para a direita, e há uma estrela de cinco pontas ou várias estrelas. Esse crescente aponta para baixo, e a estrela tem seis pontas. São dois triângulos sobrepostos e invertidos, como a estrela de Davi. E veja as pontas da lua. Três linhas finas saem de cada extremidade.

— Sim, agora eu vejo. São quase como garras se fechando em torno da estrela de Davi.

— Garras. Não como as de um gato, mas como as de uma ave.

Abrams olhou para Murphy.

— Está pensando o mesmo que eu?

Murphy encarou o amigo.

— Acha que Talon tem terroristas árabes trabalhando para ele agora? E como Presídio se encaixa nisso tudo?

— Não sei, Michael. Mas sei que vou ao Texas o mais depressa possível.

VINTE E SEIS

MURPHY TINHA DIFICULDADE para dormir naquela noite. Ainda estava encharcado de adrenalina, e a mente insistia em rever os eventos que vivera pouco antes. Ainda podia visualizar Matthew sentado no carro, olhando para o espaço e com um filete de sangue escorrendo da boca.

Ouvia Jacob gritar quando a bala rasgara sua perna. Lembrava-se de Ibrahim saltando sobre as costas de Levi e tentando sufocá-lo. Podia sentir o impacto do golpe que acertara na têmpora do primeiro árabe.

Aquilo doeu de verdade, ele pensou, flexionando os dedos da mão.

Ele então se lembrou do rosto de Isis e suas palavras sobre ter cuidado. Se ela soubesse como havia estado perto da morte... Não conseguia deixar de sentir a emoção que o invadira quando ele vira Ibrahim tentando pular para a salvação, mas mergulhando para a morte. E a lua crescente com as garras. Finalmente, ele mergulhou num sono agitado, entrecortado pelo eco de uma palavra: Presídio.

O telefone tocando assustou Murphy. Ele precisou de um momento para lembrar onde estava; então, agarrou o fone e resmungou:

— Alô.

A voz automatizada anunciou que eram 7h da manhã, e que ele havia pedido para ser acordado nesse horário.

Ótimo! Ele bateu o telefone. E só então lembrou: *Café da manhã com Isis às 8h!*

Murphy havia decidido que seria melhor não contar nada a Isis sobre o que havia acontecido na noite anterior com Abrams. Ainda não. Esperaria por um momento mais apropriado. Tinham muito que fazer hoje, e ele não queria preocupá-la. Depois do café, os dois seguiram para o Federated Bank & Trust para pegar os documentos que o Dr. Anderson havia guardado no cofre.

Lá, Murphy conversou com o gerente, explicou a situação e entregou a ele a carta registrada em cartório na qual ele era nomeado procurador do proprietário da caixa.

— Ah, sim — respondeu o gerente. — Já recebi uma cópia da carta. E também um telefonema de um certo Sr. Lenny Harris, da Casa de Repouso Quiet River explicando tudo. Já o esperávamos. — O gerente pegou a chave de Murphy, retirou do cofre a caixa do Dr. Anderson e os deixou sozinhos na sala do cofre.

Murphy olhou para a chave que o homem o orientara a pegar em seu pescoço segundos antes de morrer. Seria o conteúdo daquela caixa digno da vida de um homem?

Murphy olhou para Isis. Ela estava evidentemente agitada. Adorava aventuras. Devagar, ele abriu a grande caixa e encontrou nela várias pastas e um diário. Ele leu os títulos em voz alta e tirou as pastas da caixa, uma a uma.

— As pastas têm etiquetas com nomes. Madame Helena Petrovna Blavatsky (Sociedade Teosófica), Annie Besant (Revista *Lúcifer*), Zigana Averna. Ei, esse é difícil de falar. Alfred Meinrad. Já ouvi falar nele; é um cientista. Carmine Anguis. Calinda Anguis. J. M. Talpish. Os amigos da Nova Ordem Mundial. A nova era. E um diário manuscrito. É quase como um registro diário de alguma coisa.

— O que significa tudo isso?

— Não sei ao certo. Tudo que sei é que, quando falei com o Dr. Anderson, ele mencionou o fim do mundo e um líder único para o mundo todo. Isso pode nos dar pistas sobre o que ele queria dizer.

— Michael, há uma biblioteca do outro lado da rua. Vamos até lá. Acho que teremos mais espaço para examinar o conteúdo das pastas e ler o diário. Se lermos juntos, vamos acelerar o processo.

— Grande ideia. — Murphy guardou as pastas e o diário na maleta e eles deixaram o banco.

Quando atravessaram a rua, Isis olhou para a antiga biblioteca de quatro andares. Ela possuía seis colunas romanas na frente e uma magnífica escadaria de mármore. Anos e anos de uso haviam conferido ao mármore uma tonalidade cinzenta. Pombos se reuniam ao pé das escadas e no telhado do prédio. Entalhado no mármore acima dos pilares havia o seguinte lema:

COM A SABEDORIA SE EDIFICA A CASA, E COM A INTELIGÊNCIA ELA SE FIRMA.
PROVÉRBIOS 24:3

Isis sentiu um arrepio nas costas ao olhar para a biblioteca. Alguma coisa estava errada ali. Ela não conseguia perceber o que era. Seria o próprio prédio? Ou algo dentro dele? No material que iam examinar? Ou outra coisa qualquer? Ela não conseguia se livrar do desconforto. Podia quase sentir que alguém os observava. Mas ao olhar em volta não viu ninguém. Tudo parecia normal, exceto suas sensações.

Isso é bobagem, disse a si mesma. *Não misture a excitação da descoberta de Michael com intuição feminina.*

Quando entraram no velho edifício, eles viram o grande salão cheio de mesas, prateleiras de livros, estantes de catálogos e uma mesa de informações. Atrás da mesa havia uma mulher gorducha num vestido branco com grandes bolas azuis.

Isis olhou para cima e viu cada andar da biblioteca circundando o saguão central e aberto. Atrás das grades de cada andar era possível ver fileiras e mais fileiras de estantes de livros e pessoas manipulando o material. Não fosse por suas incômodas sensações, Isis teria apreciado a biblioteca. Ela despertava o desejo de entrar e passar o dia mergulhada em pensamentos variados e grandiosos. Se ao menos ela pudesse se livrar dos estranhos presságios e relaxar no ambiente agradável dos livros!

Murphy e Isis subiram a escada de mármore e foram ao fundo da biblioteca no terceiro andar. Lá eles encontraram uma mesa isolada onde podiam espalhar todo o material que pretendiam ler.

Os milhares de livros que os cercavam pareciam isolar o som. Ali eles podiam conversar em voz baixa sem incomodar ninguém. Era quase como estar em um mundo próprio, distante de tudo. Era até um pouco romântico, só os dois ali, sozinhos.

Eu gostaria de não ter esses sentimentos inquietantes, Isis pensou. *Talvez eu devesse falar sobre isso com Michael.*

VINTE E SETE

STEPHANIE KOVACS LIGOU para Shane Barrington do celular. A secretária informou que ele estava em uma reunião e só voltaria às 16h. *Ótimo*, Kovacs pensou. *Isso me dá cerca de duas horas antes de ele voltar para casa*. Ela dirigiu rápido até o Barrington Towers, estacionou na garagem subterrânea e tomou o elevador até o último andar.

Tinha o próprio apartamento, mas passava a maior parte do tempo na cobertura de Barrington. Ela se lembrou de quando se mudara, de como havia se sentido animada e apaixonada.

Como eu era boba, disse a si mesma.

Foi um arranjo agradável nos primeiros meses, mas logo os problemas começaram. Lembrava-se da noite quando Barrington dissera aquelas palavras inquietantes: *"Prometa-me que não vai cometer nenhuma tolice que me obrigue a... me livrar de você. Aprendi a gostar muito de você, Stephanie. Seria horrível se nosso relacionamento terminasse em tragédia."*

O medo daquela noite penetrara em sua mente e começara a crescer como erva daninha. Sabia que não havia se apaixonado realmente por Shane Barrington, mas por seu poder e dinheiro.

Como repórter investigativa, tinha a capacidade de farejar corrupção e transações comerciais escusas. A Barrington Communications começava a cheirar mal. Depois daqueles primeiros meses, ela havia feito muitas perguntas sobre os negócios, e ele não gostara. E logo começaram os gritos, pontuados pelos murros de Barrington em portas e paredes. Ela precisara de sua técnica de negociação para acalmá-lo.

Com o tempo, o medo crescera a ponto de Kovacs recear questionar qualquer coisa e discutir assuntos delicados. O medo havia gerado desconfiança e sua falta de segurança começava a se transformar em ressentimento. Sabia que tinha de acabar com esse relacionamento; era sua chance. Podia pegar todas as suas coisas e voltar para o próprio apartamento. Pelo menos não teriam mais de dividir a mesma cama. Não podia continuar fingindo que tudo ia bem se, por dentro, vivia um enorme tumulto emocional. Não podia mais dormir com alguém por quem perdera o respeito; não havia dinheiro ou poder suficiente para amenizar sua dor.

Kovacs havia fechado a última mala quando ouviu um ruído que lembrava o da chave na fechadura. Em pânico, ela enfiou todas as malas no closet e fechou a porta. Depois, correu para o banheiro e fingiu retocar o batom. *Talvez ele pense que voltei cedo para casa.*

— Stephanie? — A voz de Barrington soou na sala de estar.

— Estou aqui. — Esperava que sua voz parecesse mais calma do que realmente estava.

Pelo espelho, ela o viu entrar no quarto.

— A reunião acabou cedo e decidi não voltar ao escritório — ele explicou sorrindo. — Vi seu carro na garagem. O que está fazendo aqui?

— Também encerrei o dia um pouco mais cedo.

Barrington a enlaçou pela cintura e olhou para ela pelo espelho. Stephanie tentou sorrir como se estivesse feliz por vê-lo, mas a verdade era que sentia repugnância ao toque daquelas mãos. Ele a girou entre os braços e a beijou. Quando Shane se afastou, ela percebeu que tremia de medo.

— Que tal um filé para o jantar? Estou faminto. — Barrington se virou e começou a caminhar para o closet.

— Aonde gostaria de ir? — perguntou ela, esperando distraí-lo. Shane hesitou antes de tocar a maçaneta.

— Não sei. Pode escolher.

Ele ainda olhava para Stephanie quando abriu a porta do closet e entrou. Depois de tropeçar na primeira mala, ele quase caiu sobre as outras duas.

— Mas o que...? — Barrington parou, tentando compreender a cena. Depois recuou e olhou para Stephanie, seu rosto totalmente pálido.

— Isto significa o que estou pensando?

— Shane, eu ia conversar com você.

— Conversar comigo? Quando? Depois de fugir?

Agora ela podia ver a cor avermelhada que a raiva pintava em suas faces.

— Confiei em você! — gritou ele. — Acreditei que era leal. E você sabe como odeio deslealdade.

— Shane, estamos brigando muito, cada vez mais. Eu... só pensei que seria bom se passássemos um tempo separados enquanto as coisas se acalmam.

Kovacs recuava para a sala de estar, e Barrington avançava.

— E por isso ia fugir — gritou ele. — Ninguém me abandona! — Ele cerrou um punho. A veia em seu pescoço estava inchada.

Stephanie se virou para correr, mas ele a segurou com a mão esquerda, obrigando-a a encará-lo. Ao mesmo tempo, ele a atingiu com uma bofetada que a jogou do outro lado da sala. Ela tropeçou na mesa de centro, quebrando o vaso, e rolou por cima do sofá para o chão.

Alguns segundos se passaram antes que sua cabeça parasse de rodar. Havia um zumbido em seu ouvido esquerdo, e esse mesmo lado do rosto ardia. A dor de cabeça foi imediata.

Barrington estava furioso. Ele a levantou do chão e sacudiu.

— Ninguém abandona Shane Barrington! — A declaração precedeu a segunda bofetada, e dessa vez ela caiu sobre um abajur de canto, quebrando um imenso espelho na parede.

Stephanie mal conseguia se mover. Estava tonta. Sentia o gosto de sangue, a dor no interior da boca, onde a pele fora rasgada por um dente. Quando se sentou, ela viu a sala girar. O sangue que pingava de seu nariz manchava a blusa branca. Estava chocada demais para gritar ou chorar. *Meu Deus, me ajude!*

Barrington havia ido ao quarto e voltava de lá com as malas. Ele as jogou em cima dela. A primeira quicou no chão e a atingiu no peito, expulsando o pouco ar que ainda havia em seus pulmões. A segunda bateu na primeira e atingiu seu rosto. A cabeça, jogada para trás pelo impacto, bateu na parede. Depois disso, Stephanie mergulhou na escuridão.

Quando acordou, ela estava gelada e desorientada. Alguns momentos se passaram antes que percebesse que estava em sua BMW na garagem subterrânea do Barrington Towers. Seu corpo todo doía. Devagar, ela se sentou e olhou em volta. A garagem estava vazia, exceto por alguns automóveis. A dor no rosto era lancinante. Ela acendeu a luz interna do veículo e olhou no espelho retrovisor. Não podia reconhecer o que via. Havia sangue em suas roupas e no cabelo. O lado esquerdo do rosto estava escuro, inchado, recoberto por manchas. O hematoma no olho já começava a ficar evidente.

Sua aparência era a de alguém que acabara de ser atropelada. Ela deslizou a língua pelos dentes e descobriu que um deles estava lascado.

Suas malas estavam no banco de trás. Barrington as colocara ali, certamente. E a pusera no carro, também. Depois de respirar fundo algumas vezes, ela encontrou a bolsa e procurou as chaves dentro dela. Só conseguia enxergar com um olho.

Pensei que ele ia me matar. Não acredito que ainda estou viva.

Quando ligou o motor e se preparou para sair, ela notou alguma coisa no para-brisa. Tentou ler a mensagem, mas estava escrita pelo lado de fora, ao contrário. Era difícil focar apenas o olho direito. A mensagem havia sido escrita com batom. Finalmente ela conseguiu ler o recado. Ele dizia: *NINGUÉM ME ABANDONA!*

Stephanie estava feliz por ser 4h da manhã e todos estarem dormindo quando ela chegou em casa. Não queria encontrar ninguém. Não naquele estado.

Ela deixou as malas no carro e subiu, indo diretamente ao banheiro. Enquanto enchia a banheira com água quente, tomou um analgésico. Na banheira, o calor da água era confortante e um alívio para as dores. E só então, quando finalmente conseguiu relaxar, ela soluçou pela primeira vez.

Após 45 minutos, quando a água da banheira ficou fria, ela reuniu a pouca energia que restava e foi para a cama. O esgotamento físico e emocional era espantoso. Stephanie adormeceu em poucos minutos.

Eram 3h da tarde quando o telefone tocou na casa de Stephanie.

— Stephanie, sou eu, Melissa. Está tudo bem? — A secretária de Barrington sussurrava.

— Não me sinto muito bem hoje. Vou ficar em casa.

— Tem certeza de que não é nada mais sério?

— Por que está cochichando, Melissa?

— Estou longe da minha mesa, em outro telefone.

— Por quê?

— Estou com medo. Nunca vi o Sr. Barrington tão furioso. Ele me deu ordens para limpar suas gavetas e colocar suas coisas em caixas. Quando perguntei o motivo, ele gritou comigo dizendo que era melhor cumprir logo sua ordem ou perderia o emprego também. E ele nunca me tratou desse jeito antes! Ouvi quando ele ligou para Lowell Adrian, diretor de recursos humanos, e informou que você estava sumariamente demitida. Depois, ele acrescentou que você nunca mais vai trabalhar em nenhum órgão da imprensa, se ele puder impedir. E disse que você está acabada.

Kovacs foi tomada por um desânimo ainda maior. Não só havia perdido o respeito por si mesma ao se tornar uma amante, mas rompera um relacionamento de poder e fora espancada por isso. E agora, além de ser demitida, seria impedida de trabalhar em sua área. Não teria como sobreviver.

Tentando conter as lágrimas, ela disse:

— Melissa, agradeço por ter ligado, mas você precisa desligar. Se Shane souber que ligou para mim, você também vai perder o emprego, e eu não suportaria a culpa. Desligue e não ligue mais para mim. É muito perigoso.

Stephanie começou a chorar. Sua vida estava desmoronando. Afogava-se em culpa, medo, frustração e ressentimento. As emoções a invadiam como ondas gigantescas de um mar revolto. Sua vida estava arruinada, e não havia nada que pudesse fazer para melhorar a situação. Ela se encolheu na cama e chorou por uma hora. Quando as lágrimas secaram, a depressão começou a se instalar de forma mais profunda. Já sentia os primeiros sinais do desespero.

Era final de tarde e Stephanie estava encolhida na cama, com aquele primeiro raio de esperança tentando romper as nuvens densas e escuras da depressão. Uma palavra surgia em sua mente. *Felicidade.*

Lembrava-se do Dr. Murphy perguntando se ela era feliz. Stephanie pensou numa ocasião em que o entrevistara e perguntara sobre a perda de sua esposa. Ele certamente não estava feliz naquele momento, mas parecia em paz. E dissera que só Deus podia dar paz em meio ao caos.

Estou certamente no caos, mas não tenho paz. Fico me perguntando se existe algum fundo de verdade em toda essa história sobre Deus.

Ela lembrou o que o Dr. Murphy dissera sobre empinar pipa.

— *Quando a pipa sumia, como você conseguia saber que ela ainda estava lá?*

— *Acho que pela tensão da linha. Eu sentia que o vento ainda impulsionava a pipa e a sustentava no ar.*

— *Certo. É mais ou menos assim quando Deus fala com você. Você não pode vê-Lo. Ele está fora do seu campo de visão. E também não pode escutar Sua voz porque Ele está muito longe. Mas você pode sentir Sua tensão amorosa na linha de seu coração. É isso que Ele faz quando você lê a Bíblia. E quando você ouve a voz da sua consciência. É assim que Deus fala conosco. Deixe-me fazer uma pergunta: você sente hoje a tensão de Deus na linha de seu coração?*

Lágrimas começaram a se formar em seus olhos. *Meu Deus,* ela orou, *estou sofrendo e sozinha. Acho que Você está puxando a linha, tentando chamar minha atenção... e conseguiu. Não sei o que fazer. Preciso da Sua ajuda. Fiz algumas escolhas muito ruins, e elas afetaram toda a minha vida. Agora estou em meio ao caos. Se está me ouvindo, preciso da Sua ajuda.*

Sei que sou uma pecadora e preciso de Você para mudar minha vida. Não posso fazer isso sozinha. Tentei mais de uma vez. Acredito que Você mandou Seu filho, Jesus, para morrer por todos os meus pecados. Por favor, perdoe-me. Não sei o que tudo isso significa, mas sinto que Você está batendo na porta do meu coração. E quero abri-la para Você hoje. Por favor, entre e me ajude a ter paz.

Depois disso, Stephanie chorou até dormir.

VINTE E OITO

MURPHY ABRIU O diário na primeira página. Ali estava escrito: "Diário de Harley B. Anderson". Isis começou a ler a pasta de Helena Petrovna Blatavsky. Usando um marca-texto, Murphy sublinhava algumas coisas. O único som era o das páginas sendo viradas. Cerca de 45 minutos depois de ter começado a leitura, Murphy falou:

— Isis, escute isso. Sublinhei certos detalhes e comentários no diário. Eles dão uma visão geral do conteúdo.

17 de abril de 1967
Hoje J. M. e eu fomos procurados por três homens que disseram pertencer a um grupo chamado Amigos da Nova Ordem Mundial. Eles queriam que inseminássemos artificialmente uma jovem.

22 de maio
O grupo dos Amigos da Nova Ordem Mundial voltou a nos procurar e nos informou que a jovem a ser inseminada já foi escolhida

12 de junho

Reencontramos os Amigos da Nova Ordem Mundial. Eles prometeram financiar um laboratório totalmente equipado. Isso vai custar muito caro. Eles nos disseram que após o nascimento do bebê podemos manter o laboratório e todo o equipamento para nosso uso. Disseram que só têm uma condição: todo esse negócio deve ser mantido em sigilo absoluto. Eles são muito estranhos.

3 de julho

J. M. e eu conhecemos a jovem que será inseminada. Ela pareceu simpática, mas um pouco amedrontada. Seu nome é Calinda Anguis. Ela é romena, e J. M. teve de traduzir e explicar a ela todo o procedimento.

10 de julho

Hoje recebemos o esperma e os óvulos cedidos pelos Amigos da Nova Ordem Mundial. Eles se negam a divulgar a identidade dos doadores. Estranho!

13 de julho

J. M. e eu completamos o procedimento de implantação do óvulo fertilizado em Calinda Anguis.

20 de julho

Examinamos Calinda Anguis e tudo parece correr bem, sem complicações.

10 de agosto

Hoje J. M. e eu nos reunimos com membros do grupo Amigos da Nova Ordem Mundial. Eles ressaltaram de novo a necessidade do sigilo absoluto sobre a Srta. Anguis e todo o procedimento. Pareciam muito nervosos e dispostos a nos pressionar. J. M. e eu estamos muito curiosos.

4 de setembro

J. M. e eu nos encontramos para almoçar. Ele discutiu comigo suas preocupações sobre o que vamos fazer com relação a toda essa história de sigilo. Ele teme que estejamos fazendo algo ilegal. Não gostamos muito das pessoas que conhecemos. Todas parecem más.

29 de setembro

Consegui descobrir alguns detalhes sobre o pai e a mãe de Calinda Anguis. O pai é Carmine Anguis e o nome de solteira da mãe é Kala Matrinka.

14 de outubro

Hoje recebi um telefonema de alguém do grupo Amigos da Nova Ordem Mundial. Eles foram extremamente firmes e exigentes com relação ao sigilo em torno do que estamos fazendo. Começo a concordar com J. M. Talvez estejamos envolvidos em algo ilegal.

17 de outubro

Fiz uma investigação e consegui descobrir quem foi a doadora do óvulo. Keres Mazikeen.

30 de novembro

Consegui identificar e localizar a mãe de Keres Mazikeen. Seu nome é Mariana Yakov. Ela me contou que o nome de sua mãe era Zigana Averna. Estou começando a ficar nervoso e perturbado. J. M. acredita que tem sido seguido.

28 de dezembro

As festas foram tranquilas.

15 de janeiro de 1968

Fiz uma descoberta incrível. O doador do esperma é o famoso cientista Alfred Meinrad. Essa é uma situação muito curiosa.

7 de fevereiro

Consegui descobrir informações sobre a bisavó — Zigana Averna. Ela trabalhou para uma mulher chamada Alice Bailey.

20 de fevereiro

Um grupo de pessoas da Amigos da Nova Ordem Mundial visitou nossa clínica e conversou com Calinda Anguis. J. M. e eu não pudemos participar da conversa. Quando eles partiram, ela ficou muito agitada.

14 de março

J. M. obteve informações sobre a associação chamada Amigos da Nova Ordem Mundial. Ele me disse que está muito amedrontado. Prometeu que falaremos sobre o assunto quando ele tiver certeza de que estamos sozinhos.

31 de março

Calinda começou a ter contrações por volta das 20h.

1º de abril

O bebê nasceu. Mãe e filho passam bem. Membros da Amigos da Nova Ordem Mundial estiveram no hospital. Eles foram taxativos sobre a importância de o bebê receber o melhor atendimento possível. Chegaram a ser rudes conosco.

29 de abril

J. M. tem apreensões com relação aos arranjos com o grupo. Ele diz que temos de conversar logo. Parece muito assustado.

12 de maio

Terrível tragédia — J. M. morreu em um acidente de automóvel. A polícia diz que ele dirigia em alta velocidade e não conseguiu concluir uma curva nas montanhas, por isso despencou de um precipício. Estou muito amedrontado. J. M. não gostava de ir para as montanhas. Ele nunca dirigiu em alta velocidade em lugar nenhum... sempre respeitou o limite de velocidade. Sinto que devo me proteger. Não acredito que tenha sido um acidente. Acho que foi assassinato. Decidi enviar todas as minhas anotações e meus papéis para minha filha nos Estados Unidos. E já a instruí para guardá-los no cofre de um banco em local desconhecido.

— Tudo isso é muito estranho, Michael. — Isis comentou pensativa. — Quem você acha que são essas pessoas que se intitulam Amigos da Nova Ordem Mundial?

— Não sei ao certo. Quando conversei com o Dr. Anderson, ele parecia convencido de que eram pessoas más com um plano diabólico. Ele chegou a sugerir que podia ter colaborado para o nascimento do Anticristo.

— Refere-se ao Anticristo da Bíblia? Aquele de quem está sempre falando?

— Exatamente.

Isis havia crescido em uma família na qual os mitos e as religiões do mundo foram presença quase tangível. Seu pai, um arqueólogo, tinha um interesse tão profundo pelas divindades do mundo antigo que dera a ela o nome Isis não por uma, mas por duas deusas (seu segundo nome era Proserpina).

Assim como os pais, Isis crescera sem nenhum tipo de fé cristã.

Mas Murphy era diferente da maioria dos cristãos que ela conhecera. Havia algo nele que era genuíno, intelectual, atraente. A aventura no Ararat abalara todas as ideias que ela sempre tivera sobre Bíblia e religião. Estivera no interior da Arca de Noé — não havia dúvida sobre isso. Também ajudara a encontrar a serpente de bronze de Noé e a estátua de ouro de Nabucodonosor. Eram reais, e ela pôde tocá-las. Começava, portanto, a acreditar que a fé de Murphy também era real, que a Bíblia era real, e tudo isso a amedrontava. Em algum ponto teria de decidir sobre se existia ou não um Deus.

Preciso manter a mente aberta. E se existir mesmo um Anticristo? Pensar nisso a fez estremecer.

VINTE E NOVE

— MICHAEL, ESCUTE isso. Ouça o que encontrei nestas outras pastas.

Murphy levantou a cabeça.

— Essa Madame Helena Petrovna Blatavsky é muito interessante — Isis começou. — Ela nasceu em 1831 e morreu em 1891. Em 1875 fundou a sociedade Teosófica. Seu logotipo é um símbolo alquímico, um círculo formado por uma serpente que engole o próprio rabo. Dentro do círculo há duas pirâmides entrelaçadas, simbolizando a união do céu e da Terra. No centro das pirâmides há um *ankh* egípcio. No topo da pirâmide existe uma suástica invertida, dentro de um círculo. Como você sabe, a suástica é um símbolo oculto bastante conhecido que tem sua origem na antiga Índia. As palavras que cercam a serpente são: NÃO HÁ RELIGIÃO SUPERIOR À VERDADE. Aqui diz que ela escreveu um livro chamado *A doutrina secreta*.

— Já li algo sobre esse livro — Murphy respondeu, animado. —, Adolph Hitler mantinha uma cópia com anotações em sua mesa de cabeceira. Ele era seguidor de Madame Blatavsky. Deve ter sido desse material que ele tirou a ideia de usar a suástica em seus uniformes militares.

— O Dr. Anderson relata que ela também escreveu outro livro, o *Manual da revolução*.

— Uau! Isso é fabuloso! Também ouvi falar sobre esse livro. Foi o que Sirhan Sirhan pediu quando estava preso por ter assassinado Robert Kennedy. Blatavsky tem seguidores bem interessantes. Ouvi dizer que é considerada uma das grandes ocultistas da história. Ela fundou o Blatavsky Lodge e a Esoteric School.

— Parece que o Dr. Anderson pesquisou a vida dela — Isis comentou pensativa. — Ele relata que, na infância, ela era inquieta, impetuosa, ousada, arrojada e tinha um temperamento terrível. Ele continua contando que Blatavsky tinha uma curiosidade apaixonada pelo desconhecido e um interesse incomum pelo misterioso, estranho e fantástico. Ela costumava se divertir assustando os colegas ao mencionar a existência de corredores subterrâneos sob suas casas e que eram protegidos por corcundas. Comenta-se que ela era capaz de provocar alucinações nos colegas. Blatavsky até afirmava que via um hindu com turbante branco. Era o fantasma que a protegia. Ela dizia que ele lhe transmitia orientações por telepatia. Ele se tornou seu espírito guia.

— Isso me lembra Shirley MacLaine — Murphy riu.

— De acordo com o Dr. Anderson, ela entrava em transe e se tornava uma espécie de canalizadora. Comunicava-se com os mortos, promovia materializações, sessões espíritas e tinha dons sensitivos, como o de mover objetos pela força do pensamento.

Murphy riu alto.

— Ela era muito talentosa!

— Aqui há um artigo que diz que ela levou uma vida desregrada, vagando pelo mundo durante dez anos. Sobreviveu ao naufrágio na ilha de Spetsai, quando viajava da Grécia ao Egito. Em um dado momento, ela embarcou em trajes masculinos e lutou sob o comando de Garibaldi. Foi ferida e abandonada à morte na batalha de Mentana, na Rússia. Criou a sociedade Teosófica e escreveu os livros que já mencionei. O Dr. Anderson a cita em um de seus escritos: *"Lúcifer é luz divina e terrestre; o 'Espírito Santo' e 'Satã' são um e o mesmo."*

— Acho que ela se confundia um pouco no quesito teologia.

— O Dr. Anderson continuou relatando que Madame Blavatsky influenciou de maneira marcante duas mulheres: Annie Besant e Alice Ann Bailey. Besant foi ativista no movimento feminista; ela se envolveu de forma mais específica no controle da natalidade. Era vista de maneira geral como uma radical política socialista. Durante dez anos ela e Alice Ann Bailey publicaram uma revista mensal chamada *Lúcifer*.

Murphy fez uma careta.

— Hoje elas provavelmente transformariam a revista em série de tevê ou, pelo menos, em um programa de desenho animado nas manhãs de domingo.

— Annie se casou com Frank Besant aos 19 anos. Ele era um clérigo com ideias tradicionais. Esses pensamentos entraram em conflito com seu espírito independente e ela deixou o marido. Ao fazê-lo, também rejeitou o cristianismo e se tornou ateia e livre-pensadora. Ela foi fundamental para o desenvolvimento da base do Movimento da Nova Era.

Isis virou a página e continuou:

— Alice Ann Bailey começou vários movimentos e diversas organizações, como Lucis Trust, World Goodwill, Triangles, a Ariane School e o New Group World Servers. Compilou 21 livros com mais de 10.469 páginas. E alegou tê-los escrito enquanto estava em transe. Eles teriam sido ditados a ela por seu guia espiritual, Djwhal Khul, o Tibetano. Foi por meio de seus escritos que palavras como "reencarnação", "astrologia", "meditação", "carma" e "nirvana" se popularizaram.

— Puxa, esses guias espirituais gostam mesmo de literatura, não?

— Aqui diz que o Lucis Trust foi fundado em 1922 sob a patente — LUCIFER PUBLISHING COMPANY. Ei, Michael, agora escute os nomes que já participaram da tal organização: Robert McNamara, Ronald Reagan, Henry Kissinger, David Rockefeller, Paul Volcker e George Schultz.

— Fale mais baixo, Isis. Sabia que esses homens já fizeram parte do Conselho de Relações Exteriores? É um grupo de elite que influenciou a fundação das Nações Unidas. Eu me lembro de que o Lucis Trust teve seu quartel-general no United Nations Plaza por muito tempo. Acho que agora estão funcionando em um daqueles prédios de Wall Street.

— O que acha de tudo isso, Michael?

— Bem, parece que Madame Blatavsky se tornou uma ocultista e influenciou Alice Bailey, que expandiu seu trabalho. Ela, por sua vez, fundou a revista *Lúcifer* e outras organizações, que continuaram transmitindo os ensinamentos ocultos. Seus trabalhos e organizações influenciaram homens que deram início às Nações Unidas. Isso não cria uma imagem muito bonita.

Murphy pegou outra pasta.

— Parece que essas mulheres eram encantadoras e perigosas. Que ligação podem ter com o Dr. Anderson?

— Ainda não sei. Tenho mais material para ler.

trinta

John Bartholomew sorriu para si mesmo. *Essa mudança no ritmo é perfeita. Ninguém vai nos notar. Estamos em uma das cidades mais movimentadas do mundo.*

Estava começando a se cansar das reuniões no castelo, e a Suíça era fria demais. Queria um pouco de sol para variar. Além do mais, o *señor* Mendez tomara providências para que todos pudessem voar ao Rio de Janeiro em aviões separados. Ele havia alugado uma casa depois da praia de Copacabana, perto da lagoa Rodrigo de Freitas. Era um local isolado onde estariam sozinhos e poderiam desfrutar do sol.

Apropriado, ele pensou, *poder fazer planos para destruir o cristianismo, o Estado de direito, e para criar o cenário para o Anticristo à sombra do Corcovado, com o gigantesco Cristo Redentor ao alto. O* señor *Mendez tem senso de humor.*

A reunião começou às 10h da manhã na varanda sombreada. Jakoba Werner foi o primeiro a falar com seu forte sotaque germânico. Os cabelos loiros estavam presos no coque habitual.

— Gostaria de parabenizar o *señor* Mendez pela escolha do local. As acomodações são esplêndidas e o jantar da noite passada foi soberbo.

— Concordo — disse Ganesh Shesha. — O lugar me traz lembranças de um palácio presidencial na periferia de Calcutá. Eu costumava ir visitá-lo com frequência.

— Bem, tenho certeza de que todos apreciaremos o sol em vez da neve — disse Bartholomew. — Então, vamos começar a reunião. Vocês devem lembrar que em nosso último encontro todos receberam tarefas a serem executadas para o nosso plano sétuplo de governar o mundo. Vou relatar a fase 1.

Bartholomew distribuiu um relatório detalhado sobre todas as realizações da primeira fase.

— Quero ressaltar os pontos primordiais dessa primeira etapa: a mudança de local das Nações Unidas. Começamos a plantar essa ideia na mente dos principais líderes da ONU com relação a uma possível mudança da organização dos Estados Unidos para a Babilônia, no Iraque. Acreditamos que essa mudança terá várias consequências. Primeiro, vai agradar aos europeus, porque será um sinal evidente de que a América está perdendo o poder de influência. Muitos países europeus já se ressentem da política americana. Eles pensarão que a América de Norte está recebendo o que merece por tentar controlar o mundo. Todos gostam de ver o "cachorro grande" com o ego esvaziado. Isso vai ajudar a isolar os Estados Unidos do restante do mundo. Em segundo lugar, a mudança para o Iraque vai agradar aos árabes e ajudar a uni-los. Isso dará a eles a sensação de prestígio. Eles vão acreditar que estão ganhando poder e que têm algum controle sobre o próprio futuro. Com essa mudança, também será mais fácil acomodar as diversas facções que brigam entre si. Reconstruir a Babilônia devolverá o orgulho aos árabes e dará a eles algo em que focar a energia. Especialmente se o local se tornar a sede da ONU.

Viorica Enesco ajeitou os longos cabelos vermelhos. Em seu forte sotaque romeno, ela perguntou:

— Os europeus não vão se opor à instalação da ONU na Babilônia, em vez de em algum local da Europa?

Bartholomew sorriu.

— Alguns podem protestar, de fato. Mas aqueles que estão em posição de liderança concordarão. Eles sabem que a ONU é só uma vitrine, de qualquer maneira. Em última análise, ela consiste em muita conversa e pouca ação. A ONU desmoronaria em instantes se os Estados Unidos e a União Europeia retirassem o financiamento. Os líderes mais importantes da Europa sabem que têm grande poder financeiro e o conhecimento para controlar as nações árabes. Eles apoiariam os árabes sem nenhuma hesitação em troca de preços mais baixos para o petróleo. Os Estados Unidos teriam de manter o apoio à ONU, ou seriam acusados de ser contra os árabes. Eles vão ceder sob a pressão política. Isso vai drenar as finanças americanas e enfraquecer o dólar. Logo haverá uma crise que ajudará na conclusão dessa fase.

Bartholomew fez um gesto para Ganesh Shesha, que sorriu. Os dentes brancos contrastavam com a pele morena.

— A fase dois envolve o aumento nas ameaças de guerra. Começamos um plano para criar uma crise entre a Índia e o Paquistão. A ameaça de uma guerra nuclear vai ajudar a causar tumulto político nos Estados Unidos. Seus líderes se concentrarão em negociações que exigirão perda de tempo e duras decisões no campo político. Então enviaremos financiamento para os senhores da guerra na África. Eles já são egomaníacos, e vão expandir ainda mais seu poder. Começarão a eliminar os inimigos, como fizeram com o extermínio de centenas de milhares em Ruanda e nas lutas na Somália e no Congo. O financiamento a certas facções muçulmanas permitirá que eles extravasem a raiva que sentem pelos cristãos em seus países. Será maravilhoso assistir aos Estados Unidos tentando administrar conflitos em tantas frentes.

Os outros seis concordavam com movimentos de cabeça.

— Já começamos a agitar os norte-coreanos com a questão nuclear — Shesha explicou. — Vamos elevar o nível do conflito e obrigar os Estados Unidos a deslocarem mais navios e militares para a área. Ao mesmo tempo, alimentamos os rumores de que a China está tentando tomar Taiwan. Mais recursos serão drenados dos Estados Unidos. Já começamos a complicar a ameaça nuclear no Irã. Os americanos agora precisam dedicar algum tempo ao planejamento de cenários de guerra para aquele país. No momento certo, instigaremos um ataque combinado aos consulados americanos em todo o mundo. Junto a essa medida, vamos financiar terroristas que realizarão ataques contra grandes portos, como Long Beach, Califórnia, e a cidade de Nova York. Os americanos já enfrentam dificuldades com a segurança nessas áreas.

Bartholomew olhou para o *señor* Mendez.

— Acho que você é o próximo.

— Sim. A fase seguinte inclui o boicote ao comércio dos Estados Unidos. Nosso plano é eliminar o fornecimento de petróleo para aquele país. Isso aumentará o preço da gasolina e a revolta do povo. Haverá conflitos internos, e todos vão culpar os políticos, que tentarão proteger suas posições. A confusão será inevitável. Esperamos que isso obrigue os americanos a usarem suas reservas de petróleo. Assim, será necessário fazer perfuração no Alasca para a extração do petróleo local. Os ambientalistas lutarão contra o Congresso por colocarem em risco as florestas protegidas e os canais. Bilhões de dólares serão gastos na tentativa de extrair petróleo e levá-lo às refinarias. Queremos ajudar a quebrar a espinha financeira da única nação que se interpõe em nossa caminhada para o controle do mundo.

Todos aplaudiram. John Bartholomew e Sir William Merton pediam silêncio para que Mendez pudesse prosseguir. Ele logo retomou a palavra.

— Depois disso, vamos ajudar a União Europeia a abrir negociações para o comércio liberal com a América do Sul, Canadá, Ásia, Índia e os países africanos. Todos recorrerão à União Europeia em busca de apoio. Nações do mundo inteiro começarão a se curvar à Europa. Ao mesmo tempo, aumentaremos as restrições aos bens e produtos americanos. Os donos de fábricas nos Estados Unidos terão de demitir seus empregados graças ao boicote internacional. As demandas do seguro desemprego e dos recursos da Secretaria de Serviço Social começarão a esvaziar os cofres americanos. O consumo no varejo despencará com os desempregados usando seu dinheiro simplesmente para sobreviver. Muitas pessoas perderão seus empregos nesse ciclo vicioso de queda na demanda e no fornecimento. Os cidadãos se tornarão agressivos e hostis contra seu querido governo democrático. Em alguns lugares, tentaremos fomentar a agitação civil. Por exemplo, espalharemos rumores de demissão em massa provocados por convicções religiosas e raciais. Será o caos.

— Até aqui tudo parece muito bom — Viorica Enesco opinou sorrindo. — Vamos passar à fase quatro. Nessa etapa criaremos emergências médicas. Temos financiado células adormecidas dentro dos Estados Unidos. Em um determinado momento, eles promoverão uma epidemia de varíola. Isso mobilizará o pessoal da área de saúde e exigirá investimentos milionários. Outras células adormecidas enviarão pacotes com antraz para os líderes do governo municipal, estadual e federal, inclusive para aqueles nas comunidades de pequeno e médio portes. Será um pandemônio! Dessa vez a mobilização envolverá polícia, segurança e serviços de emergência em toda a América. Mais energia e dinheiro serão gastos. Então, quando a crise tiver aparentemente atingido seu ponto máximo, nossos outros grupos bombardearão os maiores e mais importantes hospitais. Os americanos têm uma preocupação especial com os enfermos e os menos favorecidos. Eles prestarão socorro aos hospitalizados e utilizarão os recursos restantes para proteger essas pessoas queridas.

— Não é maravilhoso? — perguntou Jakoba Werner, mudando de posição na cadeira e inclinando o corpo para a frente. — Na fase cinco, para enfraquecer o mercado de ações dos Estados Unidos, convenceremos os xeques árabes a transferirem seu dinheiro do mercado americano para a União Europeia. Isso fortalecerá o euro e enfraquecerá o dólar americano. Induziremos grandes investidores estrangeiros a comprar ações na margem e inflacionar o mercado com uma falsa tendência de alta. As pessoas investirão e depois não conseguirão pagar a margem, porque não permitiremos que tenham dinheiro para isso, e essa reação levará à queda. Tentaremos causar movimentos rápidos de alta e baixa no mercado. Os investidores ficarão inseguros e deixarão de investir. Depois de vários sobe e desce financeiros, os americanos tenderão a achar que o mercado europeu é mais estável, e irão buscar lá possíveis investimentos para seu dinheiro. Mais dinheiro saindo dos Estados Unidos. Talvez não sejamos capazes de causar o colapso do mercado, mas podemos enfraquecê-lo de forma acentuada.

— Muito bom — John Bartholomew aprovou entusiasmado.

Werner continuou:

— Vamos colocar dinheiro na próxima eleição presidencial dos Estados Unidos. Nosso plano é apoiar os candidatos mais liberais e socialistas. Quando estiverem no poder e a pressão política aumentar no mundo todo, eles cederão às exigências e necessidades dos outros países. Visarão à aceitação da comunidade global, não seu ódio. Buscarão a paz a qualquer preço. Sua independência será reduzida na medida em que se conformarem com o fluxo da iminente sociedade mundial.

Todos olharam para o general Li, que assentiu.

— A fase seis é singular. Denominamos plano de fogo. Com as ameaças de guerra, a proliferação nuclear, os bombardeiros terroristas, o boicote ao comércio dos Estados Unidos, o aumento nos preços do petróleo, o enfraquecimento de Wall Street, e as emergências médicas — todos os recursos da América chegarão ao limite. Certas células adormecidas iniciarão incêndios de verdade, começando pelas grandes áreas metropolitanas. A prioridade no combate ao fogo é proteger as pessoas, depois as estruturas e em seguida as florestas. Com os incêndios aumentando nas cidades, outras células adormecidas atearão fogo nas florestas próximas a estações de energia; esperamos com isso interromper o fornecimento e fechar grandes redes elétricas. Depois será a vez das florestas em torno de reservatórios de água. O plano é causar erosão, que levará ao aumento pronunciado de deslizamentos, desmoronamentos e enchentes. Isso prejudicará a agricultura, a construção civil e o transporte.

Todos assentiram. O plano parecia maravilhoso.

— Os Estados Unidos já sofreram um forte golpe em seus recursos com a guerra no Iraque, com tornados, furacões e enchentes no próprio território. Eles têm atuado nos esforços de ajuda no Afeganistão e na Turquia, e também às vítimas do tsunami. O enfraquecimento da economia americana afetará o mundo todo. E fortalecerá a economia europeia, e isso é exatamente do que necessitamos. A única maneira de conquistar um país grandioso como os Estados Unidos é fragmentando-o. Se pudermos levá-los a lutar em várias fontes, os americanos finalmente desistirão de cuidar do restante do mundo para tentar proteger apenas seu povo. Eles se tornarão tão fracos que deixarão de ser uma ameaça. Especialmente no único local que ainda não mencionamos: Israel. Se pudermos induzir os Estados Unidos a suspenderem a ajuda a Israel, teremos como destruir e eliminar de maneira definitiva aquele câncer da face da

Terra. O mundo estará mergulhado no caos, clamando por um líder que possa entrar em cena e assumir o controle.

Sir William Merton assentia vigorosamente. Ele parecia sentir calor em seu traje clerical.

— A sétima fase implica começar um movimento religioso — explicou ele. — Quando o mundo estiver em condições financeiras desesperadoras, as pessoas buscarão apoio na religião. Lembrem-se: "a religião é o ópio do povo." Vamos começar a patrocinar vários líderes religiosos e, também, lançar um chamado para a união de todas as crenças. Usaremos o argumento da fraternidade universal do homem. Apoiaremos e incentivaremos a comunidade homossexual. Aqueles que se opuserem serão ridicularizados, ameaçados e punidos. Podemos fazer tudo isso instituindo legislação que removerá vantagens fiscais críticas de igrejas e organizações religiosas. Os que se opuserem a nosso plano poderão ser acusados de incitação ao ódio e presos por rebeldia civil. Isso vai esmagar qualquer tentativa de oposição. Estabeleceremos uma nova religião mundial que terá vasta influência sobre as pessoas.

John Bartholomew tomou a palavra.

— Algumas partes de todos esses planos já estão operando efetivamente. O restante logo será implantado. Até agora, tudo tem dado certo. Se Talon puder cumprir suas missões, acredito que nos manteremos dentro de nosso cronograma. Isso pede um brinde.

TRINTA E UM

MURPHY OLHOU PARA Isis e a analisou por um momento, notando que ela estava compenetrada na leitura. Era uma linda mulher. Os olhos verdes e os cabelos vermelhos eram impressionantes, mas havia mais. Ela era inteligente, culta, e sabia se conduzir e participar de praticamente todo tipo de conversa. Era uma companhia divertida e não tinha medo de experimentar coisas novas e diferentes. Era independente e, ao mesmo tempo, parecia precisar de sua força. Ele sentia um intenso desejo de protegê-la. Sabia que começava a se recuperar da morte de Laura. Podia sentir o crescimento de um novo amor, e era uma sensação confortável... e boa.

Isis levantou a cabeça e seus olhos se encontraram. Ela sorriu, e foi preciso muito controle para resistir ao impulso de abraçá-la. Depois de um momento, ela baixou o olhar e retomou a leitura. Murphy respirou fundo e abriu outra pasta.

Ao pegá-la, ele notou alguma coisa no diário que acabara de deixar sobre a mesa. Um pedaço de papel colado na contracapa. Murphy segurou o diário novamente e retirou a folha que havia estado presa entre as duas últimas páginas. Em uma delas havia uma genealogia da criança que o Dr. Anderson e seu sócio haviam ajudado a produzir.

— Veja isto! — exclamou Murphy.

— Parece que o Dr. Anderson já fez parte do trabalho para nós. Vamos ver o que conseguimos descobrir sobre essas pessoas.

Murphy estava animado.

— Anderson escreve que Carmine Anguis, pai da mãe biológica do bebê, era um líder cigano da tribo Rom. Eles são muito conhecidos por ler a sorte. Ouvi dizer que alguns membros construíram casas que pareciam igrejas. E eles mendigavam nas ruas mostrando fotos dessas construções, pedindo ajuda para construírem sua igreja. Era realmente a casa deles. Esse truque ainda se repete hoje. Vi muitas casas desse tipo na Romênia.

— Eles jogam com os sentimentos das pessoas. Há alguma informação sobre a mãe, Kala Matrinka?

— O Dr. Anderson insinua que ela pode ter sido uma prostituta antes de se tornar esposa de Carmine.

— E Alfred Meinrad?

— Ele era cientista e doutor em astrofísica e em microbiologia. Era um ateu muito eloquente e evolucionista. Não acredito que tenha se casado. De acordo com os relatos do jornal, ele morreu em um misterioso acidente de automóvel. Ele dirigia pelas montanhas quando saiu da estrada repentinamente e despencou no precipício. Esse cenário parece familiar?

— Foi exatamente o que aconteceu com o Dr. Talpish! — exclamou Isis, pensativa. — Michael, você me perguntou qual era a relação entre Madame Blavatsky, Annie Besant, Alice Ann Bailey e o Dr. Anderson. Acho que descobri a ligação. Veja a genealogia do Menino. Zigana Averna era bisavó de Keres Mazikeen. Zigana trabalhou como assistente para as três mulheres. Primeiro para Blavatsky, depois para Besant e finalmente para Bailey. Ela morreu no início da década de 1940. Era mãe de uma menina ilegítima chamada Mariana Yakov. O nome do pai era Ivan Yakov de Estalingrado. Ivan Yakov

Genealogia Rastreável de O MENINO
Harley B. Anderson, M.D.
Transilvânia, Romênia
Outubro, 1963

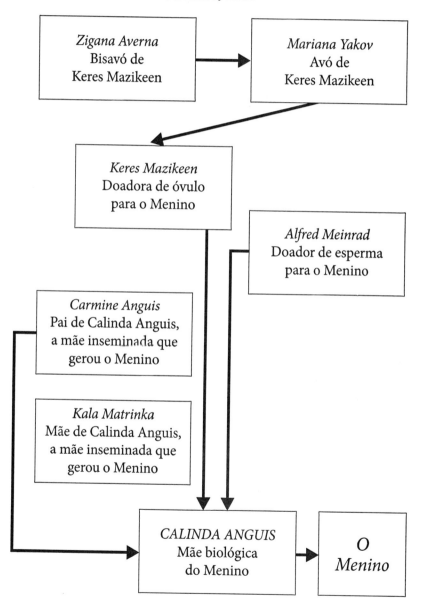

MOVIMENTO NOVA ERA

Muitos cultos diferentes

Sociedade teosófica

Maçonaria/Illuminati

Rosacruz

Cavaleiros templários

Gnose

Cabala

Antigas religiões de mistério

Nimrod — A Torre de Babel

foi preso posteriormente por assassinato. Mariana Yakov tornou-se prostituta e viveu assim até os trinta e poucos anos, quando se casou com Aaron Mazikeen. O Dr. Anderson indica que ele era traficante de drogas e foi morto por um tiro em Istambul. Mariana Yakov deu à luz uma menina chamada Keres Mazikeen. Mais tarde Yakov, então alcoólatra, morreu. Mazikeen doou o óvulo para o Menino. Alfred Meinrad doou o esperma. Calinda Anguis foi apenas o corpo hospedeiro onde se desenvolveu o óvulo fertilizado.

— Uau! — Murphy estava impressionado. — O Dr. Anderson teve de fazer uma grande investigação para descobrir tudo isso.

— É verdade. Ele segue dizendo que Zigana era especialista em comunicação com os mortos, sessões espíritas, previsão do futuro e servia de instrumento para manifestação dos espíritos. Ela era até melhor que Blavatsky em sua capacidade de fazer tudo isso. Ela se tornou adoradora do diabo e era excelente em todo tipo de corrupção.

— Eu não ia gostar dessa mulher cuidando do neto.

— Michael, Michael! Escute! — exclamou Isis, ao rever a genealogia. — Você sabe que sou capaz de ler e falar muitos idiomas.

— Sim, eu sei.

— Esses nomes... *Zigana Averna*: *Zigana* é "cigana", em húngaro, e *Averna* é "rainha do submundo", em latim. *Mariana Yakov*: *Mariana* é "rebelde", em russo, e *Yakov* é "usurpador", no mesmo idioma. Alguém que toma o lugar de outro. *Keres Mazikeen*: *Keres* é "espíritos maus", em grego, e *Mazikeen*, em judeu, são "criaturas mágicas que podem mudar de formas.

Murphy ouvia com atenção e espanto.

Ela continuou:

— *Alfred Meinrad*: *Alfred* é o termo italiano para "conselheiro das fadas" e *Meinrad* é "conselheiro forte", em alemão. *Carmine Anguis*: *Carmine* é a palavra latina para "carmim" e *Anguis* é "dragão", em latim. *Kala Matrinka: Kala* é "preto", em egípcio, e *Matrinka* é "mãe divina", em egípcio. E, finalmente, *Calinda Anguis: Calinda* é o termo latino para "forte" e *Anguis*, também em latim, é "dragão". Há algo de realmente misterioso em tudo isso — Isis comentou. — O que acha que significa a outra folha de papel?

Murphy olhou para a página com o cabeçalho "Movimento Nova Era".

— Meu palpite é que o Dr. Anderson prosseguiu em sua investigação — respondeu pensativo. — Na Bíblia, Nimrod era considerado o pai de todos os cultos contra Deus. A ele é atribuído o crédito por ter incentivado a Torre de Babel como uma rebelião contra Deus. As diversas religiões misteriosas antigas surgiram dele. Elas deram origem à Cabala, um nome que você deve ouvir nos jornais hoje em dia, à Gnose e, depois, às sociedades secretas como os Cavaleiros Templários, a Rosacruz, a Maçonaria e os Illuminati. Anderson deve ter começado com Madame Blavatsky e a Sociedade Teosófica e rastreou suas origens até Nimrod. Não era de estranhar que se sentisse culpado e quisesse retificar seus erros.

— Isso soa para mim como a história de Judas, como ele sentiu remorso por ser um traidor do Cristo. Como vê, *sei* um pouco sobre a Bíblia — Isis comentou sorrindo.

— Tem razão. E isso me lembra um poema breve:

Desde a Antiguidade
Os homens por eles mesmos têm seus preços estabelecidos.
Por 30 moedas Judas vendeu
A si mesmo, não o Cristo.

— Murphy, isso está ficando muito assustador.

TRINTA E DOIS

RASHAD ENTROU NO grande salão e parou por um momento, cofiando a barba. A checagem completa de um prédio tão grande levaria algum tempo. Ele se aproximou do catálogo de cartões e fingiu estar procurando alguma coisa.

Alguns minutos depois Asim entrou. Ele foi até o porta-revistas, escolheu uma e se sentou à mesa vazia. Lá, ele abriu a revista e fingiu ler. Porém, seus olhos não estavam nas páginas; ele olhava além delas.

O próximo a entrar foi Fadil. Nenhum observador casual teria dado atenção aos primeiros dois árabes. Eles agiam normalmente. Fadil, por outro lado, se destacava — não pelo corpo alto e magro, mas pela atitude nervosa. Os olhos vagavam de um lado para o outro, e havia na testa uma fina camada de suor que também podia ser percebida nas manchas em sua camisa. Ele se aproximou da estante e retirou um livro, mas nem olhou para ele. Apenas o segurou enquanto os olhos vasculhavam toda a sala.

Alvena Smidt estava muito interessada nas diferenças entre "quiddity" e "quidnunc" no dicionário quando ouviu uma voz.

— Com licença, senhora. Poderia me ajudar?

Os olhos dela se iluminaram. Ela olhou para o rosto do homem de pele clara e bigode perfeitamente aparado, e notou que ele vestia sobretudo e usava luvas. Era alto e parecia tenso. Seus olhos frios teriam feito tremer a maioria das pessoas, mas não ela. Não Alvena Smidt.

— Não diga mais nada — ela exclamou. — Deixe-me adivinhar. É de Cape Town e fala africânder.

— Correto — Talon respondeu surpreso. — Como sabe?

Smidt tirou os óculos e se levantou. Depois de ajustar o vestido de bolas azuis, ela se dirigiu ao balcão e sorriu.

— Eu sabia. Eu sabia! Nasci e fui criada em Cape Town. Meus pais são descendentes de comerciantes holandeses cuja linhagem data de 1700. Sempre consigo identificar quando alguém é da África do Sul. Creio que seja a combinação do sotaque holandês com o inglês. Em casa, meus pais só falavam africânder, e sua voz é muito parecida com a de meu pai. É muito bom ouvir alguém que nos faz lembrar de casa. Eu me mudei para os Estados Unidos depois de me formar na faculdade e vivo aqui desde então.

— Que bom. Mas estava pensando se poderia me ajudar.

— Oh, sim, será um prazer. Está procurando algum livro, artigo? Parece ser o tipo de homem que gosta muito de ler. Aposto que ama os clássicos! Eu gosto de música clássica. É tão estimulante! Já ouviu aquela...?

Ele a interrompeu.

— Estou procurando amigos meus. Um homem e uma mulher. Eles estão...

— Também são da África do Sul? Eu adoraria conhecê-los. Talvez eles conheçam alguém da minha família.

— Não, não são da África do Sul! — Talon respondeu com firmeza. — O homem tem aproximadamente a minha altura e uma aparência endurecida. A mulher é ruiva. Você os viu por aqui?

— Ah, sim! Quem deixaria de ver aquela mulher de cabelos vermelhos? Ela parece uma modelo. É modelo? E o homem que a acompanha também é muito bonito. Formam um belo casal. Cheguei a pensar que deviam ser muito felizes juntos. Quantos filhos será que eles têm? Simplesmente adoro crianças. Não gosta delas?

— Eles ainda estão aqui? — perguntou ele, por entre os dentes.

— Não sei. Mas, se estiverem, traga-os até o balcão. Eu adoraria conhecê-los.

— Aprecio sua ajuda. É muito solícita.

Smidt sorriu e corou ao mesmo tempo. Não era sempre que conhecia alguém tão cortês e que sabia usar tão bem o idioma inglês. Muitas pessoas teriam dito apenas "Muito obrigado". Era aceitável, mas muito comum. Ela o viu se afastar do balcão. *É uma alegria ter uma conversa com alguém que é tão educado... e da África do Sul, também.*

Ela continuou observando o homem baixo e de bigode bem-aparado com o catálogo de cartões. Dois outros homens se juntaram a ele. Ambos tinham aparência de árabes.

Ele deve ser diplomata, ou algo parecido. Talvez também fale árabe.

Smidt estava se preparando para colocar novamente os óculos quando viu o homem olhando para ela, sorrindo e acenando com a cabeça. Ela corou. Ele não era apenas educado. Era atraente, também... e ela vivia sozinha havia um bom tempo.

— Michael, volto num minuto — Isis avisou, se levantando. — Preciso ir ao banheiro.

Enquanto via Isis se afastar, Michael cogitava se as anotações do Dr. Anderson poderiam ajudá-lo a descobrir mais pistas sobre quem poderia ser o Anticristo. Ele sabia que, se o que estavam lendo fosse verdade, eles provavelmente estavam correndo perigo de verdade.

Quem quer que sejam os Amigos da Nova Era, é certo que são poderosos e têm um plano maléfico. Conseguiram matar o Dr. Anderson. Seremos os próximos?, Murphy especulava.

Sorrindo para si mesma, Isis se virou para olhar para Michael a caminho do banheiro. *Quando ele está concentrado, é preciso um terremoto para chamar sua atenção.*

Depois de passar por fileiras intermináveis de prateleiras repletas de livros, ela encontrou uma placa indicando que o banheiro ficava no segundo andar. Sem olhar para o salão no térreo, ela desceu um lance de escada. Não viu os árabes conversando... nem notou Talon.

— Rashad, você e Fadil procuram no lado direito do térreo. Asim e eu vamos olhar do lado esquerdo. Se os encontrarem, não se aproximem. Finjam ser apenas pessoas comuns na biblioteca. Um de vocês permanece na área, o outro vem me chamar. Vamos examinar um andar de cada vez, sempre ao mesmo tempo. Asim e eu subiremos pelo elevador; vocês dois usam a escada. Desse jeito eles não vão passar por nós despercebidos.

Talon se preparava para continuar, mas foi interrompido por Asim.

— Não podemos matá-los? Quero vingar a morte de Ibrahim.

— Eles vão morrer, mas devemos ser cuidadosos. Esse é um lugar público, e não queremos que as pessoas nos identifiquem. Sei que você os quer mortos, mas o que está em jogo aqui é muito maior que a vida de duas pessoas. Não queremos que a morte desses dois prejudique nossa oportunidade de matar milhares.

TRINTA E TRÊS

SHARI BEBIA UMA xícara de café sentada a uma das mesas perto do centro estudantil quando Paul Wallach apareceu. Ele não sabia bem como começar. Ele e Shari não se viam havia uma semana, e a última conversa que tiveram não acabara bem.

— Olá, Paul. Obrigada por ter vindo. Quer beber algo?

— Não, obrigado. Acabei de almoçar. Como tem passado?

Shari refletiu por um instante.

— Não muito bem — respondeu ela com honestidade. — Tenho chorado muito, Paul, e finalmente decidi que não posso continuar desse jeito.

Wallach não disse nada. Essa conversa se encaminhava para um local no qual ele preferia não estar.

— Paul, lembra-se de quando costumávamos conversar sobre religião?

— Antes do bombardeio?

— Sim. Naquela época você parecia muito interessado em examinar a fé cristã. E mesmo depois do bombardeio, quando o visitei no hospital, e quando cuidei de você depois da alta, sempre percebi certo interesse seu pelo assunto. Mas agora algo mudou. Você não parece mais entusiasmado em fazer disso parte de sua vida.

— Acho que isso tudo simplesmente não era o que imaginei. Descobri que meus interesses estão mudando — Wallach improvisou apressadamente.

— Mudando?

— Sim. Estou focando minhas energias no futuro — explicou ele. — Isso me anima mais do que a Igreja. Não me entenda mal: a Igreja é boa para algumas pessoas, como você, mas não para mim.

— E o que é para você, Paul?

Wallach começou a se sentir um pouco desconfortável. Ele nunca havia traduzido seus pensamentos em palavras antes.

— Bem, quero sair da escola e ingressar no mundo dos negócios.

— Na Barrington Network News?

— Sim. A mídia é uma área excitante.

— Acho que pode estar enganado a respeito. A companhia de Barrington produz muitos programas ruins para a televisão e o rádio. Eles vão contra a estrutura moral da sociedade. Como pode pensar em fazer parte disso?

— Barrington também faz muita coisa boa. Há muitos programas positivos, enriquecedores — Wallach protestou.

— Paul, você sabe que sempre fui honesta com você e com meus sentimentos. Acho que você está sendo usado.

Wallach se colocou na defensiva.

— Ninguém está me usando! — exclamou ele.

— Acha que todos os jantares, todos os vinhos e todas as viagens a Nova York no jato particular de Barrington acontecem apenas por ele ter algum interesse pessoal em você?

— Sim, acho. Ele perdeu o filho, e acredito que me colocou no lugar dele.

— Eu sei que ele está pagando todas as despesas do seu curso e que prometeu empregá-lo assim que você se formar.

— Exatamente. E ele também me paga por artigos que mando para ele.

— E ele publica esses artigos?

— Não.

— Sobre o que são esses textos?

— Sobre o que aprendo nas aulas do Dr. Murphy.

— E por que Barrington pede para você escrever esses artigos?

— Ele diz que quer avaliar meu estilo de redação para poder me colocar no departamento apropriado quando eu me formar.

— Acho que está acontecendo algo mais — disse Shari, com firmeza.

— O que quer dizer?

— Por que um bilionário conhecido por ser um egomaníaco decide de repente pagar as despesas de um estudante universitário que ele nem conhecia? E por que daria dinheiro a esse estudante em troca de artigos que não publica, e sobre arqueologia, entre todas as coisas? Ele não pede para ver seu estilo de redação em outros assuntos, pede? Só sobre o que você aprende nas aulas do Dr. Murphy? Acho que ele o contratou para ser um espião particular.

— Está aborrecida porque às vezes desafio seu querido Dr. Murphy em sala de aula. Nem todo mundo acredita na criação, sabe? — Wallach respondeu, furioso.

— Isso não é tudo, Paul. Estou preocupada com seus valores, sua atitude na vida. Deus não parece estar em posição muito privilegiada em sua lista de prioridades. Dinheiro, poder e orgulho parecem ser seu foco. Essas coisas podem ser muito atraentes em princípio, mas, com o tempo, destroem qualquer um. Não proporcionam satisfação verdadeira. Jesus disse: "E como você se beneficia, se ganha o mundo, mas perde sua alma para isso? Alguma coisa vale mais que sua alma?"

— Minha alma vai muito bem, obrigado. Só quero sair da escola e começar a ganhar algum dinheiro.

— Por que, Paul?

— Essa é uma pergunta maluca, Shari. — Wallach estava cada vez mais exasperado. — Quero dinheiro para poder comprar coisas.

— Coisas?

— Sim, coisas. Um carro, uma casa, um barco, ou uma televisão de plasma... coisas!

— E depois?

— Depois o quê?

— Depois de comprar todas essas coisas, o que vai fazer?

— Vou me divertir!

— Vamos ver se entendi — disse Shari, em voz baixa. — Um trabalho rende dinheiro e assim você pode comprar coisas, e assim pode se divertir. Certo?

— Certo.

— Paul, coisas não trazem felicidade duradoura. Um carro sofre desgaste. Uma casa pode ser destruída em um incêndio. Um barco pode afundar. E uma televisão de plasma deixa de funcionar. Quando isso acontecer, onde vai encontrar diversão?

— Todo mundo precisa ganhar dinheiro para viver!

— Não sou contra trabalhar para garantir o sustento da família. Mas em todas as conversas que tivemos você nunca falou sobre família, ou sobre servir a comunidade, ou contribuir para a nação, ou criar filhos com valores herdados de você. E, acima de tudo, você não incluiu Deus em nenhum dos cenários que dividiu comigo. A maioria das conversas foi centrada em você mesmo e em mim. Você não fala sobre ajudar os outros.

Wallach ficou em silêncio. Não sabia como responder; no fundo, reconhecia que Shari havia descrito de maneira muito apropriada sua disposição mental.

— Paul, há algo no livro Dois, de Coríntios, que eu gostaria de repetir para você. Pense nisso: "*Não tente se associar em igualdade com incrédulos, porque isso é impossível. Como certo e errado podem ser parceiros? Como luz e escuridão podem conviver? Como Cristo e o Diabo podem concordar? O que um crente tem em comum com um incrédulo? Como pode o templo de Deus aceitar ídolos pagãos? Porque nós somos o templo do Deus vivo!"*

Wallach parou por um momento, tentando processar o que Shari acabara de dizer.

— Está dizendo que estou na escuridão e ao lado do Diabo? — ele perguntou, irritado.

— Deixe-me tentar explicar. Você e eu pensamos de maneira diferente sobre Deus, valores eternos, como conduzir a vida e o que é realmente importante. Isso tudo é como água e óleo. Não podem se misturar. Por mais que eu queira, não vai acontecer. Se insistirmos nesse relacionamento, você não será feliz comigo, nem eu com você. — Os olhos de Shari começavam a se encher de lágrimas. — É melhor pararmos por aqui. É evidente que seguimos por estradas distintas. Não posso rejeitar tudo em que acredito, tudo que considero importante, por mais que goste de você. Insistir nisso só acabaria em desastre. Lamento que tenha de terminar assim, mas, no final, será melhor para nós dois. — Shari levantou-se enquanto concluía a frase. As lágrimas corriam pelo seu rosto.

TRINTA E QUATRO

QUANDO ISIS SAIU do banheiro, ela nem imaginava que Rashad e Fadil já estavam no segundo andar. Eles caminhavam lentamente diante de uma longa estante de livros, parando a cada entrada de corredor para ver se havia alguém.

Fadil estava um passo atrás de Rashad. Suando mais do que nunca, ele tinha de limpar a testa a cada minuto. Contador por ofício, Fadil fora recrutado apenas recentemente para se juntar a uma das células adormecidas. Queria ajudar a causa, mas não havia sido treinado para lutar e matar como os outros. Tudo isso era novo para ele, e estava apavorado. Não conseguia deixar de pensar na esposa e nos filhos em casa. O que seria da família se ele não voltasse, se morresse ou se fosse preso? A família também seria detida? Com pensamentos como esse girando na mente, era difícil se concentrar na tarefa.

Isis levou a mão ao bolso e retirou um pedaço de papel. Nele havia anotações do catálogo de cartões que ela vira mais cedo.

Ela começou a procurar pela seção B, observando os números. Mal podia esperar para ver o que Blavatsky havia escrito. A mulher parecia ser fascinante.

Ela parou no final de um corredor estreito entre duas prateleiras e olhou para cima, conferindo a numeração. Depois, comparou o que via com as anotações no papel.

> A doutrina secreta
> Helena Petrovna Blavatsky
> Nascida em 1831 Morta em 1891
> 2º andar — seção B #B12743 Hp. 142

É isso.

Quando parou para confirmar a numeração das prateleiras, Rashad e Fadil estavam do outro lado, olhando para baixo. Eles não a viram, porque a estante a encobria. Os dois homens seguiram na direção oposta, enquanto ela procurava pelo livro de Blavatsky na prateleira.

Quando o encontrou, Isis se encaminhou para a escada. No mesmo momento, Rashad e Fadil entraram no corredor atrás dela. Isis já tinha o livro aberto entre as mãos e lia compenetrada enquanto subia lentamente os degraus de mármore. Talon e Asim, do outro lado da biblioteca e entre duas prateleiras altas, não a viram.

Quando Isis chegou ao terceiro andar, ela se virou e olhou para baixo, para o grande saguão. E parou por um momento para admirar a beleza do antigo edifício e seus lustres. Estava prestes a seguir em frente e voltar ao local onde Murphy continuava lendo quando ela o viu. *Talon!*

O terror a invadiu. Instintivamente, ela se escondeu entre dois corredores de prateleiras. A adrenalina inundava seu corpo, o coração disparou e ela começou a respirar ofegante. A mente recuperou da memória aquele momento em que ela vira Talon no fundo do navio no mar Negro. Tivera certeza de que ele a mataria, mas Murphy aparecera, e Talon e os pratos de bronze foram para o fundo do mar. Mas como ele os encontrara ali? E quem estava com ele?

Isis viu quando Talon assentiu e entrou no elevador. Podia ver a seta dourada e luminosa sobre a porta, o número iluminado se aproximando do 3. Quando se virou para correr ao encontro de Murphy, ela notou dois homens subindo a escada. Eles também pareciam ser árabes. Estariam com Talon? O pânico só fazia crescer.

Isis sabia que os dois homens na escada não veriam Murphy imediatamente. A mesa que ocupavam ficava em um canto afastado, bloqueado por prateleiras que se estendiam como muralhas nas duas direções. Ela se moveu silenciosamente na direção de Murphy, e então ouviu vozes. Rápida, escondeu-se atrás de uma estante e ficou ali paralisada, com o coração acelerado. Os homens falavam em árabe. Podia entender o dialeto.

— Talvez já tenham deixado a biblioteca.

— É possível. Mas já sabemos em que hotel estão hospedados, então... É só uma questão de tempo.

As vozes se afastaram, como se eles estivessem caminhando para longe dela. Isis sabia que em poucos instantes eles chegariam ao fim do corredor entre as prateleiras e encontrariam Murphy. Também sabia que não devia fazer nenhum ruído que atraísse a atenção deles.

Ela se esgueirou pela estante, tentando chegar a um local de onde pudesse ver Murphy. Como poderia chamar sua atenção sem se aproximar demais, sem fazê-lo falar?

Isis abriu o livro de Madame Blavatsky e arrancou dele a primeira página, em branco. Nela, escreveu: Talon. Depois, dobrou a página como um avião e a arremessou para Murphy.

Murphy estava completamente concentrado no diário do Dr. Anderson quando sentiu um movimento no ar e viu o avião de papel pousar sobre a mesa. Ele olhou em volta e viu Isis parada entre duas prateleiras a alguma distância dele, os olhos dominados pelo terror. Ela mantinha o dedo indicador sobre os lábios. Com a outra mão, apontava para o avião de papel sobre a mesa.

Murphy compreendeu que havia algo de muito errado ali. Depois de desdobrar o papel e ler a mensagem, começou a se levantar. Quando olhou para Isis, ela ainda mantinha o dedo sobre os lábios, mas usava a outra mão para chamá-lo, indicando que ele deveria caminhar em sua direção. Murphy deixou a mesa guardando as anotações no bolso, e se aproximou dela sem fazer barulho. Isis o abraçou, tremendo. Ela cobriu sua boca com a mão quando percebeu que ele ameaçava falar. Em silêncio, o conduziu até o final do corredor entre as prateleiras, onde parou e olhou para o espaço que se abria. Não via ali nenhum dos árabes. Deviam ter seguido pelo corredor; e isso significava que logo voltariam na direção deles!

Isis agarrou a mão de Murphy e o puxou para a escada de mármore. Depois de olhar em volta com cautela, subiram correndo para o quarto andar. Precisavam encontrar um jeito de fugir.

TRINTA E CINCO

No QUARTO ANDAR, Isis e Murphy desapareceram rapidamente entre as prateleiras de livros.

— Michael, estou com medo. Eles são pelo menos quatro — sussurrou Isis.

— Conte-me o que viu.

Isis explicou tudo desde o primeiro instante em que vira Talon e o árabe entrando no elevador, até a conversa em árabe.

— Logo eles estarão aqui, Michael, o que faremos?

— Não sei. Deixe-me dar uma olhada em volta.

Murphy ainda observava o ambiente quando Isis cochichou:

— Eles estão subindo a escada.

— Vamos esperar aqui, entre as prateleiras. Não acredito que possam nos ver logo.

Rashad e Fadil se separaram no topo da escada. Rashad começou a caminhar ao longo da primeira estante, a que estava mais próxima da balaustrada sobre o grande saguão no térreo. Fadil andava em sentido contrário, se aproximando de Isis e Murphy.

Murphy sussurrou:

— Quando ele se aproximar, coloque-se na frente dele e diga algo em árabe — ele instruiu antes de sumir.

Fadil foi pego totalmente desprevenido quando se aproximou da extremidade da prateleira. De repente, uma linda mulher com cabelos vermelhos surgiu diante dele, sorridente e sexy.

— Você é um tipão — murmurou ela. — Aposto que todas as mulheres querem sair com você.

Ela estava próxima. Era muito atraente. E falava árabe. Fadil não sabia como reagir. Fora orientado a não fazer contato, a limitar-se a encontrar Isis e Murphy. Não sabia como agir. Não fora devidamente treinado. Devia agarrá-la? Gritar? Fingir que era uma desconhecida? Quando se virou para sair de perto dela, ele não teve tempo para notar a aproximação de Murphy.

O golpe o atingiu em cheio no meio do peito. Surpresa e dor o impediram de respirar por um instante, e ele cambaleou para trás. Seus olhos estavam cheios de espanto e terror quando Murphy acertou sua têmpora com um golpe com a lateral da mão. Ele caiu inconsciente sem emitir nenhum som.

Murphy puxou o corpo inerte para uma das mesas, colocou Fadil sobre uma cadeira e o debruçou sobre a mesa, como se houvesse adormecido enquanto lia.

— Isso vai tirá-lo do nosso caminho. Depressa, venha comigo. Encontrei uma escada de serviço que leva a uma passagem para o telhado. Eles vão levar algum tempo para deduzir para onde fomos.

No telhado, Murphy encontrou uma saída de incêndio que se estendia por toda a lateral do edifício.

— Vão pensar que descemos pela escada de incêndio para a rua, e tentarão nos seguir. Tenho uma ideia melhor.

Isis o seguiu para a minúscula sala que abrigava a casa de máquinas do elevador. Ele abriu a porta e olhou para baixo, para o poço.

— Há uma escada funcional aqui. Deve servir para o pessoal da manutenção. Vamos descer e tentar subir na cabine do elevador. Talvez possamos pegar uma carona até o primeiro andar, depois sair do poço e descer para o saguão principal, onde há muita gente. Lá, teremos mais chance de sumir na multidão.

Rashad não levou muito tempo para encontrar Fadil. No início pensou que ele estivesse morto, mas logo sentiu sua pulsação. Ele correu por entre as prateleiras na direção da balaustrada sobre o saguão. Olhando em volta, localizou Talon e Asim no quarto andar, do lado esquerdo da biblioteca. Um assobio agudo chamou a atenção dos dois, e ele acenou. Os homens se aproximaram correndo.

Rashad explicou sobre Fadil e concluiu:

— Dei uma olhada em volta. Acho que subiram pela escada de serviço no canto, para o telhado.

— Bom trabalho — elogiou Talon. — Asim e eu vamos subir. Você desce para o primeiro andar. Eles podem estar escondidos no prédio.

Acompanhados pela avó, Mandy e Scott Willard haviam acabado de entrar no elevador no terceiro andar. Haviam estado na seção infantil, e cada um deles segurava vários livros. Quando pressionaram o botão para o primeiro andar, ouviram um baque sobre a cabine. Os três olharam para cima.

Surpresos, notaram a abertura no alto da cabine e o rosto de um homem olhando para baixo. A avó deixou escapar uma exclamação de susto e as crianças arregalaram os olhos.

Murphy saltou para o interior da cabine e sorriu.

— Como vão?

Depois, ergueu os braços e ajudou Isis a descer pela abertura. Ela balançou a cabeça e ajeitou os longos cabelos com os dedos.

— Olá — cumprimentou-os sorridente.

— Quem são vocês? — perguntou o menino, surpreso.

Murphy se abaixou e pôs o indicador sobre os lábios.

— Shhh. Acha que pode guardar segredo?

As crianças moveram a cabeça em sentido afirmativo; a avó continuava ali parada, boquiaberta.

— Somos detetives procurando uma informação ultrassecreta. Homens maus estão atrás de nós.

— Legal — disse o menino.

— Promete que não vai deixar esses bandidos descobrirem que estamos aqui?

O menino assentiu. A menina o imitou.

— Então, levantem a mão direita e repitam comigo: "Eu prometo guardar segredo dos homens maus" — declarou Murphy, sério.

— Eu prometo! — Ambos levantaram a mão livre.

As portas se abriram no primeiro andar, e Murphy e Isis saíram do elevador. As duas crianças acenaram, e a avó continuou olhando para eles num silêncio de espanto.

Estavam quase na porta da frente quando Rashad os viu. Ele atravessou o grande salão correndo, empurrando cadeiras e mesas para abrir caminho.

Alvena Smidt levantou a cabeça ao ouvir a comoção.

— Não é permitido correr na biblioteca! — disse, erguendo a voz sem deixar de sussurrar, como era seu hábito profissional. — Silêncio!

Rashad nem a escutou. E se a ouvisse, não teria feito nenhuma diferença. Não podia deixá-los escapar.

Isis percebeu o homem correndo quando eles passavam pela porta.

— Michael! Um deles nos viu!

Murphy segurou a mão dela e correu pela rua movimentada, desviando-se de automóveis e contornando um edifício para entrar em uma viela escura.

Lá, escondeu Isis atrás de uma caçamba de lixo. Depois, armado com uma garrafa encontrada no lixo, escondeu-se atrás de uma pilha de caixas.

Rashad não viu nenhum movimento na longa viela. Empunhou a arma e começou a caminhar cauteloso, olhando para os lados. Ele já havia passado pelas caixas quando Murphy arremessou a garrafa. Ela se espatifou na parede do outro lado, e o instinto fez Rashad se virar naquela direção e atirar.

Era a oportunidade que Murphy esperava. Correndo, ele acertou o árabe pelas costas. O impacto arrancou a arma da mão dele e jogou o árabe no chão. Numa recuperação rápida e surpreendente, ele rolou e se levantou de um salto.

Murphy compreendeu que estava diante de um lutador treinado. Começaram a se mover em círculo, medindo o oponente. O árabe foi o primeiro a atacar, atingindo o pé de Murphy com um golpe rasteiro da perna. Murphy caiu sobre um cotovelo. Ele rolou para o lado e se levantou, mas foi atingindo por um chute no estômago e caiu de costas, dominado pela dor.

No meio da confusão mental causada pelo forte impacto, ele viu o rosto de Terence Li, um jovem arqueólogo cantonês que havia ensinado a ele o segredo do golpe do homem bêbado.

— *Professor Murphy, quando um bêbado cai, ele é mole como um trapo. Não se machuca. Quando se levanta, ele é difícil de acertar, porque é como um salgueiro balançando ao vento. E quando ele ataca, é sempre inesperado.*

Murphy começou a balançar, como se houvesse sido gravemente ferido pelo chute. Ele se levantou, mas dava a impressão de que cairia a qualquer momento.

Rashad sorriu e se preparou para o golpe final. Usaria o movimento da garra do tigre e destruiria a laringe de Murphy. A cabeça dele pendia; ele parecia ferido demais, até para levantar a cabeça.

Rashad avançou com o braço direito estendido. Quando se moveu para a frente, Murphy escorregou ligeiramente para a direita e plantou o pé no chão. Ao mesmo tempo, girou o punho fechado, atingindo o lado esquerdo do pescoço de Rashad, logo abaixo do queixo. Instantaneamente paralisado, o árabe caiu sem ação.

Murphy se abaixou para examiná-lo. *Ele vai precisar de uns dois meses para se recuperar*, pensou debochado e furioso.

Murphy e Isis ajeitaram as roupas e se esconderam no fundo de um movimentado café por cerca de três horas antes de voltar à biblioteca. Precisavam recuperar o diário e as pastas do Dr. Anderson, mas queriam ter certeza de que a área estava desimpedida. Eles entraram na biblioteca tomando todas as precauções, olhando em volta em busca de Talon e seus comparsas. Como não viram nenhum deles, os dois subiram ao terceiro andar e voltaram à mesa onde trabalhavam. A mesa estava vazia, e a maleta de Murphy desaparecera.

— Acha que algum funcionário pode ter recolhido o material, Murphy? — Isis perguntou, sem muita esperança.

— Espero sinceramente que tenha sido isso. Não gosto nem de pensar na alternativa.

* * *

Alvena Smidt estudava a diferença entre "primogenitor" e "primogenitura" quando Murphy e Isis se aproximaram do balcão no saguão central.

— Com licença — Murphy pediu. — Deixamos alguns papéis em uma das mesas do terceiro andar. Sabe se algum funcionário da biblioteca os recolheu?

Smidt olhou para os dois e sorriu.

— Ah, aposto que são vocês as pessoas que aquele cavalheiro da África do Sul estava procurando. Como o conheceram? Estudaram na África do Sul?

— África do Sul?

— Ah, sim! No momento em que conheci seu amigo eu soube que ele era sul-africano. Adivinhei que ele falava a língua local, e ele confirmou minha suspeita. É um homem muito simpático e bem-educado. E ele tinha...

— Desculpe-me — Murphy a interrompeu. — Sobre os nossos papéis?

— Ah, sim. Seu amigo os pegou para vocês. Ele disse que você havia esquecido a maleta, e que ele a levaria e devolveria. Um homem muito gentil, realmente. De fala mansa e suave. Ele saiu daqui há cerca de três horas. Há mais alguma coisa que eu possa fazer para ajudá-los?

— Não, obrigado — respondeu Murphy, virando-se para sair.

Murphy e Isis pararam na escada da biblioteca.

— Lá se vão todas as pistas sobre o Anticristo — disse ele, desanimado.

Isis não falou nada. Nada do que dissesse poderia trazer de volta as anotações do Dr. Anderson. Murphy passou a mão na cabeça.

— África do Sul — murmurou. — Isso é interessante. Pelo menos descobrimos algo novo sobre Talon. Ele é da África do Sul e fala o idioma do país. Isso pode nos abrir um caminho para obter mais informações sobre ele.

Isis notou a mudança na expressão de Murphy quando ele a fitou.

— Fico feliz por você estar bem, segura — disse ele, sério.

TRINTA E SEIS

Noite do ataque, Babilônia, 539 a.C.

*S*ULAIMAN SUBIU LENTAMENTE *a longa escada para o salão de banquete do rei. A noite era quente e a lua estava cheia. Tochas estavam alinhadas dos dois lados da escada, e era fácil enxergar o caminho. O cheiro de jasmim pairava no ar. Ele estava alerta e atento a qualquer sinal de perigo oculto nas sombras. Ao olhar em volta, ele não viu nenhum perigo, apenas casais risonhos e meio embriagados de vinho e paixão.*

Como capitão da guarda real, era seu dever garantir que seus homens se dedicassem ao trabalho sem se deixar envolver pela devassidão da noite. Era difícil para os jovens soldados assistirem à diversão sem se deixar arrastar pelas inúmeras tentações, manter a mente concentrada na missão de proteger o rei e os nobres.

Essa não era a primeira vez que o rei Belsazar convidava os amigos para uma noite de diversão. Na verdade, essas festas se tornavam cada vez mais frequentes. Mas essa era a maior que Sulaiman já vira. O vinho fluía com abundância entre os milhares de convidados. E nessa noite a comemoração não era restrita ao palácio. Toda Babilônia estava mergulhada na excitação.

— General Azzam — cumprimentou o jovem capitão Hakeem com uma saudação formal. — Tem mais algum homem que possa destacar? O general Jawhar está pedindo ajuda. Ele diz que devemos terminar de cavar a trincheira em uma hora. E acredita que vai poder chegar ao Eufrates pelo pântano sobre a cidade. Mas ainda faltam trinta cúbitos para cavar.

— Diga a ele que posso ceder mais dois mil homens. — Ele assinalou para o assistente, deu a ele uma ordem, e mandou seguir o capitão noite adentro.

O general Jawhar, satisfeito com os reforços, enviou uma mensagem ao general Azzam. Os soldados deviam ser preparados. Assim que a água fosse drenada do fosso, um destacamento seria enviado para se colocar sob a muralha. De acordo com os dois desertores, Gobryas e Gadatas, havia uma passagem secreta para Babilônia. Assim que as tropas entrassem, eles abririam o portão principal e permitiriam a entrada do restante do exército.

Quando Sulaiman entrou no grande salão, um dos guardas reais se aproximou, às pressas.

— Senhor, o rei ordena sua presença!

Sulaiman correu ao encontro do rei.

— Acabei de ter uma grande ideia — exclamou o soberano. — Eu me lembrei de que, quando era criança, o rei Nabucodonosor me levou ao templo de Marduk. Lá me mostrou importantes tesouros capturados em batalhas — muitas taças de ouro e prata retiradas do templo de Jeová em Jerusalém. Desça à sala do tesouro e traga todas as taças ao grande salão. Quero servir meus convidados nelas.

— Sim, meu rei — Sulaiman respondeu, curvando-se antes de retirar-se.

Quinze minutos depois ele retornava, acompanhado por criados carregados de taças de ouro e prata. Logo elas foram limpas e cheias com vinho.

As taças cintilantes eram distribuídas entre príncipes e suas esposas e concubinas. Todos brindavam embriagados uns aos outros e aos seus ídolos. As gargalhadas se tornavam mais altas, e os brindes, mais grosseiros.

De repente, um grito se fez ouvir sobre o barulho no grande salão. Todos se viraram na direção do som. Os que estavam mais próximos de uma das paredes viram os dedos da mão de um homem escrevendo na parede de gesso. Não havia braço ou corpo, apenas a mão e os dedos.

Belsazar aproximou-se para poder ver mais claramente. Ao ver a mão e os dedos se movendo com determinação, ele empalideceu. Aterrorizado, caiu no chão, gritando:

— Chamem os mágicos! Tragam os astrólogos! Reúnam os feiticeiros e os adivinhos. Convoquem os caldeus! Encontrem alguém que possa ler a Escrita na Parede! Farei do homem que puder ler essa escrita o terceiro governante mais poderoso de meu reino. Eu o vestirei com um manto escarlate e darei a ele honra real. Porei uma corrente de ouro em seu pescoço. Preciso saber o que diz a escrita!

Mulheres saíam correndo e gritando do salão, seguidas pelos maridos ou amantes.

Sulaiman e os guardas reais, todos armados com espadas, preparavam-se para a batalha. Eles formavam fileiras para proteger o rei. O terror no semblante do soberano enervava oficiais e nobres.

Logo o som dos gritos e o clamor do pânico chegaram aos aposentos da rainha mãe. Ela correu ao salão do banquete e lá encontrou o rei encolhido no chão, soluçando.

— Acalme-se, majestade — ela disse com firmeza, forçando Belsazar a sentar-se. — Há um homem em seu reino que tem dentro dele o espírito dos deuses sagrados. Durante o reinado de seu pai esse Daniel se destacou por ter a sabedoria e a compreensão do próprio deus. Ele foi feito chefe dos magos, astrólogos, caldeus e adivinhos da Babilônia. Daniel é capaz de interpretar sonhos e explicar enigmas. Ele lhe dirá o que significa a escrita.

TRINTA E SETE

ABRAMS DESCOBRIU QUE não era fácil chegar em Presídio, no Texas. Primeiro, tivera de ir de avião até Dallas, onde fizera escala para El Paso, e, lá, alugara um carro. A viagem de 400 quilômetros o levou de El Paso para o sul, seguindo o rio Grande até Esperanza, e de lá para o leste, para Van Horn, onde ele penetrou em Sierra Viejas. Em Marfa ele rumou para o sul e dirigiu mais 75 quilômetros até a pacata cidadezinha de Presídio, às margens do rio Grande. Do outro lado do rio ficava a cidade mexicana de Ojinaga.

Depois de parar para abastecer e pedir informações, Abrams atravessou o centro comercial e seguiu para a região pobre da cidade. Ele não precisou de muito tempo para encontrar o dilapidado Motel Pancho Villa. O lugar era cercado por lojas, casas velhas e pequenos galpões de madeira.

Olhou em volta para ver se alguém o observava. A rua tinha pouco tráfego e ninguém saía de casa na hora da *siesta*. Havia apenas dois carros velhos no estacionamento do hotel. Parou, caminhou até a porta do quarto 17 e bateu. A cortina na janela se moveu, e em seguida ele ouviu o clique da fechadura.

Um homem grande com longos cabelos encaracolados e negros e barba farta abriu a porta. Usava uma camiseta suja, expondo os braços musculosos, e jeans desbotado e rasgado. Olhos castanhos e vivos não combinavam com as roupas velhas.

— Levi! É bom ver você de novo. Entre, depressa!

Abrams entrou no quarto e fechou a porta.

— Que disfarce é esse, David! — exclamou ele rindo. — Nem sua esposa ou seus filhos conseguiriam reconhecê-lo.

— Levi, fico feliz por terem enviado você. Essa emboscada tem sido muito tediosa.

— E não são todas?

— É verdade. Estou atuando nessa missão há vinte dias. Passo o dia andando pelas ruas carregando um saco, recolhendo latas e garrafas. Os moradores acreditam que sou só mais um andarilho tentando ganhar alguns centavos, como eles. Num desses dias, vi quatro árabes se mudando para um daqueles barracos velhos na beira do rio. O lugar não tem nem água encanada. Só uma casinha atrás do barraco, um cubículo que serve de banheiro. Eles devem ter atravessado a fronteira à noite. São muito discretos, ficam sempre juntos e só saem para comer. Parecem pobres e maltrapilhos como todo mundo por aqui... mas têm telefones celulares.

— Descobriu mais alguma coisa?

— Há dois dias segui dois deles. Foram a uma loja de carros usados na cidade e compraram duas vans. Eu os observei de longe. Vi quando pagaram o vendedor em dinheiro vivo. Foi então que liguei para a agência. Acho que eles estão se preparando para atacar.

— Recebi autorização para aumentar a pressão — contou Abrams. — Precisamos conseguir mais informação. Acha que podemos pegar um deles sozinho?

— Acho que sim — respondeu David. — Todos os dias, por volta das 8h da noite, quando começa a escurecer, um deles entra na van e dirige até um armazém. Sempre sigo esse homem naquele

Chevrolet velho que está lá fora. Tenho quase certeza de que podemos pegá-lo nesse horário.

Abrams e David pararam no estacionamento do armazém alguns momentos depois de a van ter sido estacionada.

— Levi, você fica no carro até sairmos de lá. Vai chamar muita atenção vestido desse jeito. Eu pego o sujeito quando ele terminar as compras, e então vamos levá-lo para algum lugar e caprichar no interrogatório.

No interior do pequeno armazém, David logo viu o árabe no fundo de um dos corredores. David pegou uma caixa de cereal e fingiu ler o rótulo. Depois de um momento, levantou a cabeça e percebeu que o árabe o encarava. Seus olhos se encontraram só por um instante, mas David notou que o homem estava incomodado.

Ah, não! Ele pode ter percebido algo! David se virou e saiu do corredor, tentando dar a impressão de estar totalmente desinteressado.

Abrams levantou a cabeça e viu o árabe saindo da loja e correndo para a van.

O que está acontecendo?

Um momento depois, David saiu do armazém correndo.

— Ele percebeu! — gritou. — Vamos, depressa. Não o perca de vista.

A van saía do estacionamento quando David entrou no carro e fechou a porta. Abrams pisou no acelerador.

Em uma esquina, a van quase tombou, e o motorista teve de fazer um grande esforço para não perder o controle. Desviou de um carro estacionado, derrapou, mas seguiu em frente. Logo estavam em uma via reta que levava para fora da cidade, uma estrada não muito larga, mas livre. Abrams tentou dirigir ao lado da van para tirá-la da estrada.

— Levi, ele está no celular falando com alguém — gritou David.

O árabe girou a direção e fez uma manobra suicida, obrigando Abrams a pisar no breque.

— Veja, Levi! As luzes estão piscando na travessia da via férrea ali na frente!

Os dois homens viam as luzes do trem que se aproximava, mas não podiam calcular em que velocidade se movia.

— Ele vai tentar atravessar antes da passagem do trem. Se conseguir, o perderemos de vista! — Abrams pisou no acelerador.

A frente da van atravessou os trilhos, mas o trem a acertou em cheio bem no meio. Houve um tremendo estrondo e o tanque de combustível explodiu.

Abrams brecou com força. Os dois homens permaneceram ali por um momento, vendo a bola de fogo ser esmagada sob o trem que passava por cima dela como uma serpente interminável.

O trem conseguiu parar cerca de trezentos metros após o local do acidente.

— Levi, precisamos voltar ao barraco — David exclamou agitado. — Ele pode ter conseguido prevenir os outros pelo celular. Não podemos deixá-los sair de Presídio!

Quando se aproximaram do barraco, eles viram três homens carregando uma van. As luzes dos faróis de seu automóvel fizeram os árabes correr e se esconder. Abrams parou a poucos metros do local, e ele e David desceram, deixando as luzes acesas.

Um dos árabes saiu do casebre empunhando um lançador de granadas. O carro explodiu numa bola de fogo.

David e Abrams empunharam as armas e atiraram contra o barraco. Por um momento houve um intenso silêncio.

Abrams pegou uma garrafa velha e a arremessou. Assim que ela se quebrou no chão, tiros eclodiram na direção do som. David e

Abrams responderam com uma saraivada e um homem gritou de dor.

— Acha que os pegamos? — sussurrou David.

— Pegamos alguém — respondeu Abrams com firmeza. — Ou eles estão tentando nos enganar e induzir à exposição. Vamos contornar o barraco e pegá-los pelas costas.

Eles levaram cerca de sete minutos para rastejar até o fundo do casebre. Quando se posicionaram, ouviram o som de um motor sendo ligado: a van! Ambos pularam e correram. O barraco bloqueava a linha de tiro. Quando eles contornaram o galpão, era tarde demais. A van havia partido e se afastava em alta velocidade.

— Depressa, David — gritou Abrams. — Não temos muito tempo Já posso ouvir sirenes ao longe. Alguém deve ter ouvido a explosão e os tiros e chamou a polícia. Precisamos revistar o casebre.

Os dois entraram no pequeno ambiente empunhando lanternas. Havia dois árabes no chão, mortos. Havia ali um suprimento de armas de pequeno porte, munição, roupas e comida.

— Eles devem ter posto todo o resto na van — deduziu David amargurado.

— Vou dar uma olhada na outra construção, e depois temos de sair daqui. Fique do lado de fora e alerta.

Abrams abriu a porta do reservado e iluminou o interior com a lanterna. O odor era repugnante.

Odeio essas coisas, ele pensou, enojado.

Ao entrar, ele percebeu que um dos pés provocava um som diferente, oco. Como se não houvesse nada sob a madeira. Ele iluminou o piso e viu que uma das tábuas estava solta. E embaixo dela havia uma caixa de metal. Ele agarrou a extremidade da tábua e a levantou. Depois, tentou puxar a caixa de metal.

Ora, ora, o que temos aqui? Espero que seja alguma indicação do tipo de ataque que estão planejando.

— Levi, as sirenes estão se aproximando — gritou David. — Temos de ir.

Logo os dois estavam no rio Grande, nadando para o lado mexicano. Abrams ia abraçado à caixa de metal.

TRINTA E OITO

ABRAMS E DAVID olharam para a margem do rio, para os restos do carro em chamas. Era possível ver as luzes das viaturas dos bombeiros e da polícia.

— Eles vão encontrar os árabes e a munição. Isso vai causar uma comoção na pacata Presídio — riu David.

— No momento, estou mais interessado no conteúdo da caixa — respondeu Abrams. — Vamos encontrar uma cantina onde possamos explorar o que há aí dentro.

— Por aqui, *señor* — disse o proprietário, olhando com ar desconfiado para Abrams e David em suas roupas molhadas. — Temos um canto discreto onde ninguém os incomodará.

— Ótimo — Abrams disse ao se sentar.

— Posso fazer mais alguma coisa pelos cavalheiros?

— Agora não. Daqui a pouco pediremos algo.

Adams se preparava para pôr a caixa sobre a mesa quando percebeu que o proprietário não se retirava. Ele o encarou.

Sorrindo, o homem disse:

— Normalmente, meus clientes chegam aqui cedo, ficam bebendo até a madrugada, e só então se jogam na água. Essa é a primeira vez que vejo alguém chegar molhado e vir se secar.

Os dois agentes o encaravam em silêncio.

— Meu bar é sempre seco. Receber americanos molhados em uma das minhas mesas pode aumentar minhas despesas. Quero protegê-los de um possível resfriado, *señores*. Por uma pequena quantia extra posso garantir que ninguém os veja aqui e que não fiquem doentes.

— Ótima ideia, *señor* — Abrams respondeu. — Também não queremos nos resfriar. — Vou acrescentar uma pequena contribuição pelo interesse e pela evidente generosidade.

Abrams levou a mão à carteira, tirou dela duas notas de cem dólares e as dobrou na mão direita. Depois, ele estendeu a mão para cumprimentar o proprietário. Abrams exagerou no aperto, e o sorriso do mexicano se transformou numa careta de dor.

— Apreciamos seu empenho, *señor*. Tenho certeza de que ninguém aqui vai se resfriar. Certo?

— *Sí. Sí, señor*. Ninguém vai se resfriar — o homem confirmou, virando-se apressado para sair dali.

— Vamos, Levi, abra logo essa caixa — exclamou David.

A caixa, Abrams descobriu, não estava trancada. Ele pressionou um botão na lateral e levantou a tampa. Havia ali pilhas de notas de vinte dólares. Em cima do dinheiro, uma embalagem plástica própria para sanduíches continha uma nota de um dólar. Abrams começou a examinar a nota enquanto David contava o dinheiro.

— Olhe só para isto, David — disse Abrams, pensativo. — Veja estas marcas na nota.

David examinou o dinheiro.

— É estranho. O que acha que podem significar?

— Não sei ao certo, mas tenho um amigo que pode ajudar.

Abrams pegou o celular à prova d'água e digitou alguns números.

Era 1h da manhã quando Murphy ouviu o celular tocando. Um toque musical. Ele gemeu e abriu o flip.

— Tem ideia de que horas são? — gemeu.

— Sim, Michael, sei que é tarde — Abrams respondeu sorrindo. — Lamento se o acordei, mas é importante.

— Espero que seja, Levi. Eu estava começando a sonhar com algo muito bom.

— Vai poder voltar para os seus sonhos mais tarde — Abrams prometeu, rindo.

Nos minutos seguintes, Abrams relatou tudo que havia acontecido em Presídio. Quando terminou, Murphy estava completamente acordado.

— Michael, você sempre foi bom em decifrar códigos e solucionar mistérios. Preciso da sua ajuda com o que está escrito nesta nota de um dólar.

— Vou fazer o possível. Que inscrição é essa?

— Se olhar na frente da nota, você vai ver uma imagem de George Washington. À direita da imagem há um selo verde. Dentro do selo há um escudo. No topo do escudo, um conjunto de notas, e embaixo dele, uma chave. Alguém fez um círculo em torno da chave com uma caneta. No espaço vazio ao lado do selo, alguém desenhou uma lua crescente com as pontas voltadas para baixo. Há alguma coisa, algo parecido com garras, saindo das pontas da lua crescente. São três de cada lado. E logo abaixo da lua há duas pirâmides formando uma estrela de seis pontas. É exatamente igual à tatuagem do árabe que caiu do prédio.

— Parece que Talon está envolvido nisso também.

— Por isso liguei para você, Michael. Abaixo do selo verde há três letras, R D D — revelou Abrams.

— Hmmm... Não consigo pensar em nada, Levi.

— Do lado esquerdo de Washington há um selo preto com a letra "L" no centro. Sobre o selo há a inscrição: ESTA NOTA É PAGAMENTO LEGAL PARA TODAS AS DÍVIDAS, PÚBLICAS E

PRIVADAS. Entre essa declaração impressa e o selo preto há um nome: Lenni Lenape, com a grafia L-E-N-N-I para Lenni.

— Acho que ainda estou dormindo, Levi. Nada disso faz sentido.

— Submeti esse nome a todas as nossas fontes e à Interpol. Não encontramos nada. Liguei para todos eles antes de telefonar para você.

— Bem, vamos começar pelo óbvio. Há um círculo em torno da chave. Isso, provavelmente, significa que a nota de um dólar é a chave ou o portador de uma mensagem codificada. O nome da pessoa é outra pista.

— É claro, Michael. Também conseguimos chegar até aí. Estamos enroscados é nesse nome, Lenni Lenape. Quem é, e que relação pode ter com os árabes no Texas?

Murphy passou a mão na cabeça. Ele se levantou da cama e começou a andar.

— O nome soa familiar. Sei que Lenni é um nome comum, mas a grafia que soletrou há pouco não é comum, e Lenape é bem raro.

— Não conseguimos encontrar nenhum Lenni Lenape que tenha cometido algum crime, contravenção penal, ou que tenha alguma associação com grupos terroristas.

— Levi! Acabei de me lembrar das aulas de história. Lenni Lenape não é *uma* pessoa, mas um *grupo* de pessoas.

— Do que está falando?

— Lenni Lenape é o nome de uma tribo de índios americanos. Eles viveram nas áreas florestais em torno de Delaware, Nova Jersey e Nova York. Eram as tribos indígenas mais civilizadas e avançadas nos Estados Unidos. Os algonquin chamavam os Lenni Lenape de "avôs" por eles terem estado na área por muito tempo.

— Mas o que isso tem a ver com a nota de um dólar?

— Não sei ao certo, Levi, mas posso tentar deduzir. Os índios Lenni Lenape mantinham um grande acampamento sobre as Paliçadas de Nova Jersey. Era possível ver o rio Hudson de lá.

— Michael, você não está falando coisa com coisa. Os Lenni Lenape eram índios de Nova Jersey?

— Espere um minuto, já vou chegar lá. O local onde no passado esteve o acampamento original dos Lenni Lenape hoje é chamado de Fort Lee. É a partir de Fort Lee, sobre as Paliçadas, que você começa a cruzar a ponte George Washington. Você viaja pela I-95 de Nova Jersey até Washington Heights em Manhattan.

— É isso! É isso mesmo, Michael. A ponte George Washington! Deve ser o alvo dos terroristas.

— Seria um alvo terrível para nós. Ela é uma das pontes mais movimentadas do mundo. Trezentos mil veículos passam por lá todos os dias. É a única ponte suspensa com 14 faixas já construída, e é a 13ª em comprimento no mundo. É um marco histórico da engenharia civil nacional.

— Eu sabia que você conseguiria, Michael — Abrams exclamou. — Preciso verificar mais alguns detalhes, e depois vamos transmitir a informação a todas as agências envolvidas com a questão da segurança interna. Volte para a cama e tente dormir de novo, está bem?

— É claro. Nossa conversa foi realmente muito relaxante.

TRINTA E NOVE

DAVID OLHOU PARA Abrams quando ele terminou de falar com Murphy.

— Entendi parte da conversa. Você acredita que os terroristas podem tentar atacar a ponte George Washington. Tem alguma ideia de como ou quando?

— Esse é o mistério. Os quatro árabes em Presídio faziam parte do plano. Só um deles escapou. Não sei como isso afetará a operação.

— O que Murphy disse que significavam as três letras sob o selo verde?

— Oh, David! Fiquei tão envolvido com o cenário da ponte que esqueci de perguntar sobre isso. "R D D." Acha que podem ser iniciais do nome de alguém?

— Bem, Lenni Lenape não era uma pessoa. Talvez as letras tenham outro significado — David arriscou, pensativo.

— Vamos tentar juntar tudo que temos. A ponte George Washington começa em Fort Lee e segue para Manhattan. A operação é comandada por Talon e seus amigos árabes tatuados com crescentes e estrelas. O objetivo do grupo é fazer algo contra a ponte.

— Talvez o "R D D" seja alguma coisa que eles irão fazer?

— Pode ser. Vejamos... R de rápido, ou de rádio, ou de radical, reconhecimento, retribuição, rifle, revanche ou...

— Que tal radiação?

— Agora você achou uma palavra realmente ruim com R.

— Acha que eles podem ter algum equipamento nuclear?

— Bem, sabemos que eles tinham um lançador de granada e... Oh, não!

— O que é?

— E se eles estiverem planejando usar uma bomba suja. Elas são chamadas de bomba de dispersão radiológica, mas, em inglês, *radiological dispersion devices...* — Abrams especulou.

— Levi, estou com a Mossad há anos e ainda não consegui entender em que uma bomba suja difere de uma arma nuclear comum.

— Bem, David, as bombas sujas não são armas nucleares. Vamos ver se consigo explicar — disse Abrams. — Um aparato termonuclear, como uma bomba atômica, causa um dano tremendo. Quando explode, destrói edifícios, equipamentos e pessoas com uma impressionante bola de fogo e poderosas ondas de calor. A pressão desloca tudo que houver no caminho dessas ondas num raio de mais de 1,5 quilômetro. A explosão cria radiação que pode se espalhar pela cidade. As pessoas nos arredores do local da explosão dessa bomba serão aniquiladas. As que estiverem um pouco mais afastadas podem sofrer queimaduras pela radiação; elas serão mais ou menos intensas e duradouras, dependendo da distância em que estiverem do foco da explosão.

— Sim, eu sei. Você está dizendo que esse tipo de bomba destrói uma cidade inteira como Hiroshima, no Japão? Como foi na Segunda Guerra Mundial? — perguntou David.

— Exatamente — confirmou Abrams. — Os Estados Unidos e Israel têm se preocupado com aparatos nucleares portáteis, as bombas de mala. Elas cabem em uma pasta normal. São recheadas com uma massa de plutônio ou U-233. Uma única mala desse tipo pode causar uma explosão significativa, algo entre dez e vinte toneladas.

David ouvia interessado.

— A outra maravilha da guerra é a bomba de nêutron, ou de radiação enriquecida, de onde vem a sigla pela qual são conhecidas: ERW. Elas são um pouco diferentes da bomba termonuclear. Essa bomba é detonada *sobre* o campo de batalha ou cidade sob ataque. A explosão central é confinada a algumas centenas de metros. Porém, uma forte onda de radiação é enviada do centro da explosão para uma área muito maior. Ela mata todo e qualquer ser vivo no interior de tanques e edifícios, sem destruir o equipamento ou os prédios. A radiação de uma bomba termonuclear pode durar muito, muito tempo, mas a radiação da bomba de nêutron dissipa-se rapidamente. Ela mata os combatentes, mas não danifica a infraestrutura do país.

— Ah, a arma do futuro — disse David, preocupado.

— Receio que sim. O presidente Jimmy Carter interrompeu a produção de artefatos de nêutron em 1978. Mais tarde, em 1981, a produção foi retomada. Acredita-se que os chineses roubaram os segredos da bomba dos Estados Unidos e explodiram sua própria bomba de nêutron em 1986.

— E o que tudo isso tem a ver com bombas sujas?

— Bem, preciso mostrar o quadro geral para você poder entender o ponto. Mais um detalhe antes de voltar à bomba suja. Já ouviu falar em "mercúrio vermelho"?

— Sim, já. É uma bomba?

— Não exatamente. É um material chamado óxido de antimônio. Ele é um pó avermelhado, marrom-escuro ou roxo, usado em combinação com hidrogênio pesado como combustível. Urânio ou plutônio são usados para as bombas termonucleares convencionais. Mas o mercúrio vermelho é mais eficiente e barato para a produção da bomba de nêutrons. Ele dobra o campo nuclear, com grande redução do peso.

— E o que isso significa?

— Significa que é possível fazer uma espécie de bomba de nêutron com o tamanho de uma bola de golfe. É claro, a explosão inicial será menor, mas a área de radiação vai ser bem grande. Os russos desenvolveram o mercúrio vermelho. De acordo com Yevgeny Primakov, chefe do Serviço de Inteligência Externa da Rússia, é possível encontrar mercúrio vermelho por 350 mil dólares o quilo no mercado aberto. Os sensores utilizados hoje nos Estados Unidos não conseguem detectar esse tipo de arma nuclear portátil.

— Então, o que há de tão especial em uma bomba suja?

— Ela é diferente, porque não é disparada por uma explosão nuclear, David. Esse tipo de bomba utiliza explosivos convencionais, como dinamite ou fertilizador, combinados a material radioativo. A explosão não é tão forte quanto a de uma bomba nuclear. De fato, ela só será proporcional à quantidade de explosivos utilizados. Porém, ela ainda assim espalha radiação por todo o local, e esse tipo de radiação não se dissipa rapidamente. Perdura por alguns anos, e pode até se estender por décadas.

— E os terroristas preferem esse tipo de arma?

— Sim, por várias razões. Primeiro, porque bombas sujas são fáceis de fazer. Segundo, o material radioativo para esse tipo de bomba pode ser encontrado em hospitais, universidades e até em fábricas de processamento de alimentos. Terceiro, elas causam terror no povo de maneira geral. As pessoas têm pavor à ideia de serem expostas à radiação. E, finalmente, o material radioativo de longa duração pode aderir ao concreto, metal, tudo. Se uma cidade é contaminada por uma bomba suja, muitos edifícios precisam ser demolidos.

— Então, as bombas sujas são mais armas de *perturbação* em massa do que de destruição em massa — concluiu David.

— Bem, as duas coisas. Os explosivos destroem e a radiação perturba. Se quer saber minha opinião, é exatamente isso que os terroristas pretendem usar: uma bomba suja — declarou Abrams, sério.

QUARENTA

Alvena Smidt terminou de fazer as compras em sua delicatéssen favorita, onde sempre passava depois do trabalho. Ela pegou as sacolas da mão de Carl, o proprietário, despediu-se e saiu. Passava das 9h da noite, e não havia muita gente andando pelas ruas geladas. Smidt respirava o delicioso ar frio da noite quando viu um homem conhecido caminhando em sua direção. Quando ele se aproximou, ela disse:

— Com licença. Você não é o homem de Cape Town?

Talon levantou a cabeça e fingiu surpresa.

— Ah, sim!

— Lembra-se de mim? Sou Alvena Smidt, a bibliotecária. Nós nos conhecemos mais cedo. Você estava procurando seus amigos. Conseguiu encontrá-los? Espero que sim. Conversei com eles, e tive a impressão de que são boas pessoas. O que faz por aqui?

— Vim visitar amigos. Mora por aqui?

— Sim, a dois quarteirões daqui, na direção de onde você veio.

— Uma mulher adorável como você não devia andar sozinha pela rua a essa hora da noite. Pode ser perigoso.

— Ah, não me importo. Acabei de sair do trabalho. Moro aqui há anos, o bairro é muito seguro.

— Mesmo assim, permite que eu carregue as sacolas e a acompanhe até sua casa?

— Ah, eu... sim, acho que sim. É muita gentileza.

— De maneira nenhuma, é um prazer. Gosto de dar caminhadas noturnas — comentou Talon, pegando as sacolas de Smidt.

Ele só precisou de alguns minutos para chegar ao apartamento da bibliotecária.

— Bem, aqui estamos — disse ela. — Muito obrigada. Foi, de fato, uma surpresa encontrá-lo novamente. — Ela esperava que não fosse a última vez.

— Foi um prazer. A propósito, sabe me dizer se há algum restaurante aberto por aqui? Gostaria de tomar uma xícara de chá antes de ir para casa.

— Não, por aqui não há nada aberto a essa hora. Mas eu posso lhe servir uma xícara de chá. Moro no quinto andar. E também tenho algumas bombas de chocolate aqui na sacola. São maravilhosas!

— Não quero abusar da sua gentileza e hospitalidade — respondeu Talon, sério.

— Oh, mas seria um prazer! — exclamou Smidt.

Talon olhava as fotos na sala de estar enquanto Smidt preparava o chá para servir com as bombas de chocolate. Quando saiu da cozinha, notou que Talon tirara o casaco. Eles se sentaram e conversaram, bebendo o chá. Ela achava estranho que ele mantivesse suas luvas. *Talvez tenha mãos frias.*

— Bem, agora preciso ir — anunciou Talon se levantando e vestindo o casaco. — Foi muito gentil.

— Foi bom tê-lo encontrado. Gostei da sua companhia. Às vezes, as noites são um pouco solitárias. Assistir à televisão não é a mesma coisa que participar de uma conversa estimulante... não acha?

— Concordo inteiramente.

Smidt acompanhou Talon até a porta.

— Obrigada por ter vindo e por ter carregado minhas sacolas.

— Oh, foi um prazer maior do que pode imaginar. — Ainda sorrindo, Talon estendeu os braços e a agarrou pelo pescoço, pressionando sua laringe com os dois polegares. Gostava de olhar para os olhos de suas vítimas enquanto elas morriam.

— Não posso permitir que conte a alguém que me conheceu, Alvena. Minha descrição e o local de onde venho devem ser mantidos em sigilo. Não posso deixar pontas soltas por aí.

Os olhos de Alvena Smidt estavam arregalados. Ela não podia acreditar no que estava acontecendo. O homem era um cavalheiro! Um cavalheiro de sua terra natal! Ela tentou se livrar, mas o homem era muito forte. Todo o seu corpo se debatia tentando absorver um pouco de ar. A dor na garganta era insuportável. Já podia sentir que mergulhava na inconsciência. A única coisa que ela viu foi um sorriso sinistro.

Talon segurou o pescoço de Alvena até ter certeza de que ela estava morta. Então, deixou o corpo cair no chão. Depois, pegou a bolsa da vítima e retirou dela todo o dinheiro, cartões de crédito, e jogou o conteúdo no chão. Em seguida, ele abriu os armários, as gavetas, e as portas dos closets, jogando as coisas em todas as direções, tentando criar a impressão de um assalto.

Antes de sair, inspecionou todos os detalhes do apartamento. Havia esquecido uma coisa. Apressado, ele lavou sua xícara de chá e o prato de bombas de chocolate, e os deixou no escorredor. Queria dar a impressão de que ela estava sozinha.

Pouco antes de fechar a porta, ele deu uma última olhada para Smidt. *Jamais gostei de bolas azuis.*

QUARENTA E UM

O CELULAR DE Murphy estava tocando. E era um toque musical. Ele segurou o volante com a mão esquerda enquanto usava a outra para pegar o aparelho e abrir o flip.

— Murphy falando.

-— Michael! Onde você está? — perguntou Abrams.

— No momento, saindo do estacionamento do aeroporto La-Guardia. Acabei de deixar Isis no portão de embarque. Ela está voltando para Washington, e eu decidi voltar a Raleigh. Preciso de um tempo e de solidão para pensar. Por quê?

— Tivemos notícias dos terroristas. Estamos quase certos de que eles vão tentar explodir a ponte George Washington hoje.

— Hoje? Estou a uns cem quilômetros da ponte!

— Por isso telefonei, Michael. Imaginei que ainda estaria na área. Estou em Presídio e... bem... pode nos ajudar?

— Sim, é claro.

— Michael, você precisa saber que se alguma coisa sair errada... você corre risco de morte.

— Estou em paz com Deus, Levi. Se Ele quiser me levar, estou pronto para ir. Acabei de entrar na I-278 para o norte. O trânsito já está um horror. Vá me informando sobre os detalhes da operação, está bem? Precisamos fazer tudo o que estiver a nosso alcance para detê-los.

— Um dos nossos agentes pegou o terrorista que atirou em Jacob. Ele o convenceu a colaborar... se é que você me entende. Acreditamos que alguns membros das células adormecidas estão transportando duas bombas para a ponte.

— *Duas* bombas?

— Sim, e temos motivos para acreditar que tentarão entrar pelo lado de Nova Jersey, e nos dois níveis, inferior e superior. Uma explosão desse tipo pode partir a ponte ao meio.

— Tem alguma ideia de quando pretendem atacar?

— Pelo que arrancamos do árabe, parece que eles se prepararam para explodir a ponte durante a hora do rush no início da manhã. Você já está nela.

— E como posso ajudar?

— Descobrimos que os terroristas alugaram dois caminhões Rapid U-Haul. Você sabe, aqueles amarelos com uma seta azul enorme apontando para a cabine e grandes letras vermelhas anunciando "Rapid U-Haul".

— Sim, sei quais são.

— Bem, se vir um deles entrando na porte, é provável que sejam eles. Michael, tente chegar lá o mais depressa possível. Telefono novamente quando tiver mais alguma informação. Boa sorte.

A tensão de Murphy crescia e ele tentava se livrar do trânsito intenso, mudando de faixa sempre que possível. Logo ele chegou a um trecho onde era impossível qualquer manobra. Estava preso.

Os veículos lembravam lesmas rastejando para a possível morte. Murphy queria gritar para as pessoas saírem do caminho. Sentia-se cada vez mais frustrado e impaciente. Estava bem perto do limite, do ponto em que as emoções explodiriam.

Ele começou a rezar.

* * *

Norm Huffman e Jim Daniels vinham de uma longa linhagem de agentes da lei e haviam se tornado grandes amigos. Ambos eram filhos e netos também de ex-policiais do Departamento de Polícia de Nova York. O trabalho em defesa da lei parecia estar no sangue das duas famílias. Muitos de seus parentes eram da força policial, e os que não eram agentes da lei acabaram se tornando bombeiros.

Depois do 11 de Setembro, as famílias passaram a se preocupar com a segurança dos dois agentes. Já estavam perto da aposentadoria, e as esposas imploravam para que escolhessem trabalhos menos perigosos. Eles também sentiam que precisavam de um pouco de repouso após anos de estresse. Era atividade arriscada prender ladrões, motoristas bêbados e malucos e lidar com situações de emergência. Os eventos de 11 de setembro haviam sido os piores já enfrentados. Ambos perderam amigos e familiares. Aquela dor profunda fora quase insuportável. Por isso, quando souberam da existência de vagas para trabalhar no quadro de segurança da ponte George Washington, os dois se candidataram.

Ambos conseguiram o horário diurno e estavam muito felizes. Era comum Norm e Jim se reunirem com suas famílias nos finais de semana para um churrasco.

A função de ambos era patrulhar a via de pedestres que corria ao longo do rio Hudson do lado de Manhattan. Eles começavam pela extremidade sul, caminhavam até o lado norte e voltavam. Podiam passar o dia ao ar livre e desfrutar da beleza do parque, não precisavam se preocupar com o trânsito, não tinham de se envolver em lutas corporais ou tiroteios e conheciam muita gente agradável caminhando e correndo por ali. Era um trabalho fantástico.

Era comum conversarem com pescadores ou pessoas que iam fazer piqueniques na ponte. Muitos vinham de fora da cidade e percorriam a área a pé, indo visitar o Farol Little Red na base da ponte. O farol havia sido originalmente construído e instalado em Sandy Hook, em Nova Jersey. Desmontado e transferido para Jeffrey's Hook no final do século XIX, ele era o local ideal para fotos.

— Mais um dia no paraíso, Norm — comentou Jim, sorridente.

— Ah, sim. É um trabalho duro caminhar ao longo do rio, tomando sol num dia claro. Mas alguém precisa cuidar dele.

— Hoje está tudo muito tranquilo. Não vejo muita gente.

— Não, só o pessoal da manutenção e alguns patinadores perto do farol.

— A manutenção deve estar fazendo um trabalho mais difícil hoje. Reparou que mandaram uma equipe maior?

Norm estava observando a equipe de manutenção quando Jim gritou:

— Norm, os dois patinadores caíram! Parece que se chocaram e estão feridos!

Correram na direção dos dois patinadores. Jim estava a uns trinta metros de distância quando percebeu que havia algo de errado ali. Os dois homens no chão tinham feições árabes. E ele nunca havia visto árabes patinando. Tinha um pressentimento estranho em relação àqueles dois.

No mesmo instante, Norm começou a dizer algo sobre a equipe de manutenção. Ele conhecia a maioria dos operários. E não se lembrava de nenhum árabe trabalhando no grupo. Nesse momento, seu rádio e o de Kim entraram em ação com a conhecida e irritante estática.

— Comando Central para todas as unidades. Código T! Repito: Código T!

O celular de Murphy tocou novamente. Era Levi Abrams.

— Michael, ligue o rádio. A mídia já tomou conhecimento do possível bombardeio na ponte. Alguém do FBI deve ter deixado vazar a informação. Acredito que haverá pânico entre a população. Ninguém quer viver outra situação como a de 11 de setembro.

Murphy ligou o rádio.

— Michael, não sei o que dizer — Abrams continuou, preocupado. — A segurança da ponte foi alertada. Vão tentar desviar o tráfego da ponte e fechá-la. É uma operação gigantesca. O FBI, outras unidades policiais e o Exército estão se mobilizando para o caso de as suspeitas terem fundamento. O problema é o congestionamento. O pessoal da emergência não consegue chegar ao local. Como você não tem um rádio portátil, vai estar sozinho. Não terá como saber o que os outros estão fazendo. Gostaria de estar aí para ajudar.

— Tentarei manter contato com você pelo celular.

Fadil olhou para o relógio. Suas mãos tremiam muito. Em poucos minutos ele pressionaria o botão para detonar os explosivos que interromperiam a energia elétrica na ponte e desligariam as câmaras de circuito fechado. Era uma tarefa simples. Não era perigosa. Ninguém podia ver onde ele estava escondido. Com certeza, não seria pego, mas estava simplesmente apavorado.

Dissera a todos que acreditava na *jihad*, mas quando chegava a hora de participar de maneira concreta, fazer algo, a história mudava. O momento da verdade se aproximava. Queria a morte dos infiéis americanos, mas tinha medo. Seria possível escapar dos efeitos do ataque? Voltaria a ver sua família ou se tornaria um mártir suicida como os heróis do 11 de Setembro? Não queria morrer. Não mesmo.

Carla Martin havia acabado de passar de carro pela torre do lado de Nova Jersey a caminho de Washington Heights quando o trânsito parou.

E agora?, ela pensou, irritada. *Por que todo mundo parou antes da ponte? Estou atrasada para a consulta médica.*

Ela se inclinou para a frente, trocou o CD e começou a cantar a música. Estava pensando no bebê que esperava, o primeiro filho. Ela e o marido, Stan, não sabiam ainda se queriam saber o sexo da criança, mas a curiosidade acabara superando a hesitação. Tony nasceria em três meses.

Depois da consulta, vou buscar o berço. Por que todo mundo continua parado?

Sharif havia dominado os guardas da torre da ponte do lado de Nova York. Ele convencera o homem que trabalhava para a companhia de elevadores que estava ali para reparar um problema relatado pela manutenção.

Sharif havia atirado contra o guarda com uma arma com silenciador quando o homem saíra da guarita para verificar suas credenciais. Depois de arrastar o corpo de volta para a guarita, ele foi buscar os detonadores no utilitário que dirigira até ali.

Sua missão era baixar o elevador até o nível do solo sob a ponte. Lá, seus companheiros terroristas, disfarçados de operários da manutenção, encheriam a cabine com os explosivos.

QUARENTA E DOIS

ASIM E NAJJAR haviam calculado com precisão o horário de chegada na ponte. Asim iniciaria a abordagem pelo nível superior e Najjar chegaria pelo inferior. Os dois dirigiam grandes caminhões cheios de explosivos e material radioativo. Sabiam que seria uma missão suicida. Mas fariam qualquer coisa pela causa... até morrer. Alá ficaria satisfeito. Eles sabiam que amigos e parentes não chorariam sua morte, mas se alegrariam por ela. Canções seriam escritas enaltecendo seu martírio.

Talon dera as instruções exatas. Eles deviam levar os caminhões até o centro da ponte e parar onde os cabos desciam até o ponto mais próximo do tráfego de veículos. Lá, deveriam descer do caminhão, levantar o capô do motor e fingir ter problemas mecânicos. Em seguida, furariam os pneus para impedir a movimentação dos caminhões. Finalmente, deveriam jogar as chaves do alto da ponte.

A energia elétrica já teria sido cortada, e as câmeras do circuito fechado não poderiam registrar o que acontecia. A confusão e o tráfego retardariam a chegada da polícia local e da segurança da ponte. E mesmo que eles conseguissem chegar até os caminhões, não poderiam tirá-los do lugar. Além do mais, ninguém notaria que havia um caminhão parado em cada nível, um sobre o outro. O poder das duas explosões simultâneas seria imenso. O suficiente para rebentar os dois cabos de dez metros no lado sul da ponte.

Quando a explosão destruísse os cabos, a superfície da ponte desceria no ponto da detonação. Com a ponte retorcida, os explosivos no elevador da ponte seriam ativados. Isso faria ponte e torre se dobrarem para o rio. Talon esperava que a ruptura dos cabos, o movimento da ponte e o peso da estrutura provocassem um colapso no ponto central. O ataque seria colossal.

Não só a ponte desmoronaria, mas a radiação liberada pela explosão mataria e aterrorizaria milhares de pessoas. Uma das principais artérias para a cidade de Nova York seria cortada. Os reparos, se fossem possíveis, custariam bilhões de dólares.

Talon havia convencido sua equipe de árabes de que esse ataque suplantaria o de 11 de setembro e passaria para a história como o maior de todos os ataques terroristas. A ideia os enchera de orgulho. Os 500 mil dólares que cada homem havia recebido como pagamento e garantia para suas famílias também os deixaram felizes.

Asim e Najjar tinham, cada um deles, um detonador. Cada homem podia provocar as explosões nos dois caminhões. Era um sistema de segurança. Se os dois detonadores falhassem, Sharif poderia explodir os caminhões e o elevador ao mesmo tempo.

O coração de Asim batia aceleradamente quando ele se aproximou do centro da ponte. Freou e acendeu as luzes de emergência do veículo. Podia ouvir os carros buzinando atrás dele. O trânsito era intenso àquela hora da manhã.

Saiu do caminhão e abriu a tampa do motor. Depois, jogou as chaves no rio. Em seguida, usou a faca para furar os pneus. Tudo se desenvolvia de acordo com o plano.

Ele olhou para o relógio e esperou, as mãos no detonador.

— Ei! Você aí! Tire o caminhão da pista!

As palavras assustaram Asim. Ele se virou e viu o rosto furioso de um cidadão que havia descido de seu carro.

— O motor está com problemas. Não consigo ligar o caminhão — respondeu num inglês entrecortado.

O homem praguejou com violência e cerrou os punhos.

— É melhor tirar esse caminhão daí!

Asim apontou para seu telefone celular.

— Estou chamando o socorro.

O homem xingou novamente, fez alguns gestos para Asim e voltou ao seu automóvel.

Asim digitou os números.

— Najjar, está na posição?

— Não. O tráfego é um pouco mais intenso na pista inferior. Estarei na posição daqui a quatro minutos, aproximadamente. Tenha paciência. Pense, Asim! Seremos grandes mártires. Alá seja louvado.

QUARENTA E TRÊS

KARA SETTER CHEGOU cedo. Precisava de tempo para deixar tudo preparado e organizado para os membros da Assembleia Geral. Amava o trabalho nas Nações Unidas. Por intermédio dele tinha a oportunidade de conhecer muitas pessoas importantes e interessantes do mundo todo. Ela pensava nisso enquanto distribuía os blocos de anotações e a agenda do dia.

— Bom-dia, Kara. Tudo pronto para hoje?

Ela se virou e viu o secretário-geral Musa Serapis, do Egito.

— Sim, Sr. Serapis. Só preciso verificar se o café e os pães estão prontos. Muito cansado da viagem?

— Um pouco.

— Não sei como consegue. Quantas horas de voo do Egito a Nova York?

Antes que ele pudesse responder, o chefe de segurança entrou apressado na sala.

— Sr. secretário, acabamos de receber um alerta de emergência terrorista do FBI. Eles insistem que o edifício das Nações Unidas seja imediatamente evacuado.

O secretário-geral Serapis e outros membros do Conselho de Segurança se dirigiram rapidamente para a sala de segurança. Já instalados, recebiam relatos variados sobre o possível ataque. A menção de uma possível nuvem de radiação causava grande alarme. Depois de uma reunião apressada, foi decidido que o edifício seria evacuado e todos iriam para casa ou para um local seguro. Também foi agendada uma nova reunião na sala de conferências do Aeroporto Internacional de Newark o mais depressa possível.

Com a lembrança do 11 de Setembro ainda bem viva, era extremamente difícil controlar o pânico no prédio das Nações Unidas. Os delegados, que tiveram acesso a informações "oficiais", tentavam sair de maneira organizada, mas funcionários e visitantes estavam apavorados. Tudo que sabiam era que havia um importante alerta de ataque terrorista contra a cidade de Nova York.

Havia empurra-empurra, aflição e gritos enquanto milhares de pessoas tentavam sair. Kara Setter foi derrubada e pisoteada no meio da confusão. Era cada um por si.

Todos que haviam dirigido até a cidade de carro agora tentavam sair dela. E todos ao mesmo tempo. Havia nervosismo e revolta generalizada. Os congestionamentos eram gigantescos.

As companhias de táxi não atendiam mais aos chamados. Todos os carros já haviam sido requisitados e transportaram passageiros que deixavam Washington Heights. Pessoas sem transporte corriam pelas ruas, implorando aos mais afortunados por uma carona.

QUARENTA E QUATRO

O SARGENTO HARLAN Griffin e o oficial Chris Goodale estavam cerca de 450 metros acima da via expressa Cross Bronx observando o fluxo do tráfego. Eles seguiam para o leste no habitual sobrevoo matinal a bordo do helicóptero da polícia quando receberam o alerta.

— Controle para o Air 17. Código T na ponte George Washington. Responda, Código Três.

Griffin inclinou o comando para a direita e o helicóptero descreveu uma curva acentuada para o oeste.

— Força máxima! — gritou Goodale.

Em minutos puderam observar o tráfego parado na extremidade da ponte em Manhattan. Os carros que se dirigiam à ponte estavam presos ali, e não havia nenhuma possibilidade de retorno. Aqueles que saíam da ponte em Henry Hudson Parkway, na I-95 e na I-87 eram bloqueados pelo fluxo dos automóveis que tentavam deixar Washington Heights.

— Confusão instalada — comentou Griffin.

— Pânico absoluto — concordou Goodale.

Quando Norm Huffman e Jim Daniels ouviram o Código T para *ataque terrorista*, eles se armaram. Sabiam que havia algo muito errado com os patinadores árabes e os operários da manutenção, também árabes.

Huffman e Daniels se preparavam para agir quando os dois patinadores no chão sacaram suas pistolas e atiraram. O impacto dos projéteis contra os coletes à prova de balas jogou os dois guardas para trás.

Huffman e Daniels eram veteranos experientes. Não era a primeira vez que se envolviam em um tiroteio. Apenas foram pegos de surpresa. Instintivamente, rolaram para longe um do outro, apontaram e atiraram. Os coletes dos patinadores não eram como os deles. O primeiro foi atingido na cabeça e no peito. O segundo ainda tentava se levantar quando a bala entrou em seu coração e saiu pelo pulmão. Os dois morreram antes de chegar ao chão.

O tiroteio atraíra a atenção dos quatro árabes da suposta equipe de manutenção, que estavam a cerca de sessenta metros dali. Eles também sacaram suas armas e atiraram. Daniel foi atingido no ombro direito e caiu, ainda segurando a pistola.

Huffman se jogou ao chão usando o corpo de um dos terroristas como escudo. Começou a atirar contra os homens que se mantinham perto do utilitário. Não podia imaginar que o veículo estava abarrotado de poderosos explosivos. Daniels se arrastou para trás do outro homem morto, mudou a arma para a mão esquerda e também atirou.

Goodale foi o primeiro a ver a luz dos tiros.

— Harlan! À esquerda, posição 11h... perto do rio... dois oficiais envolvidos em um tiroteio.

Griffin empurrou a alavanca do comando para a esquerda; de repente, uma terrível bola de fogo se ergueu do chão.

Uma das balas de Huffman havia atingido o tanque de combustível do veículo, provocando uma fagulha. Os quatro terroristas e o utilitário desapareceram no meio da bola de fogo.

Como a caçamba do utilitário era coberta apenas por uma lona, não por uma cobertura de metal como outros veículos, toda a força da carga explosiva se dispersou para fora e para cima, aumentando a potência do fogo e provocando uma horrível fumaça negra.

Griffin e Goodale estavam perplexos. A força do deslocamento de ar causado pela explosão tirou o helicóptero do curso, e Griffin teve de usar toda a sua habilidade para recuperar o controle da aeronave.

A força do impacto jogou Daniels e Huffman para trás. Eles estavam protegidos pelos corpos dos terroristas e pelo fato de a maior parte da energia se deslocar em sentido ascendente, mas, em choque, os dois balançavam a cabeça tentando reduzir o zumbido nos ouvidos.

Tremendo e suando, Fadil pressionou o botão para detonar a pequena explosão que interrompeu o circuito elétrico que alimentava as câmaras na ponte.

Depois disso, jogou no chão o detonador, saiu do meio dos arbustos que usava como esconderijo e começou a caminhar na contramão ao longo da estrada, para longe da ponte. Apesar do esforço para dar a impressão de descontração, era impossível não notar o quanto ele parecia deslocado no meio de tudo aquilo.

Kevin Gerber ouvia música no rádio do carro. *Esse é o pior congestionamento que já vi na George Washington*, ele pensava.

Pelo canto do olho notou um movimento do lado direito. Quando se virou, viu um homem grande e forte correndo para a ponte, passando pelos carros parados.

Que coisa estranha. Não deviam permitir pedestres correndo na estrada!

Gerber continuou ouvindo o rádio por alguns minutos, batendo com os dedos no volante, acompanhando a melodia. De repente, algo chamou sua atenção lá na frente. Podia ver outro homem deixando a ponte, caminhando na direção da faixa em que ele estava parado.

Mas que diabo ele está fazendo? Será que ficou sem combustível e vai comprar um galão? Primeiro um corredor, agora um homem caminhando... e os dois em roupas de passeio. Estranho.

Gerber continuou tamborilando com os dedos. De repente, a música foi interrompida por um som agudo, uma espécie de apito.

— Esta é sua rede de emissoras para emergências oficiais. Fomos informados de que há um alerta para terrorismo na ponte George Washington. Ela será fechada por tempo indeterminado. Por favor, procure rotas alternativas e mantenha-se longe da ponte.

Ah, que maravilha! E estou quase nela.

Gerber olhou em volta, tentando identificar alguma via de escape.

De repente, houve um lampejo de luz e uma explosão do outro lado, no extremo sul da ponte. Gerber viu a coluna de fumaça que se erguia para o céu.

Em seguida, avistou o homenzinho magro e aflito, de aparência árabe, correndo pelo acostamento.

Mas o que...

No mesmo instante, tudo ficou claro. *Ele deve fazer parte do grupo terrorista.*

Gerber desligou o motor e saiu do carro, correndo atrás do terrorista. Logo conseguiu diminuir a distância.

Sem notar que estava sendo perseguido, Fadil só tinha um pensamento: afastar-se tanto quanto pudesse e o mais depressa possível.

Fadil não ouviu Gerber até que apenas alguns poucos passos os separassem, e então era tarde demais. Gerber já saltava sobre ele.

Outros motoristas, que também escutaram o alerta, chegaram à mesma conclusão e viram o homem que perseguia um outro. Vários desceram de seus carros e se juntaram à perseguição. A população nunca mais ficaria assistindo impotente enquanto a América era destruída.

Gerber agarrou Fadil pela cintura, e os dois caíram no chão. Fadil lutava como um louco, mordendo, arranhando e chutando. Mas um motorista de táxi truculento e furioso correu para ajudar Gerber. Logo, outros se juntaram aos dois contra o terrorista, que gritava em árabe.

Uma equipe de segurança da ponte havia conseguido chegar no lado sul da torre de Manhattan. Vestindo uniformes pretos da SWAT, pareciam sinistros. Eles tinham as chaves da cabine do elevador.

Sharif estava abrindo a bolsa que continha os detonadores quando ouviu um barulho na porta. Ele parou e levou a mão à arma.

Havia acabado de empunhar a pistola quando o primeiro homem da SWAT entrou. Sharif disparou três tiros rápidos. A primeira bala atingiu o oficial no peito, derrubando-o com a força do impacto. As outras duas encontraram a parede atrás de onde ele havia estado um segundo antes.

O segundo homem da SWAT atirou cinco vezes contra Sharif. Numa demonstração de incrível obstinação, o terrorista ainda sobreviveu por três minutos antes de finalmente morrer.

QUARENTA E CINCO

O TRÂNSITO NO nível inferior da ponte George Washington era muito lento. Às vezes, parava completamente por até dois minutos.

Najjar começava a ficar bastante ansioso. Ainda estava a uns sessenta metros do centro da ponte. Sabia que precisava posicionar-se diretamente sob Asim, no nível superior, para provocar uma destruição mais potente. Queria fazer a coisa de maneira perfeita. Essa seria sua marca na vida. Seria lembrado por esse dia.

Vamos, vamos, americanos imundos! Temos de escrever uma história hoje.

Desde os 8 anos de idade ele havia sido ensinado que dar a vida pela *jihad* era a maior honra que um homem podia ter. Seus pais sempre disseram que um dia ele os tornaria orgulhosos dando a vida por seu povo. Não temia a morte; pelo contrário, esperava ansioso por ela. Mal podia esperar por sua recompensa. Em poucos minutos estaria no paraíso.

Buck Wilson dirigia caminhões de nove eixos pelas estradas do país havia mais de 20 anos. Ele guiara em todas as condições climáticas e atravessara as maiores cidades dos Estados Unidos. Preferia as estradas ao tráfego urbano. Mesmo assim, considerava tolice ficar nervoso na hora do rush. Era inútil. Na verdade, nem se incomodava muito com isso, porque era nessas ocasiões que tinha a oportunidade de ouvir sua música preferida — country e western.

Tudo bem, em geral encaro bem o trânsito, mas isso é ridículo, Wilson pensou. *Deve haver algum acidente grave na ponte, talvez do lado de Washington Heights.*

Ele começou a mudar de estação, sintonizando todos os canais de seu rádio XM Satélite, tentando encontrar algum boletim de notícias ou alguma explicação para o trânsito em Nova York. E foi em uma dessas estações que ele ouviu um boletim informativo grave e preocupante.

— Um alerta terrorista foi emitido para a ponte George Washington. Agentes do FBI informam que estão procurando dois caminhões Rapid U-Haul. Um deles tem placa JRZ738 e o outro KLM211. Os veículos procurados são amarelos e têm uma grande seta azul com a inscrição Rapid U-Haul em letras vermelhas. Se você vir um veículo com essas características nas imediações da ponte George Washington, por favor, avise às autoridades.

Covardes fanáticos! Só atacam mulheres e crianças inocentes! Wilson olhava para o trânsito parado diante dele quando viu um caminhão amarelo. *Seria um dos veículos procurados pelo FBI?*

Todas as faixas estavam paradas. Wilson não conseguia conter sua ira. Deixou o motor ligado, puxou o freio de mão e saltou da cabine. Não sabia ao certo o que ia fazer, mas não podia ficar ali sentado sem fazer nada.

Caminhou por entre os veículos parados na direção do caminhão amarelo, dois carros na frente dele. Seu coração disparou quando ele olhou para a placa. Não conseguia ler os últimos dois algarismos, cobertos de lama, mas o começo...

KLM2... É um deles!

Wilson notou que o motorista do caminhão olhava para ele pelo retrovisor. Desconfiado, ele estaria preparado para recebê-lo. Wilson passou pelo caminhão sem sequer olhar para o motorista. Seguiu em frente até dois carros depois do caminhão e, então, parou, fingindo tentar ver o que impedia o fluxo. Erguendo os braços numa encenação de impaciência e frustração, bateu na janela do automóvel ao lado. O motorista abriu o vidro, e eles conversaram rapidamente. Wilson esperava que o motorista do caminhão amarelo pensasse que ele era apenas mais um cidadão atrasado e furioso com o tráfego intenso e congestionado.

Então, ele se virou e voltou balançando a cabeça. Quando passou pelo caminhão amarelo, ele parou e bateu na porta. Najjar abriu a janela.

Wilson falou em voz baixa.

— O que acha que pode estar acontecendo?

Najjar não conseguia ouvir bem por causa dos motores ligados em volta.

— O quê?

Wilson subiu no degrau da porta, adotando uma atitude casual.

— Perguntei o que acha que está acontecendo para termos um trânsito tão ruim! — Rapidamente, ele enfiou o braço pela janela e envolveu o pescoço de Najjar, apertando com força e levantando o corpo do motorista do assento. Era um homem tão forte que começou a tirar Najjar da cabine pela janela. Tudo aconteceu tão depressa que o terrorista não teve tempo de pegar a arma e o detonador no assento do passageiro.

Assim que foi arrancado do caminhão, Najjar tentou levar a mão à pistola que levava presa à perna. Wilson percebeu o movimento e acertou-o com um soco no queixo. O golpe fraturou a mandíbula de Najjar.

* * *

Murphy estava perto da ponte quando o tráfego parou por completo. Quase ao mesmo tempo, ouviu a notícia no rádio que descrevia os caminhões amarelos e fornecia o número das placas. *E se os caminhões já estiverem na ponte? Não posso ficar aqui sentado aguardando a explosão!*

Murphy saiu do carro alugado e começou a correr pela estrada para a ponte. Levou quase dois minutos para chegar na entrada. Então, correndo pelo nível superior, começou a olhar em volta em busca do caminhão amarelo. Enquanto corria, experimentava sentimentos variados. Por um lado, esperava que os caminhões não estivessem na ponte. Talvez tudo fosse apenas um alarme falso. Por outro lado, se já estivessem na ponte, ele orava a Deus para ter força e discernimento para impedir o ataque.

Ao se aproximar do ponto central, Murphy viu um caminhão amarelo da Rapid U-Haul parado do outro lado da ponte, com o capô aberto. Continuou correndo por entre os automóveis parados até chegar na faixa central.

Não havia ninguém dentro do caminhão. Alguém examinava o motor e falava ao celular.

Murphy saltou sobre a divisória central e continuou correndo para o caminhão. As pessoas observavam seus movimentos. Provavelmente, acreditavam que era um motorista que deixara o carro e agia de maneira irracional, furioso com o engarrafamento.

Murphy estava a dois veículos do Rapid U-Haul quando a picape da equipe de manutenção explodiu. O choque da explosão o obrigou a se equilibrar entre dois carros, evitando a queda. Olhou para o chão quando uma imensa bola de fogo subia ao céu seguida por uma nuvem de fumaça negra. O barulho era ensurdecedor.

Asim estava em pé na frente do caminhão no momento da explosão. O estrondo o pegou de surpresa. Correu até a balaustrada da ponte e olhou para baixo. Havia algo de errado ali! Não podia mais esperar até Najjar posicionar-se diretamente embaixo dele na pista inferior. A esperança era de que os dois caminhões estivessem bem próximos para a explosão atingir o impacto necessário para romper os cabos da ponte.

Asim havia tirado do bolso o detonador quando Murphy o acertou. O detonador caiu embaixo de um carro na frente do caminhão.

Asim cambaleou para trás e se chocou contra a balaustrada da ponte. Tonto, olhou para o homem que o atacara. Não deixaria um americano infiel impedir sua missão. Agora, era uma questão de vida e morte. Precisava recuperar o detonador... mas, antes, tinha de eliminar Murphy.

Asim sacou o canivete e o abriu, exibindo a lâmina afiada que brilhou à luz do sol. Pessoas nos carros em volta assistiam atônitas ao confronto entre os dois homens ao lado do caminhão amarelo. Murphy se esquivava das investidas de Asim.

Em dado momento Asim investiu diretamente contra o estômago de Murphy. Murphy reagiu com um bloqueio na descendente, atingindo o braço do terrorista e agarrando seu pulso com o mesmo movimento, puxando-o para a frente. Ele deu um passo para o lado e a faca e a mão de Asim encontraram a lateral de um Mercedes prateado.

Agora a luta tornou-se equilibrada. Asim saltou no ar e conseguiu concluir um chute duplo que acertou Murphy no peito e o jogou para trás, contra a balaustrada. Ele tentava recuperar o fôlego quando Asim o acertou no rosto e o jogou para o lado.

Recupere-se! Respire! Pense!, dizia Murphy a si mesmo, furioso.

Asim se preparava para o golpe mortal. No último segundo, Murphy caiu de joelhos e se inclinou para a frente, na direção do atacante. O impulso jogou Asim para a frente, e ele tropeçou no corpo de Murphy, colidindo com um carro e dando ao oponente a chance de recuperação.

Asim também recobrou o equilíbrio e voltou a atacar, mantendo a cabeça baixa e os braços estendidos para a frente. Murphy saltou e passou o braço direito em torno do pescoço do atacante. Saltando com agilidade impressionante, ele desceu com os dois pés na nuca do terrorista, que caiu no asfalto com o rosto no chão, e Murphy sobre ele.

Havia acabado.

Murphy foi recuperar o detonador que caíra sob um veículo. Ele jogou o aparato no rio Hudson, sessenta metros abaixo de onde estava.

Carla Martin olhava pela janela do carro, duas faixas distante da cena. Assistiu a tudo, desde que Murphy atingiu Asim pela primeira vez. Havia testemunhado toda a batalha e estava horrorizada. E agora via a polícia se aproximando.

Já era tempo! Homens adultos são mesmo estúpidos, ou não brigariam por causa de um caminhão parado no meio do trânsito! Espero que os dois sejam presos.

Sorriu e colocou outro CD no player.

Tudo isso aconteceu momentos antes da chegada da equipe da SWAT. Murphy foi algemado com Asim, enquanto a polícia tentava entender o que havia acontecido. Eles interrogaram as testemunhas nos carros em volta e decidiram levar Murphy para a delegacia a fim de descobrir qual havia sido seu papel no ataque abortado. Por volta das 3h30 da tarde, tudo havia sido esclarecido e Murphy, liberado.

Estava machucado, fisicamente exausto e emocionalmente esgotado. Mas agradecia a Deus pelos planos terroristas terem sido frustrados.

QUARENTA E SEIS

A noite do ataque, Babilônia, 539 a.C.

O Capitão Hakeem *estava quase sem fôlego, mas continuava correndo para a tenda do general Azzam. O guarda o impediu de entrar. O general Azzam saiu e identificou o capitão.*

— Senhor, trago notícias do general Jawhar. Eles vão atravessar o rio em aproximadamente 15 minutos. Ele me pediu que viesse informar que chegou a hora de preparar os arqueiros. Logo a água vai estar correndo para o pântano. Em mais uma hora, o fosso terá sido drenado e os homens poderão atravessá-lo para chegar à muralha.

O general Azzam assentiu e sorriu.

Era quase 1h30 da manhã quando Daniel subiu a escada que levava ao grande salão. Ele caminhava tão depressa quanto a idade permitia. Estava surpreso por não ouvir nenhuma música. E ficou ainda mais chocado quando viu homens e mulheres embriagados espalhados pelo pátio exterior. Havia algo de diferente naquele banquete.

Quando Daniel entrou no grande salão, viu o rei sentado no chão, cercado por guardas e ajudantes pessoais. Todos pareciam aterrorizados, como se houvessem visto um fantasma.

— Você é o homem que chamam de velho hebreu? É Daniel? — indagou o rei, amedrontado. — Minha avó diz que há em você o espírito dos deuses. Ela diz que você é um homem cheio de sabedoria e esclarecimento.

— Sim, sou Daniel.

— Olhe ali! Veja o que está escrito naquela parede! Já mandei chamar meus sábios e astrólogos. Perguntei a eles o que significa a escrita, mas ninguém sabe dizer nada.

Daniel olhou para a parede. Podia ver as palavras escritas no gesso:

MENE, MENE, TEQUEL, UFARSIM

— Fui informado de que é perito em solucionar mistérios — continuou o rei. — Se puder me dizer o que isso significa, o cobrirei com vestes púrpura. Darei a você a corrente de ouro da autoridade para pendurar no pescoço e o tornarei o terceiro governante mais poderoso deste reino.

Daniel sorriu e se curvou, humilde.

— Não estou interessado em poder. Pode ficar com todos os presentes. Estou satisfeito com meu manto de lã. Dê suas recompensas a outro. Como ajudei seu pai na minha juventude, agora o ajudarei também. A resposta não virá do meu esclarecimento ou da minha sabedoria. Jeová me dará o entendimento para lhe dizer o que significa a escrita.

Belsazar ouvia as palavras de Daniel com grande interesse e espanto.

— Vejamos, vamos rever a vida do rei Nabucodonosor. Todas as nações do mundo tremiam ao ouvir seu nome, não é? Viviam com medo dele. Ele não hesitava em destruir a pessoa ou a nação que ousasse ofendê-lo. Era um rei de grande poder e influência. Porém, cometeu um grande erro. Não reconheceu que Deus lhe dera toda a honra e majestade. Tornou-se arrogante e orgulhoso. O orgulho endureceu o coração de Nabucodonosor para Deus, e Deus o expulsou do palácio para os campos. Ele passou sete anos vagando pela terra como um animal selvagem. Vivia entre os equinos e comia grama como uma vaca. Seu corpo era molhado pelo orvalho todas as manhãs. E isso continuou até ele reconhecer que o mais alto Deus governa sobre as coisas do homem. Ele proclama e destrona reis.

Todos o ouviam em silêncio.

Daniel continuou:

— Agora, ó, rei Belsazar, não estou dizendo nada que já não saiba. Ouviu essa história antes. E está seguindo os passos de seu pai. Tornou-se orgulhoso e perdeu a humildade. Desafiou o Deus Vivo tirando taças sagradas de Seu templo e usando-as para brindar seus deuses pagãos. Violou essas taças entregando-as a seus nobres, suas esposas e concubinas. Enalteceu os deuses de madeira, pedra, prata e ouro, mas não o Deus do céu. Por causa disso, Deus escreveu uma mensagem na parede. E agora lhe direi qual é o significado dessa mensagem. MENE significa "numerado". Deus contou os dias de seu reinado. Na verdade, ele já acabou. TEQUEL significa "pesado". Deus o pesou em Sua balança, e você não passou no teste. UFARSIM significa "dividido". Deus dividiu seu reino, e ele será entregue aos medos e persas.

Belsazar estava atônito. Não esperava uma mensagem de desgraça. Todos no salão estavam em silêncio, e ninguém se movia. Ninguém jamais havia falado ao rei com tanta franqueza antes. Todos esperavam que o soberano ordenasse a morte de Daniel.

Temendo que algo ainda mais terrível acontecesse com ele e seu reino, Belsazar ordenou que Daniel fosse vestido em púrpura. A corrente de ouro da autoridade foi posta em seu pescoço e o rei proclamou Daniel a terceira pessoa mais poderosa em seu reino.

***

Daniel estava apreensivo quando deixou o palácio horas depois. Sabia que Deus ia destruir o reino de Belsazar... mas como?

Ninguém percebeu a presença dos soldados atravessando o fosso, se aproximando da muralha. Quando apareceram na cidade, fingiram estar apenas a caminho da festa que acontecia além do portão principal. Com todo o barulho e a gritaria de dezenas de pessoas embriagadas, ninguém ouvia os berros dos guardas sendo mortos. Apenas algumas pessoas testemunharam o momento em que o enorme portão foi aberto.

Os exércitos dos generais Azzam e Jawhar, sob as ordens de Ciro e Dario, o Medo, conquistaram a grande cidade de Babilônia sem encontrar muita resistência.

Belsazar conferenciava com seus nobres quando os soldados inimigos invadiram o grande salão. Sulaiman foi o primeiro a notá-los. Ele gritou para a guarda real, que lutou até o último sopro de vida tentando defender o rei. Foi inútil; todos foram mortos.

Os soldados cercaram Belsazar e os nobres, e todos foram feitos cativos até a chegada dos generais. Depois, os generais se sentaram e beberam vinho enquanto observavam os prisioneiros. No fundo do grande salão, dois homens conversavam sob uma magnífica tapeçaria.

— Gadates, você ainda não contou suas moedas de ouro — disse um deles.

— Não me interesso por dinheiro. O assunto aqui é vingança.

— Vingança?

— Sim, Gobrya. Há dois meses o rei levou toda a corte para caçar. Meu amigo, integrante do grupo, abateu um faisão antes de o rei ter chance de fazer o mesmo. Belsazar ficou furioso. Ele sacou a espa-

da e o matou diante de todos. Na semana passada ele matou outro membro da corte depois de ter ouvido um dos nobres comentar que ele era bonito. O homem é maluco! Ele precisava ser detido. Espero que os soldados de Ciro o matem logo!

Gadates sorriu quando ouviu o general Jawhar dar ordens para executar o rei e os nobres, que suplicavam por misericórdia. Um a um, soldados os mataram, deixando Belsazar por último. Todos ali queriam o sofrimento do rei.

QUARENTA E SETE

Musa Serapis contou cabeças. Oito dos 12 representantes dos membros temporários do Conselho de Segurança haviam conseguido chegar ao aeroporto de Newark, e também cinco membros permanentes, mas o presidente ainda não havia chegado.

Serapis falou:

— Nas atuais circunstâncias, e considerando a ausência do presidente, tenho sua aprovação para agir como presidente temporário?

Todos concordaram.

Serapis era secretário-geral há mais de um ano e havia sido muito bem-recebido, especialmente pelos países do Terceiro Mundo. Seu descontentamento com a política externa dos Estados Unidos era bastante conhecido.

Durante a primeira hora discutiram planos de emergência para a operação contínua das Nações Unidas e a proteção de seus funcionários. O assunto começou a mudar quando o membro do Conselho Permanente, Jacques Verney, da França, falou:

— Não podemos continuar desse jeito. O povo da cidade de Nova York está apavorado. O que teria acontecido se a ponte George Washington tivesse sido atacada de fato? Quantas pessoas teriam morrido na explosão? Precisamos considerar a segurança dos membros das Nações Unidas. Creio que chegou a hora de levarmos em conta o plano 7.216. Como sabem, muito se tem falado sobre uma eventual mudança das Nações Unidas dos Estados Unidos. Por causa da filosofia de controle mundial desse país, nações cada vez menores e menos perigosas têm se sentido forçadas a recorrer ao terrorismo para que suas vozes sejam ouvidas. Esse tipo de ataque continua ameaçando o bem-estar de todos os funcionários da ONU. Acredito que esses ataques vão prosseguir enquanto os Estados Unidos continuarem perseguindo o sonho pretensioso de controlar o mundo e seu funcionamento.

Os membros permanentes Warren Watson, dos Estados Unidos, e Carlton Thorndike, do Reino Unido, se entreolharam. Essa não era a primeira vez que a questão da mudança da sede das Nações Unidas era abordada. O Oriente Médio, a Europa, a Índia, a África e a América do Sul se tornavam cada vez mais hostis com os Estados Unidos. A hostilidade também começava a atingir o Reino Unido por seu apoio às políticas americanas.

Vladimir Karkoff, membro permanente da Federação Russa, disse com determinação:

— Não creio que os Estados Unidos estejam preparados para lidar com os terroristas em seu próprio país. O fracasso da América do Norte em proteger seu povo é evidente. A incapacidade do país para impedir esses ataques ameaça a segurança dos integrantes da Federação Russa. Também sou favorável a levarmos a questão da mudança para votação em assembleia geral.

O membro temporário Salmalin Rajak, da Índia, disse:

— Em diálogo com muitos líderes de países menores abordei as atitudes imperialistas dos Estados Unidos. Todos foram favoráveis a considerar um boicote aos produtos americanos.

Warren Watson manifestou-se.

— E onde pensam que vão conseguir os produtos de que necessitam, Sr. Rajak? Nós os estamos apoiando há anos com programas contra a fome. Investimos bilhões de dólares em projetos para que esses países prosperem. E quantos empregos americanos foram terceirizados para a Índia? Ao longo dos anos, nada temos feito se não tentar ajudar os países do mundo. Sua atitude é inacreditável! Cite outro país que os tenha ajudado tanto quanto os Estados Unidos.

— A União Europeia quer estabelecer o comércio com nossos países e vai ajudar a apoiá-los — respondeu Rajak. — Toda a Europa e a Ásia, e a maior parte do mundo, preferem contar com a ajuda da União Europeia a contar com auxílio americano. Acreditamos que o poder lhes subiu à cabeça. Vocês acham que todos devem concordar com o pensamento democrático americano. Mas quem disse que o jeito americano é o melhor? Tudo que querem é impor tarifas e políticas para poderem nos explorar comercialmente. Os Estados Unidos querem as riquezas de todas as nossas nações.

Rajak parou para respirar. Sabia que podia ter sido eloquente demais. Por isso, começou a moderar as palavras.

— É claro, isso não significa que os Estados Unidos não devam integrar as Nações Unidas. Estamos falando de um país forte que deve ser incluído. Só afirmo que esse país não deve ter um papel tão dominante. Os americanos devem se tornar um pouco mais... vamos dizer, tolerantes e democráticos.

Irado, Watson se preparava para responder quando Zet Lu Quang falou para o grupo:

— Como membro permanente do Conselho de Segurança, falo em nome da República Popular da China. Também nos preocupamos muito com a permanência da sede das Nações Unidas na América do Norte, e especialmente em Nova York. Muito se tem falado sobre a construção de um prédio da ONU em Genebra, na Suíça, já que mantemos atualmente um quartel-general naquele local. Há alguma outra localização em pauta? A República Popular doaria com prazer um terreno em nossa capital.

Verney respondeu:

— O Plano 7.216 sugere a retirada da ONU dos Estados Unidos, mas não propõe nenhuma localidade. Isso deve ser decidido em votação geral. Conversei com vários membros da ONU e parece haver uma resposta positiva à possibilidade de levarmos o prédio das Nações Unidas para o Iraque. Mais especificamente para uma cidade do Iraque com uma história grandiosa: Babilônia. Conversei com Helmut Weber, embaixador da Alemanha, e seu país apoia integralmente a mudança.

Serapis olhou para o grupo reunido. Essa era uma boa oportunidade.

— Dialoguei com diversos líderes da União Europeia. Todos disseram apoiar a mudança para a Babilônia. A União Europeia até ajudaria a pagar a imensa dívida que a ONU contraiu ao longo dos anos. Eles também afirmaram ter fundos disponíveis para ajudar na construção da nova sede.

Todos sorriram e assentiram, menos Watson e Thorndike, que estavam furiosos. Sabiam que não seria sensato falar nesse momento de emoções voláteis.

— Os líderes da União Europeia me relataram que esses fundos foram uma doação de um grupo anônimo. Seus representantes se oferecem para pagar *todas* as despesas da construção de um novo edifício — concluiu Serapis.

Ele sorriu ao notar que sua declaração causava murmúrios paralelos. Quando olhou para Jacques Verney, ele viu nos olhos do francês um brilho quase imperceptível de reconhecimento.

Watson percebeu a troca de olhares. Tinha certeza de que Serapis e Verney haviam discutido o assunto muitas vezes antes. *Eles estão usando essa ameaça recente como desculpa para promover a transferência das Nações Unidas para outro país, para fora dos Estados Unidos.*

Serapis pediu a atenção do grupo.

— Parte de nossas responsabilidades é ajudar a promover e preservar a paz mundial. É nosso trabalho estabelecer princípios gerais e incentivar o fim de disputas. Creio que a mudança das Nações Unidas para outro país vai ajudar a promover a paz mundial. O gesto será interpretado como uma tentativa de estender a mão e incluir aquelas nações menores que pensam não ter voz ativa. O mundo árabe e muitos países da Europa verão a mudança para o Iraque como uma inclusão da comunidade muçulmana.

Serapis notou que vários membros assentiam, concordando com a proposta. Sabia que os tinha na palma da mão.

— A transferência vai reduzir as tensões no mundo. Pode até trazer a paz permanente que tanto desejamos alcançar. Nossos filhos e netos dependem de nossas decisões acertadas. E essa é uma que vai poupar milhares de vidas no mundo todo.

Serapis começava a falar com eloquência crescente. Watson ansiava agredi-lo fisicamente.

— Como líderes, devemos buscar meios únicos e positivos de solucionar as disputas entre todas as nações... sejam elas grandes ou pequenas. — Serapis parou por um instante, esperando que suas palavras fossem absorvidas.

Depois, perguntou:

— Quantos de vocês gostariam de levar esse tópico para a nossa próxima reunião da Assembleia Geral?

Apenas duas mãos permaneceram abaixadas.

QUARENTA E OITO

A VIAGEM DE volta a Raleigh parecia interminável para Murphy. Não era tanto a distância a ser percorrida, mas a ideia do que poderia ter acontecido se a ponte George Washington houvesse sido explodida. Quanta devastação as bombas sujas teriam causado?

Aposto que trinta, quarenta mil pessoas teriam morrido com a explosão e a radiação.

Lembranças começaram a se misturar, e ele reviu os eventos de um bombardeio na Preston Community Church. Ainda podia ouvir a explosão. Podia sentir o cheiro da fumaça e da madeira queimando. Sentia na língua o gosto das cinzas. Via as pessoas ensanguentadas e os corpos sem vida. E também podia ver o rosto doce de Laura e ouvir seu último suspiro. Ele reviveu a angústia de perceber que a perdera para sempre e a ira contra o homem que a matara.

Mais de uma vez Murphy teve de parar no acostamento, porque a visão embaçava com as lágrimas por si mesmo e pelas pessoas queridas que perdera. Conhecia a dor da perda. Quando chegou em casa naquela noite, sentia-se emocionalmente esgotado.

* * *

Murphy dirigiu para o campus da Universidade Preston totalmente consciente da luta interior que travava com suas emoções confusas: a raiva dos terroristas pelo pânico que haviam causado disputava a primazia com a necessidade de um certo sentimento de normalidade.

A vida, às vezes, é estranha. O mundo é cheio de sofrimento, mas também é repleto de beleza.

Murphy lembrou as palavras do rei Salomão. Elas haviam estado entre as favoritas do presidente Ronald Reagan:

Para tudo há um tempo,
Um tempo para cada propósito sob o céu:
Um tempo para nascer,
E um tempo para morrer;
Um tempo para plantar,
E um tempo para colher o que é plantado;
Um tempo para matar,
E um tempo para curar;
Um tempo para demolir,
E um tempo para construir;
Um tempo para chorar,
E um tempo para rir;
Um tempo para o luto,
E um tempo para dançar;
Um tempo para jogar pedras,
E um tempo para reunir pedras;
Um tempo para abraçar, e um tempo para evitar abraçar;
Um tempo para ganhar,
E um tempo para perder;
Um tempo para guardar,

E um tempo para se desfazer;
Um tempo para rasgar,
E um tempo para costurar;
Um tempo para guardar silêncio,
E um tempo para falar;
Um tempo para amar,
E um tempo para odiar;
Um tempo de guerra,
E um tempo de paz.

No fundo, Murphy sabia que era tempo de guerra. Uma guerra espiritual contra os poderes das trevas.

— Dr. Murphy, estou feliz por vê-lo. Sabia que estava em Nova York, e tive medo de que fosse afetado pela confusão do ataque terrorista. Fiquei muito preocupada.

Os olhos verdes de Shari estavam cheios de preocupação.

— Estou bem, Shari. Já me preparava para deixar Nova York quando recebi a notícia.

— E Isis?

— Felizmente, ela decolou do La Guardia antes do alerta terrorista. Está em Washington, segura.

Murphy se deu conta de que podia ter perdido Isis, caso o atentado houvesse se concretizado e ela tivesse escolhido viajar mais tarde. Não suportava pensar nisso. Sabia que seus sentimentos por Isis eram mais do que simplesmente casuais.

Shari ouviu perplexa enquanto Murphy contou tudo que havia acontecido desde o alerta de ataque. Por fim, ele mudou de assunto.

— E você, Shari, como está? Conseguiu conversar com Paul? Chegaram a alguma conclusão?

— Bem, conversamos, e eu cheguei a uma conclusão. Infelizmente, nós rompemos, e isso me deixa muito triste. Os primeiros dias foram difíceis. Porém, sinto um grande alívio por ter, enfim, resolvido toda a história. Não podia manter um relacionamento com alguém que tinha valores diferentes dos meus, mesmo amando essa pessoa. Eu sabia que, no final, não ia dar certo.

— Como Paul reagiu?

Não creio que tenha ficado surpreso. Já havíamos discutido sobre um possível rompimento antes. O problema é que... Bem, quando a decisão é tomada e o assunto é encerrado, é difícil de se adaptar.

Murphy ficou em silêncio por um momento. Ele sabia que nada do que dissesse poderia aliviar a dor de Shari.

— Shari, vou rezar para Deus lhe dar força para enfrentar esse momento difícil.

Ela o encarou por entre as lágrimas.

— Obrigada. Vou precisar.

Murphy tamborilava com os dedos enquanto tentava localizar Isis pelo telefone. Seu corpo era dominado por uma confusão de emoções que não encontrava expressão.

— Michael, você está bem? De onde está ligando? — perguntou Isis, do outro lado.

— Estou de volta a Raleigh. Cheguei ontem à noite. Eu teria telefonado ontem mesmo, mas não quis acordá-la.

Murphy contou a Isis sobre o atentado abortado na ponte George Washington e seu papel em frustrar o ataque. No final, a conversa acabou se encaminhando para a busca planejada da Escrita na Parede.

— Pode ser um pouco mais difícil entrar no Iraque com toda a questão da segurança. Mas, se permitirem, acho que devemos ir. Ainda está disposta? — perguntou ele.

— Sim, mas também estou um pouco nervosa — respondeu Isis.

— Eu também. Mas estaremos juntos, e isso é bom.

Isis sorriu. Seria bom estar com Michael.

— Teve alguma notícia do pessoal da fundação? — perguntou Murphy. — Eles ainda têm interesse em financiar a expedição?

— Sim, falei com nosso presidente, Harvey Compton, e ele concordou com o projeto. Mas ele quer que o Dr. Wildred Bingman nos acompanhe.

— Quem?

— Um ex-professor de arqueologia que se juntou recentemente à fundação. Ele lecionava na Florida State University. Acho que você vai gostar dele. Bingman é muito simpático e conhece sua área. Vocês têm muito em comum.

— Bem, quanto mais, melhor. Será bom ter outro arqueólogo na equipe. Vou entrar em contato com Jassim Amram para ver se ele pode abrir espaço na agenda. Com sua capacidade para ler idiomas antigos e nossa experiência, vamos poder confirmar com facilidade a escrita, se a encontrarmos.

— Tem alguma dúvida, Michael?

— Não, tenho certeza de que ela está lá. Matusalém não teria todo esse trabalho para me informar de algo que não existe. Só me preocupa um pouco o que podemos encontrar na tentativa de localizar essa relíquia. Não foi fácil achar os outros artefatos. Alguma coisa sempre acontece para atrapalhar. É assim que Matusalém se diverte.

Isis suspirou.

— Você tem razão. Bem, pelo menos não podemos reclamar de tédio.

Murphy riu.

— Vou entrar em contato com Levi para ver se ele conseguiu garantir nossa ida ao Iraque. Ele também ficou de verificar se o coronel Davis, da Marinha americana, poderia nos dar alguma proteção enquanto estivermos lá. Especialmente na viagem.

— Seria ótimo. Eu me sentiria muito mais segura.

— Telefono assim que tiver tudo arranjado. Estou ansioso para ver você de novo, Isis — murmurou Murphy.

QUARENTA E NOVE

— TUDO BEM, tudo bem. Tenho de admitir.

Murphy levantou a cabeça com ar curioso. Shari estava na porta de seu escritório segurando uma caixa com algum tipo de correspondência em cima. Ela mantinha a cabeça inclinada para um lado e sorria.

— Admitir o quê? Do que está falando?

— Sua correspondência.

— O que tem ela?

— A caixa é bem pesada.

— E daí?

— Daí, tenho de admitir que estou curiosa. Vamos ver o que tem aqui dentro.

Murphy balançou a cabeça e riu. A curiosidade de Shari era divertida. Fingindo não se importar, ele olhou para os papéis sobre a mesa e disse, como se estivesse entediado:

— Bem, se está curiosa, por que não abre a caixa?

Um sorriso largo iluminou seu rosto. Shari sacudia a caixa como se fosse seu presente de Natal.

— Tem algo solto aqui dentro. E não há endereço de remetente. E veja... a caixa está quase desmontando.

Murphy sorriu dos comentários. Ele a viu pegar uma faca e começar a abrir a caixa. Depois, disse:

— E se for uma bomba?

Isso a fez hesitar por um minuto e olhar para ele com ar crítico. Quando levantou a tampa, Shari exclamou, surpresa:

— São pedras!

— Ah, ótimo! Já estava mesmo imaginando quando chegariam.

— Para que quer pedras?

— Foi uma piada, Shari. Não encomendei pedra nenhuma.

— Elas são lisas como se houvessem saído de um rio — comentou Shari, colocando três ou quatro sobre a mesa. — Há um bilhete aqui.

— Deve ser do reitor Fallworth. Ele adoraria me apedrejar até a morte — disse Murphy distraído.

Ela sorriu.

— A nota não está assinada. Mais uma de suas correspondências esquisitas!

— O que diz o bilhete?

> **Uma oportunidade de ouro espera**
> **Aqueles que apreciam os Debates Cabarrus**
> **E procuram pelo hessiano que abandonou sua sessão...**
> **E mais tarde plantou uma semente que gerou a**
> **erva daninha da ganância.**

Murphy suspirou. Shari ouviu o som e o encarou.

— O que é? Matusalém, aposto!

— Ele adora o bizarro! O que acha que ele quer dizer?

Murphy pegou o bilhete, passou os dedos pelos cabelos e se levantou para andar pela sala.

— Cabarrus deve ser a chave.

— É claro, qualquer um teria percebido! — disse Shari, debochando.

Murphy ignorou o sarcasmo.

— A única coisa em que consigo pensar é Cabarrus County. De acordo com a história da Carolina do Norte, Cabarrus County recebeu esse nome por causa de Stephen Cabarrus, o orador da Casa dos Comuns. Deve ser a isso que se refere a palavra "debates".

— E quanto ao hessiano que abandonou a sessão?

— A primeira parte é simples. Um hessiano é um alemão. Mas abandonar a sessão é estranho. Plantar uma semente pode se referir a sementes reais ou sementes de comportamento. A "erva daninha da ganância" soa como uma atitude ou uma ação.

— E o que tudo isso tem a ver com pedras de rio?

— Cabarrus County... pedras de rio... um alemão... quem planta alguma coisa... a erva daninha da ganância... uma oportunidade de ouro — murmurava Murphy, pensando. — Os alemães tinham um assentamento em Cabarrus County depois da Guerra Revolucionária. A maioria deles era parte da força de combate trazida pelos britânicos. Muitos se tornaram agricultores. Essa pode ser a relação com a palavra "semente".

— Tudo bem, mas onde está a relação com "ganância"?

Murphy ficou em silêncio por alguns minutos enquanto andava de um lado para o outro.

— Bem, ouça essa, Shari — disse ele, finalmente. — Havia um soldado hessiano chamado John Reed que se estabeleceu em Cabarrus County. Era um desertor do Exército britânico e se mudou para Piedmont. Ele se casou e começou a formar uma fazenda. Em uma tarde de domingo de 1799 o filho dele, então com 12 anos de idade, pescava no riacho que cortava a fazenda. O menino viu um objeto brilhando na água, pegou-o e levou-o para o pai, que não soube identificar o que era. Por três anos usaram o objeto reluzente como peso para porta.

— E o que era?

— Uma pepita de ouro de 7,5 quilos. Certo dia, John Reed a levou à cidade e um joalheiro reconheceu imediatamente o metal. Ele ofereceu a Reed $3,50 pela pedra. Ela valia milhares de dólares. Reed descobriu, mais tarde, que aquilo era ouro e fez o joalheiro pagar muito mais pela pepita.

— Eu já imaginava.

— Reed e vários outros começaram então a procurar ouro em Little Meadow Creek. Em 1824 eles haviam extraído 100 mil dólares em ouro daquela área — e estamos falando em dólares de 1824. Essa foi a primeira descoberta de ouro documentada nos Estados Unidos. Um escravo de Reed, um homem chamado Peter, desencavou uma pepita que pesava 14 quilos. A Carolina do Norte foi o principal estado produtor de ouro até 1845, quando começou a Corrida do Ouro na Califórnia.

— De onde você tira todas essas informações?

— Leitura, Shari. Leitura. Acho que Matusalém está nos dizendo que existe algum tipo de oportunidade de ouro esperando por nós na Mina de Ouro Reed. O local fica a vinte quilômetros de Charlotte.

Murphy chegou à Mina de Ouro Reed na tarde do dia seguinte e comprou um ingresso para uma visita guiada. Antecipando que poderia ter de realizar alguma exploração, ele levava uma lanterna.

O guia percorreu vários veios ainda abertos ao público. Ao longo do caminho, Murphy notou vários veios adjacentes que haviam sido fechados. Murphy deixou o restante do grupo seguir adiante.

Em outro ponto, direcionou a luz de sua lanterna para algumas tábuas e notou algo peculiar. Alguma coisa havia sido entalhada na madeira antiga: o nome Conrad. Murphy observou o nome por um momento e olhou mais atentamente para as tábuas. Estavam soltas. Podia dizer que haviam sido removidas recentemente. Direcionando o facho de luz para um ponto além das tábuas, ele notou pegadas frescas na terra da caverna.

Aposto que foram deixadas por Matusalém. O que significa Conrad?

Murphy esperou até o grupo desaparecer no veio seguinte, onde não poderiam ouvi-lo.

Conrad?, ele pensava. *Conrad era o nome do filho de John Reed, o menino que encontrou aquela primeira pepita de ouro!*

Murphy seguiu as pegadas na terra. Pelas marcas, era claro que alguém havia caminhado pelo veio e depois voltado pelo mesmo caminho.

Por quê? O que há na caverna? Ou o que foi levado para dentro dela?

Murphy se movia com cautela. A última vez que Matusalém o atraíra para o interior de uma caverna ele quase se afogara. Estava procurando por armadilhas, ou qualquer outra coisa estranha, quando percebeu que, de repente, as pegadas terminavam. Elas reapareciam na parede, apontando para uma velha placa suspensa. Direcionando o foco de luz da lanterna, Murphy conseguiu ler algumas palavras apagadas e uma seta apontando para a direita.

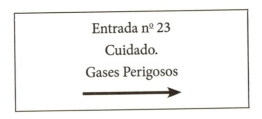

O que significa isso?

As pegadas subiam pela parede, pareciam se mover por ela, depois se afastavam da parede e retornavam pelo caminho que ele havia percorrido.

Estranho.

Ele olhou a placa por um momento, depois bateu nela com um dedo. O som era oco. Podia haver uma passagem atrás dela? Murphy tocou cuidadosamente a placa, depois olhou para a terra no chão. Com toda certeza, podia ver uma linha que tinha a mesma largura da placa.

Matusalém, certamente, removeu a placa, colocou-a no chão e depois a pôs de volta no lugar. Por quê?

Pela primeira vez, em todos os encontros que tivera com Matusalém, Murphy de repente se perguntou: *Quem é o homem misterioso? Como posso saber mais sobre ele?*

Talvez tenha deixado pegadas. Murphy podia copiar as pegadas e mandá-la para análise pericial. *Mas como vou recolher as impressões?*

Murphy investigou o conteúdo dos bolsos. Havia um band-aid em um deles. Com cuidado, pegou a velha placa por um dos cantos. Depois a virou de um lado para o outro, frente e verso, tentando identificar digitais na poeira. Havia uma boa impressão digital do lado direito. Ele pressionou a extremidade adesiva do band-aid na impressão, depois colocou o adesivo de volta, *esperando ter feito uma coleta razoável, pelo menos.*

Murphy havia acertado ao imaginar que havia uma abertura atrás da placa, um espaço de cerca de 25 centímetros de altura por 25 centímetros de largura. Murphy iluminou o interior do vão. Ele conteve com esforço um grito de espanto, depois respirou fundo e iluminou a abertura mais uma vez.

Havia uma taça dourada lá dentro. E serpentes em torno dela, todas se movendo numa ondulação contínua. Elas haviam sido perturbadas pela remoção da placa e pela luz da lanterna. Mesmo com as batidas do próprio coração ecoando nos ouvidos, Murphy podia ouvir o som assustador dos guizos.

Matusalém quer dificultar as coisas para mim, é claro.

Murphy olhou em volta procurando por uma alavanca qualquer, mas não viu nada. Não gostava da ideia de enfiar o braço na abertura para pegar a taça. As serpentes perceberiam o calor de seu braço, mesmo que se movesse muito devagar. E o atacariam.

Ele examinou novamente a placa. Ela era feita com três tábuas. Ele quebrou duas e começou a introduzi-las na abertura, uma de cada lado da taça. As cobras se afastavam lentamente das tábuas. Duas atacaram a madeira. Os movimentos rápidos assustaram Murphy, que recuou. Seu coração batia aceleradamente, e ele precisou respirar profundamente para se recuperar. Sentia-se como se estivesse participando do filme *Os caçadores da arca perdida* — e ele também odiava serpentes. Finalmente, Murphy conseguiu puxar a taça em sua direção, trazendo para fora várias serpentes com o movimento. No mesmo momento, ele ouviu um estalo abafado. Um clique. Matusalém havia instalado algum dispositivo eletrônico atrás da taça, e ele não o vira antes! Ele hesitou, ouvindo com atenção. Não havia nada além dos guizos das cobras.

Murphy suspirou aliviado e voltou a puxar a taça para a abertura. Dessa vez, ele ouviu o clique sobre sua cabeça.

Deve ser um interruptor.

O pensamento mal acabara de se formar quando houve um deslocamento de ar e alguma coisa caiu sobre ele. Murphy só precisou de um segundo para perceber que estava chovendo cobras. Matusalém havia preparado uma caixa de cobras e camuflara a engenhoca com perfeição. Murphy ficou paralisado, com os braços ainda estendidos segurando as duas tábuas com que puxava a taça.

As serpentes deviam estar tão surpresas quanto Murphy. Nenhuma delas o atacou no momento da queda. E quando chegaram ao chão elas pareciam desorientadas.

Algumas se arrastavam por cima de seus sapatos. Outras se enrolavam, balançando o chocalho. Murphy compreendeu que teria de esquecer a taça por instantes. Devagar, removeu as tábuas da abertura.

Em seguida, Murphy se abaixou e foi aproximando uma delas dos pés. Ele a usou para afastar uma cobra. Em pouco tempo conseguiu limpar uma área em torno dos sapatos, sem nenhuma serpente próxima o bastante para poder atacar.

De onde Matusalém tira todas essas coisas?

Murphy então reintroduziu as tábuas na abertura e as usou para puxar a taça para a frente, até poder segurá-la. Assim que a pegou, percebeu que havia um bilhete dentro. A mensagem era:

> **Bom trabalho se ainda está vivo e não foi mordido. Lamento não ter podido ficar para assistir ao espetáculo. Tinha alguns assuntos mais importantes para resolver. Francamente, não pensei que chegaria tão longe. Agora faltam só mais alguns testes.**

Mais alguns testes! O que isso significa?

— Incrível! Esta taça é realmente antiga!

De volta a Preston, Murphy estava sentado atrás da mesa, examinando a taça, quando Shari entrou. Ele relatou de maneira resumida a aventura na mina, depois disse:

— Acho que a taça é tão antiga quanto a Escrita na Parede que em breve estaremos procurando.

— Por que diz isso?

— No quinto capítulo de Daniel está escrito que Belsazar ofereceu um grande banquete. Queria fazer algo único para seus convidados, por isso mandou que os criados buscassem taças de ouro que haviam sido retiradas de templos em Jerusalém. Ele serviu o vinho aos seus convidados naqueles recipientes sagrados. Na mesma hora Deus escreveu a sentença de Belsazar na parede. Creio que esta taça é um dos vasos de ouro.

— Como Matusalém encontrou um desses artefatos? — perguntou Shari, fascinada.

— Não sei. Ele deve ter algum conhecimento sobre a Bíblia para saber onde estavam.

— Por que acha que Matusalém deixou a taça para você? O objeto deve valer uma fortuna!

— Não sei. Acredito que ele queira realmente que encontremos a Escrita na Parede por alguma razão. Ele não parece estar preocupado com dinheiro. Instalar aquelas armadilhas na caverna, por exemplo, deve ter custado muito caro. Ele é muito estranho. Acho que consegui coletar a impressão digital dele dessa vez. Já enviei o material para a perícia. Talvez possamos descobrir quem ele é! — exclamou Murphy.

CINQUENTA

A VIAGEM DE Raleigh para Richmond, na Virgínia, para encontrar o Dr. Bingman deu a Murphy algum tempo para pensar nos eventos das últimas semanas. Durante o trajeto de duas horas ele reviu suas aventuras com Levi Abrams e os árabes, a descoberta da informação do Dr. Anderson sobre o Anticristo, e a perseguição de Talon a ele e Isis na biblioteca. Mas ele passou mais tempo pensando na explosão abortada na ponte George Washington. Milhares de pessoas podiam ter morrido e outras milhares teriam sido afetadas pela radiação.

Para Murphy, era difícil pensar em concluir os planos para uma expedição à Babilônia com a nação mergulhada no caos, mas algo dentro dele o impelia a seguir em frente. Sabia que a descoberta da Escrita na Parede seria uma verificação de um cenário muito maior. Se Deus julgara Belsazar e seu reinado, Deus um dia julgaria o mundo. Murphy tinha a sensação de que os eventos do mundo se moviam rapidamente para um clímax... um Armagedon literal.

Ele ainda estava pensando em tudo isso quando entrou na praça do Capitólio. O tráfego intenso o fez parar. Ele olhou para o prédio do Capitólio, projetado por Thomas Jefferson antes de ele se tornar presidente. Jefferson havia usado como modelo um templo romano em Nimes, na França. Também era possível ver a estátua de bronze de George Washington sobre o cavalo e as estátuas de Jefferson Davis, Stonewall Jackson, Robert E. Lee e outros líderes da Confederação ao longo da Monument Avenue. Murphy olhou para o relógio de pulso.

Não fiz um mau tempo. Pelo menos não vou chegar atrasado.

Murphy sentou-se à mesa do café para esperar pelo Dr. Bingman. Gostava de conhecer as pessoas assim, frente a frente, especialmente se planejava com elas uma expedição perigosa.

Murphy não precisou esperar muito. Ele sorriu quando viu Bingman. Como ele fora informado, o homem parecia um jovem Theodore Roosevelt com cabelos claros e olhos verdes e atentos. Até o bigode lembrava o de Roosevelt. Murphy levantou-se e eles se cumprimentaram.

— Como se interessou por arqueologia? — Murphy perguntou quando se sentaram e pediram o almoço.

— Quando era menino, eu adorava história. Devorava livros sobre a Guerra Civil e os heróis do oeste. Depois, desenvolvi o gosto pela história antiga. Mas só tomei contato com artefatos antigos quando estava na primeira Guerra do Golfo.

— No Kuwait? — indagou Murphy, curioso.

— Sim, por quê?

— Também estive lá. Cheguei em janeiro de 1991; fazia parte da Operação Tempestade no Deserto sob o comando do general Norman Schwarzkopf.

— Ah, cheguei um pouco antes, com o grupo da Escudo do Deserto. Foram dias interessantes, não?

— Interessante é pouco! — concordou Murphy. — Esperávamos maior resistência, mas só travamos algumas poucas batalhas mais duras.

— Enquanto estava lá, tive oportunidade de ver alguns dos antigos tesouros do Iraque — contou Will Bingman. — Isso me fez voltar lá, dessa vez como integrante de uma equipe de arqueologia. Fizemos várias escavações interessantes.

— Encontraram alguma coisa?

— Sim. Estávamos cavando em um cemitério real quando notamos dois buracos no solo. Imaginamos que algum objeto de madeira podia ter estado no local onde víamos os buracos e que a madeira havia apodrecido e se decomposto. Preenchemos os buracos com gesso de Paris e esperamos secar, depois cavamos cuidadosamente em torno do gesso. O que vimos foi a forma perfeita de uma harpa. Foi incrível!

— Eu teria adorado ver isso, Will.

— Voltei para os Estados Unidos e me dediquei seriamente ao estudo da arqueologia. Minha especialidade é pesquisa de resistividade. Passamos uma corrente elétrica pelo solo para medir sua resistência elétrica, que é afetada pela umidade. Como sabe, as pedras dos edifícios antigos contêm menos umidade que o solo que as cerca. Túmulos e lixões humanos são muito fáceis de distinguir com todo o fosfato retido no solo. E você?

— Bem, não sei o quanto Isis já lhe contou, mas minha especialidade é arqueologia bíblica. Leciono na Universidade Preston, em Raleigh.

— Isso significa que é um seguidor de Jesus? — perguntou Bingman.

— Exatamente.

— Fantástico! Também sou. Tomei a decisão de seguir Cristo durante a operação Escudo do Deserto. O sargento no comando do nosso batalhão sempre rezava conosco antes de irmos para alguma batalha. Eu o observava com interesse. Ele parecia ter paz mesmo no meio da guerra. Um dia o questionei sobre essa minha impressão, e ele me disse que a verdadeira paz vem de Deus, por intermédio de Jesus Cristo. Foi então que dediquei minha vida a Deus. Desde então não fui mais o mesmo.

— Acho que teremos um período muito bom no Iraque, Will — disse Murphy, sorrindo.

— O que exatamente você procura, Murphy?

— A Escrita na Parede na Babilônia.

— Você deve estar brincando! Calcula onde possa estar?

— Tenho uma boa ideia. Will, tem ouvido as notícias sobre o que o pessoal das Nações Unidas está sugerindo?

— Refere-se à transferência da sede para a Babilônia? Sim, ouvi. Eles alegam o receio de novos ataques terroristas, mas acredito que tudo isso está relacionado com a boa e velha ganância. Eles estão em busca do petróleo.

— Deve ter razão — Murphy concordou. — Quem estiver no controle do petróleo vai controlar também o destino das nações que precisam dele. Tudo depende do petróleo. Trata-se de uma carta coringa. Os países precisam do petróleo para fazer funcionar as armas de guerra e se protegerem. Acho que haverá alguma revelação de planos relacionados ao petróleo.

— Está falando sobre a guerra final no vale de Megiddo? — perguntou Bingman.

— Sim. Acredito que boa parte disso será direcionada pela necessidade de conquistar o controle sobre os recursos de petróleo. Li recentemente que os cientistas estimam que há entre 1000 e 1.200 de barris de óleo em reservas comprovadas pelo mundo. Estima-se que a Arábia Saudita tenha 260 bilhões de barris; o Iraque, 113 bilhões; o Irã, 100 bilhões; e o Kuwait, 97 bilhões de barris. Entre esses quatro países, encontramos cerca de 56 por cento de todo o óleo do mundo. O Oriente Médio se tornará um ponto focal no futuro próximo.

— Michael, que relação você vê entre tudo isso e a Babilônia?

— A segunda cidade mais mencionada na Bíblia, depois de Jerusalém, é a Babilônia. O Apocalipse diz que nos últimos dias a Babilônia será destruída. Antes que possa ser destruída, ela precisa ser construída. Se pudermos encontrar a Escrita na Parede, teremos mais uma prova de que a Bíblia está correta.

Murphy queria contar a Bingman o que sabia sobre o Anticristo, mas achou melhor deixar essas revelações para outra ocasião. Já sabia que poderiam ter um bom relacionamento de trabalho. Bingman parecia ser um homem em quem ele podia confiar. Dava a impressão de poder se sair bem em qualquer situação.

— Sei que Saddam começou a reconstruir a Babilônia, mas a guerra do Iraque pôs um fim nisso — disse Bingman. — Como a Babilônia poderia ser, de novo, uma grande cidade? Seriam necessários anos e anos.

— Acho que isso pode ser feito muito depressa, Will. Lembre-se, Oak Ridge, no Tennessee, tinha alguns poucos habitantes até o governo decidir extrair isótopos de urânio 235 como parte do esforço americano para a construção de uma bomba atômica. O Exército americano ergueu uma cidade completa para cem mil pessoas em 18 meses. E quanto à cidade de Dubai nos Emirados Árabes? Eles começaram a construção em 2001 e em 12 meses tinham edifícios prontos para ocupação. Isso pode acontecer mais depressa do que você pensa.

— Bem, Michael, estou pronto para ir. Você, certamente, me animou com toda essa história. Quando partimos?

— Estou tratando dos últimos detalhes. Devo ter uma data determinada em dois dias, mais ou menos.

O telefone de Murphy tocou às 9h30 da noite. Era Levi Abrams informando que estava sendo transferido. Eles haviam encontrado algo no computador de um terrorista.

— Isso pode nos ajudar a entender como Talon está ligado a tudo isso e quem o patrocina — explicou Abrams.

— Para onde você vai?

— Tudo que posso dizer é que existe em Israel uma cidadezinha chamada Et Taiyiba. Acreditamos que as ordens para o bombardeiro da ponte vieram de lá. É uma cidade meio judia, meio árabe, e tem servido de base para terroristas há anos. Lá, o Hamas mantém um quartel-general importante para o envio de bombardeios suicidas para dentro de Jerusalém, partindo dessa localização. O líder do Hamas, o xeque Yasin, é suspeito de manter ligações com a célula de Et Taiyiba e também com Osama bin Laden. Ele recebeu treinamento em campos afiliados a Bin Laden no Afeganistão. Depois voltou à margem ocidental e a Gaza para estabelecer células terroristas. Os líderes do Hamas têm alguma ligação e recebem financiamento de alguma fonte externa. Essa fonte pode ser Talon.

— Vou rezar por você, Levi. Tenha muito cuidado. Talon não tem consciência. Ele não se incomoda com quem mata... é completamente sem escrúpulos

— Sei disso, Murphy, e sou grato por suas orações. Não tenho a mesma fé que você, mas fico feliz por cuidar da minha alma. Oh, sim, Michael... Está tudo pronto para a viagem ao Iraque. O coronel Davis está preparado para ajudá-lo em sua busca. Alguns de seus homens irão encontrá-lo no aeroporto de Bagdá. Depois de dois ou três dias, eles o escoltarão até a Babilônia. Tome cuidado, você também... e cuide de Isis. Não creio que ela seja alguém que você queira perder.

CINQUENTA E UM

MURPHY COMEÇOU A lista de verificação que se tornara praticamente uma segunda natureza para ele como viajante. Ele ia ticando os itens: *passaporte... visto... cópias de passaporte e visto... passagens aéreas... dinheiro... euros... cartões de crédito... mapas... números de telefone de contatos... artigos de higiene... roupas... equipamento... O que está esquecendo? Você sempre esquece algo!*

O telefone tocou quando ele se dirigia ao closet para pegar a mala. Era Cindy, a telefonista da Universidade Preston. Stephanie Kovacs havia telefonado e alegara urgência em falar com Murphy.

— Eu disse a ela que não podia dar o número do telefone de sua casa, mas prometi transmitir o recado — explicou Cindy.

Murphy anotou o número do telefone de Stephanie e agradeceu. *Qual o significado de tanta urgência?*

Depois de fazer a mala e colocá-la no carro, Murphy tentou falar com Stephanie Kovacs. Ela agradeceu por ele ter ligado e disse:

— Tem um momento para conversar?

— Sim, é claro. O que houve?

Ela hesitou por um momento.

— Desculpe-me. Em geral, sempre sei como me expressar. Mas, dessa vez, não sei como começar... Lembra-se de quando me perguntou se eu era feliz?

— Sim.

— Não consegui mais deixar de pensar nisso. Você tocou em um ponto sensível, porque não sou feliz há algum tempo. Esse pensamento e sua analogia sobre o Cristo manejando a linha do meu coração como se fosse uma pipa me fez pensar.

Murphy começou a rezar. *Deus, você está trabalhando na vida de Stephanie. Por favor, ajude-me a dizer as palavras certas.*

— Os últimos dias foram muito complicados para mim, e tive de tomar algumas decisões difíceis que afetaram minha carreira. Fiz o que você sugeriu.

— O que você fez, Stephanie?

— Rezei e pedi a Deus para entrar em minha vida e me ajudar nesse momento difícil.

— Isso é ótimo, Stephanie.

— Não sei bem como explicar, mas alguma coisa mudou. Os problemas não desapareceram, mas... não me sinto dominada por eles. Sinto uma certa paz no meio de todo esse estresse.

— Essa é a especialidade de Deus. Quando Ele muda a vida de alguém, é como um renascimento. Ele implanta uma nova maneira de pensar, dá uma nova atitude e uma nova perspectiva sobre como vemos a vida. Ele começou um novo trabalho em sua vida e vai continuar agindo e ajudando a aumentar sua fé.

— Acho que você tem razão. As coisas *parecem* diferentes. Bem, a maioria delas, pelo menos.

— O que quer dizer com a maioria das coisas?

— Há outro motivo para o meu telefonema, Dr. Murphy. Acredito que você pode estar correndo algum tipo de perigo.

— Perigo? — repetiu Murphy.

— Sim. Tenho certeza de que sabe que meu envolvimento com a Barrington Communications tem sido além do que se espera de uma repórter. Eu... eu mantinha um relacionamento pessoal com o Sr. Barrington — explicou Kovacs.

— Sim, eu sei disso.

— Nós não temos nos dado bem há algum tempo, e tenho observado como ele conduz seus negócios. Fiquei desconfiada. Ele saiu do país algumas vezes com certa urgência nos últimos meses. Eu costumava usar o mesmo jato para ir cobrir uma história, fazer uma matéria. Certo dia, o piloto mencionou distraído que o Sr. Barrington fazia muitas viagens à Suíça. E em uma de nossas conversas Shane mencionou que estava trabalhando para um grupo de pessoas que financiava a Barrington Communications.

— Um *grupo* de pessoas?

— Sim. Não sei quem são, nem quantos há no grupo; tudo que sei é que são muito, muito poderosos. E devem ser, ou não poderiam controlar alguém como Shane Barrington.

— O que tudo isso tem a ver comigo?

— Certa noite ele me disse: "Sabe, essas pessoas para quem trabalho, que me têm na mão, estão obcecadas pela criação de um único governo mundial. E uma única religião também. E pessoas como Murphy, bem, elas sabem de tudo isso pela leitura da Bíblia. Por isso, precisam ser detidas. Antes que possam convencer outras pessoas a resistir". Acho que quando ele falou em "deter pessoas", se referia a eliminá-las. E você é uma delas. Precisa tomar cuidado.

Murphy parou para pensar no que ela acabara de dizer.

— Stephanie, agradeço pelo alerta. Vou me manter atento... mas algo me preocupa. E se Barrington descobrir que você falou comigo? Em que tipo de perigo isso a coloca?

— Não sei ao certo. Tudo que sei é que tenho contrariado minha consciência há um bom tempo. Preciso me posicionar de acordo com o que considero ser o certo. A tentativa de bombardeio na ponte George Washington me fez decidir que é hora de me unir àqueles que se opõem ao mal, de todos os tipos. Espero que Deus me dê forças para isso.

— Eu sei que Ele dará. Preciso sair da cidade hoje, mas quero incentivá-la. Tem uma Bíblia?

— Não.

— Assim que puder, compre uma. Um bom começo para sua leitura é o Evangelho de João. Ele a ajudará a entender quem realmente é Jesus. Depois, tente encontrar uma igreja aonde você possa ir para alimentar e fortalecer sua fé. E continue rezando. A prece se tornará uma verdadeira fonte de conforto para seus momentos mais difíceis.

— Obrigada, Dr. Murphy. Aprecio sua paciência comigo. E agradeço por ter conversado comigo sobre Cristo. Isso mudou minha vida.

— Stephanie, tome cuidado. Tentarei entrar em contato com você assim que voltar.

CiNQVENTA E DOIS

MURPHY SENTIA UMA mistura de emoções ao se aproximar do balcão para o check-in. A segurança no Dulles International Airport fora drasticamente aumentada desde a tentativa de bombardeio na ponte George Washington. Mais funcionários foram convocados, e a Guarda Nacional americana estava posicionada e armada, em estado de alerta máximo.

E eu achava que a segurança era intensa depois do 11 de Setembro. É incrível que tenhamos sido obrigados a nos apresentar com três horas de antecedência para o embarque!

Ele olhou para Isis e percebeu que ela estava apreensiva.

— Tudo bem? — perguntou.

— Acho que sim. Só estava pensando que não gostaria de ser submetida a uma dessas revistas físicas. Só passei por isso uma vez, e a experiência é embaraçosa e humilhante. O procedimento era usado antes de os leitores digitais terem sido adaptados para o dorso da mão. Foi horrível. Uma mulher se sente quase violada. É difícil explicar para um homem. É simplesmente horrível.

Murphy começou a observar as pessoas, imaginando o que estaria procurando se fosse um guarda de segurança. Uma velhinha com uma bolsa de trabalhos de tricô ou alguém com sotaque do Oriente Médio? Depois do bombardeio abortado na ponte, o perfil racial se tornara ainda mais frequente. Todos estavam tensos, e muitos inocentes eram interrogados. O nervosismo era intenso.

— Chego a sentir pena dos estrangeiros que são vistos como terroristas em potencial — comentou Murphy. — Mas é inevitável. Olhe para nós. Somos passageiros inocentes, mas temos de permanecer na fila e receber esse tratamento que deveria ser dispensado apenas aos terroristas. Todos estão na mesma situação. Vamos ter de nos acostumar a isso. A vida nunca mais será como era antes do 11 de Setembro.

Quando olhou em volta, ele viu Wilfred Bingman perto do fim da fila. Murphy sorriu e acenou. *Estou ansioso para conhecê-lo melhor*

Enquanto Murphy ajeitava a bagagem de mão no bagageiro no interior da aeronave, Isis se acomodava na poltrona da janela e começava a ficar mais relaxada. Ela olhou para fora e viu os funcionários da companhia aérea guardando a bagagem dos passageiros. Murphy sentou-se ao lado dela, no corredor. Não gostava da janela. A poltrona limitava seus movimentos. Além do mais, preferia a liberdade de se levantar e andar pelo corredor de vez em quando sem ter de passar por cima das pessoas. Gostava de viajar a outros países e conhecer pessoas, mas odiava os voos longos. Logo Bingman se acomodou na poltrona do outro lado do corredor, perto de Murphy.

— Esse já é um dia longo, Michael. Pode acreditar que são 11h da noite? Espero conseguir dormir durante o voo.

Antes de se acomodar e tentar dormir, Isis olhou para Murphy.

— Michael, você, às vezes, pensa na Arca de Noé?

— Na verdade, penso muito nela. Foi um sonho de vida poder vê-la e explorar a relíquia. Fico furioso quando penso que Talon a escondeu com uma avalanche e matou pessoas inocentes com essa atitude.

Isis lembrou todo o episódio e o período que passaram se recuperando.

— Sonho com o dia em que terei mais tempo e um bom financiamento para poder voltar ao mar Negro e procurar por aquela mochila — acrescentou Murphy. — Os pratos de bronze e os cristais podem ser fonte de energia barata.

— Também penso muito nisso. Quando eu era criança, imaginava que a história da Arca de Noé fosse só mais um conto. Não sabia que era real. Ver a arca, poder caminhar pelo convés... Foi uma experiência indescritível. O que me assusta é o julgamento de Deus sobre a maldade dos homens. Tudo que você diz sobre a Bíblia parece ser muito preciso.

— A arca prova que a Bíblia é real, como também vai provar a Escrita na Parede.

Isis ficou quieta por um instante. Murphy sabia que ela estava pensando.

— Michael, acha que algum dia vai haver um fim para esses horríveis bombardeios terroristas? Quando penso nos milhares de pessoas que poderiam ter morrido na ponte George Washington, fico muito triste.

— Eu gostaria de poder dizer que sim, mas, honestamente, acho que se tornarão ainda piores.

— Por quê?

— Por várias razões. A natureza do homem é egoísta e sempre cruel. Você só precisa dar uma boa olhada na história da humanidade para comprovar o que digo. Ela é pontuada por guerras desde o princípio. Na verdade, li em algum lugar que só existem 320 anos de história registrada sem guerras. Há sempre homens e mulheres que querem controlar outras pessoas.

— Acha que as conversas pela paz não resultarão em nada?

— Talvez. Elas parecem adiar o conflito ou impedi-lo por um certo tempo, mas ele sempre acaba retornando. Na medida em que nos aproximamos do fim dos tempos, a Bíblia aponta que os problemas crescerão.

— O que quer dizer com fim dos tempos?

— Eu me refiro a uma conversa que Jesus teve com seus discípulos. Ele disse que um dia haverá um julgamento de todos os pecados e que Ele retornará para governar o mundo. Posso lhe mostrar alguns trechos da Bíblia sobre isso, se estiver interessada.

— Sim, Michael, eu gostaria de saber mais sobre o fim dos tempos.

Murphy abriu a pasta e tirou a Bíblia.

— Vou mostrar a passagem dessa conversa. Está no Livro de Mateus, Capítulo 23. Vou ler para você:

E estando ele sentado no Monte das Oliveiras, chegaram-se a Ele os seus discípulos em particular, dizendo: "Declara-nos quando serão essas coisas, e que sinal haverá da Tua vinda e do fim do mundo."

Respondeu-lhes Jesus: "Acautelai-vos, que ninguém vos engane. Porque muitos virão em Meu nome, dizendo: 'Eu sou o Cristo'; a muitos enganarão. E ouvireis falar de guerras e rumores de guerras; não vos perturbeis; porque forçoso é que assim aconteça; mas ainda não é o fim. Porquanto se levantará nação contra nação, e reino contra reino; e haverá fomes e terremotos em vários lugares. Mas todas essas coisas são o princípio das dores."

"Então sereis entregues à tortura, e vos matarão; e sereis odiados de todas as nações por causa do Meu nome. Nesse tempo, muitos hão de se escandalizar, e trair uns aos outros, e mu-

tuamente se odiarão. Igualmente hão de surgir muitos falsos profetas, e enganarão a muitos; e, por se multiplicar a iniquidade, o amor de muitos esfriará. Mas quem perseverar até o fim, esse será salvo. E este evangelho do reino será pregado no mundo inteiro, em testemunho a todas as nações, e então virá o fim."

— Isso soa sombrio — concluiu Isis.

— Sim e não. As guerras, a fome, as pestilências e os terremotos não são agradáveis. Nem é agradável ser odiado pelas pessoas ou traído. O ponto principal é que um dia todo o mal do mundo terá um fim. Esse será um grande dia para aqueles que estiverem preparados para ver Deus. Em suma, é possível ter paz e esperança no meio de um mundo cheio de confusão.

— Michael, você continua falando sobre o julgamento de Deus. Falou sobre isso quando estávamos no Ararat procurando pela Arca de Noé. Disse que o dilúvio havia sido o julgamento de Deus contra a maldade do homem. E falou sobre Deus julgando Belsazar por sua maldade com a Escrita na Parede. Tudo isso é muito assustador.

— Sim, é verdade, Isis. Muitas pessoas pensam que a guerra é terrível. E consideram os bombardeios terroristas horrendos... e eles são. A guerra pode causar racionamento de alimentos em um país, o que gera a fome. Muitas nações em desenvolvimento nem têm comida suficiente para seu povo. Estima-se que meio milhão de pessoas na Terra estão gravemente desnutridas. A fome também pode ser causada por ciclones, inundações, secas, pestes, pragas agrícolas e até tsunamis. Vimos isso há pouco na Índia. Um terremoto no mar pode causar uma onda de trinta metros. As pesquisas estimam que houve um terremoto de magnitude 9,3 na escala.

— Foi terrível! Precisei evitar os jornais por semanas depois disso. Era um desgaste emocional intenso. Ouvi dizer que as estimativas de perdas humanas chegam a 310 mil pessoas — Isis comentou.

— É verdade. Terremotos já mataram muita gente. O da Síria, em 1201, levou mais de 1 milhão de vidas humanas. O de Hausien, na China, em 1556, matou 850 mil. O grande terremoto chileno chegou a 9,5 na escala. De fato, os 25 maiores terremotos já registrados mataram mais de 6 milhões de pessoas ao longo dos anos. Cientistas afirmam que 81 por cento dos terremotos do mundo acontecem na placa tectônica chamada Anel de Fogo.

— Por que está me dizendo tudo isso?

— Já vou explicar. Deixe-me dizer só mais uma coisa. A Bíblia fala sobre guerras e rumores de guerras, fome e terremotos. E também menciona pestes. E isso não se refere apenas a danos agrícolas. Inclui todo tipo de doenças. Qual você acha que é a maior e mais devastadora doença de hoje?

— HIV. A aids.

— Certo. Já matou milhões, especialmente na África. Em Malawi, calcula-se que quase vinte por cento da população tenham sido infectados pelo HIV. Mas você já ouviu falar na aids "superresistente" chamada de 3-DCRHIV? O vírus foi encontrado recentemente em um homem de 40 anos de idade, usuário de drogas. Ele teve centenas de parceiros nos últimos meses. Essa modalidade específica não havia sido detectada. É muito agressiva e resistente a quase todos os tratamentos. Dezenove das vinte drogas em uso hoje não são eficientes contra essa mutação. Mas veja o mais interessante: no passado, muitas infecções por HIV não se tornavam aids antes de nove ou dez anos. Essa nova modalidade do vírus se desenvolve na velocidade da luz. Desde o início da infecção pelo HIV, até o desenvolvimento e instalação de um quadro completo de aids, transcorrem apenas dois ou três meses. Há em San Diego outro portador dessa nova cepa. A notícia está causando pânico na comunidade gay.

— É compreensível.

— Você me perguntou por que estou falando tudo isso. Todas essas coisas são terríveis. Elas destroem desnecessariamente a vida humana e causam grande preocupação. A questão é: se somos tão oprimidos por essas tragédias... não deveríamos estar ainda mais preocupados com o pecado, que destrói a alma humana e nos afasta de um Deus sagrado? Jesus coloca isso da seguinte forma no Capítulo 10 de Mateus: *"E não temais os que matam o corpo e não podem matar a alma; temei antes aquele que pode fazer perecer no inferno a alma e o corpo."*

— Preciso pensar em tudo isso, Michael. Como sabe, não tenho formação cristã. Tudo isso é muito novo para mim.

Murphy assentiu. Estava se apaixonando por Isis, e ela ainda não encontrara a verdadeira fé em sua vida. Não queria perdê-la, ou ver chegar o momento de seu encontro com Deus sem antes resolver essa questão de deixar o Cristo entrar em sua vida.

Isis fechou os olhos e apoiou a cabeça no ombro de Murphy. Sentia-se segura, confortável e protegida ao lado dele. Nunca conhecera outro homem sequer parecido com ele.

E se tudo que ele diz sobre o fim dos tempos for verdade? Não me sinto preparada para isso.

Enquanto Isis tentava dormir, Murphy fechou os olhos e começou a orar.

Murphy começava a cochilar quando ouviu Bingman falar.

— Michael, já esteve em Bagdá antes?

— Uma vez — respondeu Murphy, sacudindo a cabeça, tentando despertar.

— Como é?

— Bem, é uma cidade grande, com cerca de 5 ou 6 milhões de habitantes. É o eixo do transporte para o Iraque. Deve ser a cidade mais rica e mais economicamente sólida da região. Lá está a sede do Banco Central do Iraque, e a cidade é o centro de todas as operações financeiras no país.

— Será perigoso para nós?

— Talvez, mas estaremos escoltados pelo Exército, o que garantirá nossa proteção.

— Depois da minha experiência na Escudo do Deserto, sei que a escolta militar também será alvo do tiro inimigo.

— Sim, isso também pode acontecer. Porém, não creio que o Exército nos levará às áreas mais perigosas da cidade. Algo que você vai notar é a largura das ruas. Isso facilita a movimentação pela cidade.

— O que achou da presença da Guarda Nacional em Dulles? — Bingman mudou de assunto.

— Impressionante.

— Sim, creio que o presidente agiu certo ao convocar a Guarda e fechar todas as fronteiras dos Estados Unidos. No entanto, acho que isso deveria ter sido feito antes. É como trancar a porta arrombada.

— Acredito que vamos acabar descobrindo que essa não é uma decisão temporária, Will. Fronteiras fechadas podem se tornar parte da nossa política nacional no futuro. O povo pode exigir proteção, e os políticos terão de responder.

— Para ser honesto com você, Michael, prefiro as fronteiras fechadas a passar o tempo todo atento para um possível atentado terrorista. Isso soa muito horrível?

— Não. Fronteiras fechadas podem facilitar o controle e gerar uma sensação de segurança. Não há nada errado com isso.

— Não vamos nos tornar o país mais popular se for dificultada a entrada de visitantes.

— Bem, muitos povos já não gostavam de nós quando tínhamos uma política de portas abertas. Todos apreciam nosso dinheiro e nossa liberdade, todos querem viver aqui, mas, ao mesmo tempo, somos odiados. É uma situação bem estranha.

— Sei o que quer dizer. Se eu pensasse em me mudar para outro país, como a Romênia, por exemplo, poderia me tornar cidadão local, mas nunca seria um romeno. Mas quando as pessoas vêm de outros lugares para os Estados Unidos e tornam-se cidadãos, tornam-se também americanos. A América é feita de povos de centenas de países que se misturaram aqui. Ela se tornou realmente a terra dos livres e daqueles que procuram a liberdade. É isso que representa a nossa Estátua da Liberdade. E isso me faz sentir orgulho de ser americano.

— Tem razão, Will. É essa fusão de culturas que nos faz fortes. Uma das coisas que vai destruir logo a América será quando outros povos chegarem aqui e tentarem recriar suas nações em solo americano. Esse tipo de pluriculturalismo causará divisão. O presidente Theodore Roosevelt tinha fortes convicções sobre esse tema quando disse: "Não há espaço nesse país para americanos hifenados... A única maneira absolutamente certa de levar essa nação à ruína, de impedir toda possibilidade de continuarmos sendo uma nação, é permitir que ela se torne um emaranhado de nacionalidades em disputa."

— A divisão cultural aumenta a tensão — concordou Bingman.

— Pense no lugar para onde estamos indo. Veja a luta interna e a disputa pelo controle no Iraque. Há muita tensão entre curdos, sunni e xiitas. Para que a democracia funcione nessa região, eles precisam começar a pensar neles mesmos como uma nação, não como culturas brigando pelo poder. Acha que transferir a sede das Nações Unidas dos Estados Unidos para a Babilônia ajudaria a uni-los?

— Talvez, em curto prazo. Mas com o passar do tempo acredito que essa mudança é só uma etapa da intenção de implantar o governo mundial único a ser comandado pelo Anticristo. O mundo estará procurando por um líder que prometa guiar os países para longe das guerras e do terrorismo. Palavras de paz soarão muito atraentes. Se você associá-las à esperança de erradicação da fome, da diminuição da pobreza, da proteção do ambiente, da redução da corrupção e da implantação da harmonia universal entre os povos... bem, ele pode conquistar o mundo com essa mensagem.

— Tem razão, Michael. Fico me perguntando como nos encaixamos nesse panorama.

— Acho que nosso papel é tentar dar o alerta sobre o julgamento futuro e espalhar a boa-nova de que Deus nos deu uma solução para os problemas do mundo por intermédio de Jesus. Ele é o único que pode nos conduzir à paz com Deus e à harmonia com nossos semelhantes. Não o Anticristo. Vivemos em tempos de grande agitação, Will, e acho que ela vai se tornar ainda maior quando nos aproximarmos mais e mais de Seu retorno.

Houve silêncio por algum tempo enquanto os dois homens pensavam nos próprios papéis e responsabilidades. Por fim, Murphy rompeu o silêncio.

— Will, me conte um pouco sobre você? Tem filhos?

— Sim, tenho três. Duas meninas e um menino. Amber, minha filha mais velha, está terminando a faculdade. Pretende lecionar inglês. Amy está no segundo ano de psicologia. Adam está no último ano do colégio. Acho que ele ainda não tem ideia do que gostaria de fazer, exceto jogar futebol. Mas eu também não sabia o que queria fazer quando estava concluindo o colégio.

— Sua família deve ser maravilhosa. Tem alguma foto?

Bingman sorriu e apanhou alguns retratos da carteira.

— Esta é Arlene, minha esposa — disse ele.

— Não tenho nenhuma dúvida de que Deus o abençoou — comentou Murphy, enquanto olhava as fotografias.

— Sim, no final das contas, o que realmente importa é nosso relacionamento com Deus e nossa família. Não gosto de ficar longe deles, mas minha esposa sabe quanto aprecio uma boa aventura. E esta é a viagem da minha vida! — exclamou Bingman.

— Sim, creio que encontraremos muita agitação em Bagdá. Portanto, vamos aproveitar o voo e descansar o máximo que pudermos.

Bingman assentiu e se ajeitou na poltrona, fechando os olhos.

Murphy também manteve os olhos fechados, mas pegar no sono era difícil. Não conseguia se livrar da crescente apreensão que o incomodava.

CINQUENTA E TRÊS

O SOM DO piloto falando pelo alto-falante acordou Isis. Ela olhou para Murphy, que lia a Bíblia.

Ele a fitou e sorriu.

— Parece que conseguiu dormir bem.

— Sim, mas ainda me sinto cansada.

— Porque dormiu sentada. Não é como ter uma boa e relaxante noite de sono na cama.

Isis pensou que não tinha importância se estava ou não cansada, porque tinha Murphy a seu lado... e o teria por duas semanas. Estar perto dele era suficiente para fazer seu coração bater mais depressa. *Fico me perguntando se existe alguma chance de ele sentir o mesmo.*

Quando o avião pousou, Isis foi empurrada de volta à realidade. Pela janela, era possível ver os jatos da Força Aérea americana, helicópteros e outros veículos militares.

Murphy, Isis e Bingman ficaram surpresos com a quantidade de pessoas embarcando e desembarcando no aeroporto de Bagdá.

— Não sei o que esperava — confessou Bingman —, mas esse é um local bem movimentado. É tão cheio quanto qualquer aeroporto dos Estados Unidos.

— Exceto pela intensa movimentação militar e pela segurança reforçada — disse Isis. — É estranho, mas todas essas tropas me fazem sentir insegura.

Ela ainda estava concluindo a frase quando um capitão da Marinha americana aproximou-se. Ele vestia uniforme e tinha duas divisas nos ombros. E era acompanhado por dois jovens soldados portando rifles.

— É o Dr. Murphy?

— Sim. E estes são a Dra. Isis McDonald e o Dr. Wildred Bingman.

O capitão apertou a mão de todos.

— Sou o capitão Michael Drake, sob o comando do coronel Davis, da base americana na Babilônia. Ele me pediu que os acompanhasse. Vou orientá-los na passagem pela alfândega e depois recolheremos sua bagagem. Espero que minha ajuda possa acelerar um pouco o procedimento. Reservamos quartos em um hotel na Zona Verde. A região é mais segura e protegida. Muitos jornalistas e outros dignitários se hospedam lá. Não partiremos para a Babilônia antes de dois dias. Vamos integrar um comboio que parte naquela direção. Será mais seguro assim.

— Capitão Drake, vamos encontrar um amigo egípcio em Bagdá. O nome dele é Jassim Amram. Ele viajará conosco para a Babilônia. Acha que ele conseguirá entrar na Zona Verde? — perguntou Murphy. — Do contrário, podemos encontrá-lo fora da área.

— Receio que não seja possível, senhor. Tivemos recentemente diversos bombardeios, e a segurança foi reforçada. Se ele vai viajar conosco, teremos de encontrá-lo fora da Zona Verde. Com relação a esta, vai poder entrar e sair, porém, uma vez fora dela, não estará mais sob a proteção do Exército americano, e em alguns trechos de Bagdá seria perigoso demais viajar sozinho.

— Agradeço pelo conselho. Vamos nos lembrar disso.

* * *

Murphy, Isis e Bingman estavam do lado de fora do posto de verificação da Zona Verde quando o sol já se punha. Havia sido um dia muito quente, e eles puderam nadar e relaxar depois da longa viagem do dia anterior. Jassim Amram chegou num velho Mercedes.

— Michael, é muito bom vê-lo.

Amram usava o habitual terno branco, que pendia solto de seu corpo magro. A risada meliflua ecoou quando ele abraçou Murphy.

Depois, ele se virou para Isis e sorriu.

— E a adorável Dra. McDonald. — Amram segurou sua mão e beijou.

Bingman estendeu a mão.

— Sou Wilfred Bingman. É um prazer conhecê-lo.

— Bem, vamos em frente. Não podemos ficar aqui parados. Escolhi um bom restaurante para hoje à noite, e lá poderemos discutir a nova aventura.

— Jassim, tem certeza de que podemos nos afastar da Zona Verde? Você sabe que seremos notados por sermos diferentes. Especialmente Isis com seu cabelo vermelho — perguntou Murphy, preocupado.

Amram acenou com a mão.

— Michael, não tem problema. A área que escolhi é muito segura, e a comida que o restaurante serve é excelente.

Os homens discutiam compenetrados a Escrita na Parede quando Isis começou a olhar em volta, avaliando o restaurante. Durante a maior parte da noite ela se sentira desconfortável. Sabia que muitos homens a observavam. Cobrira a cabeça com a echarpe e usava blusa de mangas longas, mas, ainda assim, destacava-se no local. As poucas mulheres no restaurante olhavam para ela e faziam comentários. A experiência era enervante.

Só preciso relaxar, ela pensou. *Jassim disse que era seguro.*

Quando olhou em volta, ela percebeu o olhar de um árabe que comia sozinho sentado perto dali. Ele desviou os olhos imediatamente. Isis teve a impressão de ter visto algo em seu pescoço. Uma tatuagem?

Seria possível? Ele tem no pescoço uma tatuagem de uma lua crescente com as pontas viradas para baixo, e uma estrela sob ela!

Isis agarrou a mão de Murphy sob a mesa. Ele sentiu que havia algo de errado pela firmeza e a urgência do contato.

Murphy olhou para Isis, enquanto Bingman e Amram continuaram conversando. Isis olhava na direção de um homem que se levantava e deixava sua mesa, e ela parecia assustada.

Ela se inclinou e sussurrou:

— Viu a tatuagem? O crescente invertido sobre a estrela na lateral do pescoço.

— Tem certeza? Como um dos homens de Talon nos encontrou aqui? — espantou-se Murphy.

— Bem, está ficando tarde — dizia Amram. — Preciso levá-los de volta à Zona Verde. O Exército faz revistas severas em qualquer pessoa que se aproxime da área depois das 10h da noite.

Amram mencionou a Escrita na Parede quando eles saíam do restaurante. Envolvidos na conversa, nem sequer notaram um veículo escuro que se aproximava devagar.

Ao primeiro som dos tiros, Murphy jogou Isis no chão e a cobriu com o próprio corpo. Amram e Bingman também se jogaram no chão quando as balas cravejaram a parede e estilhaçaram a vidraça do restaurante.

Então, Murphy se levantou, puxando Isis com ele.

— Corram! — gritou ele, seguindo para a alameda escura ao lado do restaurante, arrastando Isis com ele. Amram e Bingman também estavam de pé e corriam. *Ótimo! Nenhum de nós foi atingido.*

Murphy ouviu o som dos pneus no asfalto atrás deles. Quem havia atirado contra eles voltava pelo mesmo caminho. Enquanto corria pela alameda, notou uma abertura para um pátio à esquerda. A passagem era estreita demais para um carro. Os perseguidores teriam de seguir a pé. Murphy passou pela abertura, acenando para que os outros o seguissem, depois atravessou o pátio correndo, passando para outra alameda. Eles seguiam de viela em viela, correndo em zigue-zague, atravessando pátios, tentando escapar. Logo entraram em uma pequena rua onde havia algumas lojas e restaurantes.

— Por ali! — gritou Amram.

Atravessaram a rua e entraram em um pequeno restaurante, respirando com dificuldade. Todos olharam para a porta quando eles entraram. O grupo tentava andar de maneira natural enquanto se dirigia a uma mesa no fundo, mas era óbvio que estavam deslocados ali. Olhos escuros os seguiam, atentos aos três rostos brancos. Americanos nunca frequentavam aquele local — especialmente uma mulher americana de pele clara e cabelos vermelhos.

Todos sabiam que eles estavam com problemas. Havia alguém ali em quem podiam confiar?

Murphy, Isis, Bingman e Amram olharam para as pessoas que os encaravam. Um homem baixo e forte aproximou-se de Amram e disse algo em árabe.

— O homem diz que devemos acompanhá-lo — traduziu Amram.

O homem os levou através da cozinha, para uma alameda além da porta dos fundos.

Ele os estava ajudando a fugir. Talvez as pessoas no restaurante não dissessem nada sobre terem estado ali. Precisavam arriscar.

O grupo caminhou depressa por muitas outras vielas e alamedas até encontrar um lugar para descansar.

— Lamento pelo que aconteceu — manifestou-se Amram. — Não entendo por que fomos atacados! Vou buscar o carro e voltarei aqui para pegar vocês. Fiquem aqui. Volto assim que puder.

— Tome cuidado, Jassim. Os homens ainda estão por perto. Vamos ficar escondidos aqui esperando por você — disse Murphy.

Após dez minutos, Murphy, Isis e Bingman ouviram passos se aproximando pela alameda. Ficaram paralisados esperando, protegidos pelas sombras. Tremendo, Isis agarrou-se ao braço de Murphy.

Quatro homens se aproximaram, reduziram a velocidade dos passos e finalmente pararam diante da porta onde os americanos estavam escondidos. Um deles acendeu um cigarro. Com a luz trêmula do isqueiro, Murphy percebeu que um deles carregava uma pistola automática, outros dois portavam duas facas e o quarto tinha uma espécie de porrete. E a luz também permitiu que fossem vistos pelos árabes.

O que estava armado gritou, acenando para que saíssem do esconderijo. Murphy, Isis e Bingman se adiantaram.

Os quatro homens começaram a discutir em árabe. Isis traduzia em voz baixa.

— O mais alto, aquele com a faca, diz que eles deveriam nos matar aqui mesmo. O da pistola se opõe. Ele acha que devemos ser levados ao líder, e ele decidirá. O mais pesado, o que tem a outra faca, defende decapitação imediata. O pequeno sugere que se divirtam comigo antes de me matar.

Murphy olhou para Bingman. Seus olhos se encontraram rapidamente, e Bingman assentiu discretamente. Murphy sabia que era melhor agir enquanto os árabes discutiam. Ele atacou o homem da pistola automática. Quando deu o primeiro passo, o homem começou a erguer a arma. A mão esquerda de Murphy atingiu o cano de metal no instante do primeiro disparo, desviando a bala.

Murphy girou no lugar, levantando o cotovelo direito e atingindo a têmpora do atirador. Ele caiu, inconsciente.

Bingman cuidava do grandalhão com a faca, que já se lançava para a frente. Bingman deu um passo para o lado, tirou o paletó e o enrolou no braço esquerdo como proteção. O árabe atacou uma segunda vez, buscando agora o rosto do inimigo.

Bingman bloqueou a faca com o braço protegido pelo paletó, enquanto enterrava o punho direito no diafragma do atacante. Em seguida, levantou o joelho, fraturando o nariz do oponente e estilhaçando o osso da face. Esse estava fora de combate.

Isis decidiu enfrentar o pequenino com o porrete — o que havia sugerido se divertir com ela. Quando começou se aproximar, ele levantou o porrete acima da cabeça e gritou:

— Meretriz branca!

Isis se jogou no chão como se buscasse chegar à base em um jogo de beisebol. Com o pé levantado, escorregou pelo chão e o acertou entre as pernas com um chute violento. O homem soltou a arma, rolando pelo chão e gritando de dor.

Isis pegou o porrete, e já se preparava para acertar o árabe quando Bingman a segurou pelo braço.

— Permita-me — disse ele, acertando o rosto do sujeito com um murro.

Enquanto isso, Murphy enfrentava o árabe alto com a outra faca. Ele havia se abaixado e descrevia um movimento largo com uma das pernas, acertando os pés do oponente. O árabe desmoronou. Ele se levantou de um salto e pisou com o calcanhar na mão que empunhava a faca. O árabe gritou quando seus dedos foram quebrados. Murphy pegou a faca, ajoelhou-se e encostou a lâmina na garganta do desconhecido. Havia um crescente invertido tatuado no pescoço dele.

— Quem mandou vocês? Para quem trabalham? — gritou Murphy.

Isis traduziu. O homem gemia segurando os dedos fraturados.

Isis repetiu a pergunta enquanto Murphy pressionava a lâmina contra sua garganta, cortando a pele e arrancando do ferimento um filete de sangue.

Finalmente, o árabe falou:

— O homem com dedo de lâmina os quer mortos — Isis traduziu. — Ele diz que as pessoas para quem trabalha querem que você seja eliminado.

— Que pessoas? De quem está falando? — gritou Murphy, mantendo a faca no ferimento.

— Os Sete — Isis traduziu a resposta.

— Os quem? Quem são os Sete?

Assim que ela traduziu essa nova pergunta, uma expressão de absoluto terror surgiu no rosto do homem. Murphy compreendeu que ele morreria, mas não revelaria o segredo. Ele jogou a faca longe e desferiu um soco no peito do árabe, deixando-o inconsciente.

Bingman recolheu as armas, tirou o pente de balas da automática e jogou tudo por cima do muro. Ele arremessou o pente na direção oposta, tão longe quanto foi possível.

Murphy correu para Isis, que estava arfante e trêmula. Mas ela não parecia sentir medo. Era como um tigre selvagem esperando por sua próxima vítima. Ele a abraçou.

— Tudo bem?

— Agora sim — sussurrou Isis, abraçando-o com força.

Murphy tentava processar tudo que havia sido dito. *O homem com dedo de lâmina — obviamente Talon — trabalha para um grupo de pessoas que tem por nome os Sete... E essas pessoas o queriam morto. Por quê?*

* * *

Quando Jassim Amram voltou, ele viu de longe os corpos caídos na alameda. Havia três pessoas em pé. Elas se viraram e olharam para os faróis do carro. Amram sorriu aliviado ao reconhecer os amigos americanos.

CINQUENTA E QUATRO

STEPHANIE KOVACS RESPIROU fundo antes de abrir a porta. Dirigia-se a outra, provavelmente infrutífera, entrevista de emprego. *Força, garota. Controle-se. E sorria.*

Talvez tivesse mais sorte dessa vez. Afinal, conhecia Carlton Morris havia anos.

Kovacs pegou um exemplar da *Newsweek* e sentou-se, esperando pela entrevista. *Cinco recusas só esta semana. Não tenho muitas outras opções*, pensou desanimada.

Estava na metade de um artigo sobre terrorismo quando a porta da sala se abriu.

— Stephanie Kovacs, como tem passado? — exclamou Morris, sorridente.

Com os óculos na ponta do nariz, os cabelos brancos e encaracolados, e o sorriso largo, ele lembrava Papai-Noel sem barba.

— Obrigada por me receber, Carlton — respondeu Kovacs, sóbria.

A conversa sobre amenidades não durou muito tempo. Morris logo percebeu quanto Kovacs estava perturbada.

— Carlton, preciso de ajuda — disse ela. — Estou desempregada e pensei que você poderia ter alguma vaga para mim aqui na Fox News.

— Sim, ouvi dizer que você não trabalha mais para a Barrington Communications. Os rumores... — Ele parou e sorriu solidário, depois fitou os olhos de Kovacs. — Stephanie, há quantos anos somos amigos?

— Treze, mais ou menos.

— Como seu amigo preciso ser completamente honesto com você. Parece que Barrington andou fechando algumas portas. Na semana passada, o presidente da empresa me chamou na sala dele para dizer que, caso você aparecesse por aqui, eu deveria dizer que não temos vagas. Minhas mãos estão atadas. Com toda honestidade, você foi vetada. Não vai conseguir trabalhar em lugar nenhum da Costa Leste ou Oeste. Talvez encontre um trabalho no boletim do tempo em alguma cidadezinha do Meio-Oeste, mas duvido. Shane Barrington decidiu acabar com você. Sinto muito.

Kovacs ficou ali sentada em silêncio por um minuto. Temia que algo assim acontecesse quando deixasse Barrington. De qualquer forma, tinha de tentar trabalhar na profissão que amava, fazendo o trabalho em que era competente.

— Entendo, Carlton. Você não pode fazer nada. Mas é desanimador, porque... bem, não gostaria de ter de mudar de área.

— Lamento muito, meu bem. Gostaria de poder fazer alguma coisa.

Kovacs tivera muita dificuldade para dormir. Havia se virado de um lado para o outro na cama por horas, preocupada com seu futuro, até que, finalmente, o alívio do sono chegara.

Mas, de repente, ela abriu os olhos e prendeu a respiração. Todos os sentidos estavam em alerta. *Que barulho fora aquele? Por quanto tempo estive dormindo?* Ela ouvia, respirando suavemente. Tudo estava quieto. O relógio digital marcava 2h30 da manhã.

Ela pensou ter ouvido um estalo de uma tábua do piso de madeira da sala de estar. Mas agora tudo estava em silêncio. *Não tem ninguém aqui. Tranquei todas as portas e janelas. Deve ter sido só um pesadelo.*

Ela permaneceu deitada e quieta por mais dez minutos, ouvindo com atenção, mas não havia nada. *Se eu não for verificar, não vou conseguir dormir.* Com todo cuidado e em silêncio, ela se sentou na cama e abriu a gaveta do criado-mudo, de onde tirou uma automática 32.

Kovacs caminhou na ponta dos pés até a porta do quarto, que estava aberta, inclinou-se e olhou para a sala de estar. Nada. Tudo estava vazio e quieto. Cautelosa, atravessou a sala para ir até a janela de onde podia ver a cidade. Depois de abrir a persiana, viu algumas luzes no edifício do outro lado da rua. Não havia tráfego nem movimento de pedestres.

Uma xícara de chocolate quente vai me ajudar a voltar a dormir.

Ela entrou na cozinha e olhou em volta. Nada de extraordinário ali. *Isso é bobagem*, disse a si mesma.

Kovacs deixou a arma sobre a mesa e caminhou até a despensa. Após um momento de hesitação, voltou para pegar a pistola. Só então abriu a porta da despensa. Não sabia o que esperar: a despensa vazia ou alguém escondido lá dentro, na escuridão?

Quando abriu a porta, a vassoura caiu. Kovacs quase atirou numa resposta instintiva, e começou a rir. Ela pegou o chocolate em pó na prateleira alta, deixou a arma sobre o balcão e foi aquecer a água. Enquanto esperava, sentou-se à mesa pensando: *O que vou fazer com relação ao trabalho?*

Ela não ouviu nada. Nenhum ruído. Tudo que sentiu foi a mão enluvada cobrindo sua boca e o braço em torno do pescoço, apertando e sufocando. A cabeça e a boca do atacante estavam do lado esquerdo dela, encostadas em sua orelha.

— Eu não estava na sala ou na cozinha, Stephanie — disse a voz masculina. — Já havia estado em seu quarto antes de você acordar. E você passou por mim no escuro. Surpresa.

Kovacs estava apavorada.

Quem é ele? O que quer?

— Vou soltar você, mas precisa prometer que não vai gritar. Se tentar gritar, vai ser o último som que vai emitir. Entendeu?

Kovacs moveu a cabeça em sentido afirmativo. Não reconhecia aquela voz. Não havia nela nenhum traço de emoção. Ele a soltava devagar. Stephanie olhava para a pistola sobre o balcão. *Será que consigo distraí-lo e pegar a arma?*

— Vire-se — disse a voz.

Kovacs se virou e viu o homem de rosto muito pálido, com bigode perfeitamente aparado e olhos vazios que a fizeram estremecer. Ele era magro, mas não havia dúvida de que era extremamente forte.

— Quem é você e o que quer? — conseguiu perguntar.

Um sorriso lento distendeu os lábios finos.

— Muito corajosa. Meu nome é Talon.

Ele a encarava e lembrava a primeira vez em que vira a animada repórter. Havia sido na televisão. Ela falava do Queens, em Nova York, descrevendo como a polícia encontrara a casa do mentor de um ataque contra a ONU.

Talon rira enquanto assistia ao jornal. *Essa mulher é muito boa*, pensara. *Ela pode ter mais água gelada nas veias do que seu chefe, Barrington.*

E agora eles se encontravam, frente a frente.

— Tem sido muito corajosa ao reportar as notícias, mas não muito inteligente. E meus patrões acham que está convivendo demais com o Dr. Michael Murphy. Grampeamos seu telefone desde que se desligou de Shane Barrington.

— O que o Dr. Murphy tem a ver com tudo isso?

— Você gosta de relatar os fatos em seus comentários. Vou tentar ser igualmente direto. Você se tornou um vazamento de segurança para o Sr. Barrington. Não podemos tolerar sua falta de lealdade. Você se comunicou com o Dr. Murphy pela última vez.

Stephanie sentiu que estava seriamente encrencada.

— Espero que entenda, Srta. Kovacs, que não é nada divertido ficar atrás das pessoas e sufocá-las até a morte. A menos, é claro, que haja um espelho na frente da vítima. O verdadeiro prazer está em olhar os olhos da vítima enquanto ela morre. Assim é possível apreciar todo o terror e sofrimento que se estampa no rosto de alguém que sabe que se despede da vida. O esforço passa a valer a pena.

Kovacs havia estado em muitas situações difíceis como repórter, mas nada parecido com o que vivia agora. O homem estava falando sério. Se queria ter alguma chance de sobreviver, precisava pegar a arma. Era sua única chance.

Talon sentiu que ela preparava os músculos para entrar em ação. As mãos dele seguraram o pescoço delicado. Ele a levantou até a altura dos olhos e começou a apertar. Kovacs não tinha força para tentar lutar. Ele espremia a vida para fora de seu corpo. Quando já se sentia mergulhando na inconsciência, os dedos se afrouxaram em seu pescoço e ela começou a tossir.

Então, Talon agarrou seu cabelo com a mão esquerda e puxou a cabeça para trás. Ao mesmo tempo, ele usou os dentes para tirar a luva da mão direita, exibindo o dedo artificial com a ponta de lâmina. Esperaria Stephanie abrir os olhos para cortar sua garganta.

— Sr. Barrington! Sr. Barrington! Viu o último boletim de notícias? — gritou Melissa, ao entrar às pressas na sala dele.

Barrington não gostava de ser interrompido enquanto planejava sua agenda matinal.

— Do que está falando, Melissa? — perguntou ele, carrancudo.

— Vou ligar a televisão para que veja com seus próprios olhos — respondeu Melissa, já a caminho do aparelho.

— Mark Hadley, ao vivo para a BNN. Estou do lado de fora do prédio de apartamentos onde residia Stephanie Kovacs, repórter, ex-colaboradora da Barrington Communications. Aparentemente, ela foi assassinada essa madrugada por um atacante de identidade desconhecida. Até agora só temos algumas informações imprecisas, mas o que se diz é que ela teve a garganta cortada. A polícia está conversando com os moradores do edifício. Voltaremos com mais informações no jornal das 6h. Mark Hadley, ao vivo, informando com grande pesar a morte de uma de nossas ex-colegas na BNN.

Barrington olhava chocado para a tela da televisão. A secretária sabia que era melhor não dizer nada. Em silêncio, ela desligou o aparelho e saiu da sala.

Barrington ficou olhando para o espaço, totalmente confuso. Uma onda de culpa o invadiu. Era impossível não lembrar os bons tempos que vivera com Stephanie. Há pouco tempo começara a perceber que gostava muito dela... talvez até a amasse. A dor o atingiu como um soco no peito quando pensou no último encontro, em como a havia espancado e jogado as malas contra ela. Ele cobriu o rosto com as mãos. Havia destruído suas chances profissionais no jornalismo, deixando-a sozinha e sem perspectivas. Tomar conhecimento de que a única pessoa de quem realmente gostara havia sido assassinada o enfurecia.

O que disse o repórter? Ela teve a garganta cortada?

Barrington não precisou de muito tempo para deduzir que isso só podia ter sido obra de uma pessoa: *Talon! E ele recebe ordens dos Sete!*

Um plano começou a se formar em sua mente.

CINQUENTA E CINCO

O CAPITÃO DRAKE chegou ao hotel na manhã seguinte, bem cedo. Ele levava uniformes apropriados para o deserto para todos e também coletes à prova de balas e capacetes. Enquanto o grupo se vestia, ele carregava em um Hummer todo o equipamento para a viagem à Babilônia.

Murphy viu Isis no saguão em roupas militares. Ela girou diante dele.

— O que acha? — perguntou rindo.

— Você faz tudo que veste parecer incrível.

Murphy sentia um forte impulso de abraçá-la e beijá-la. Sabia que gostaria de levar o relacionamento a um nível mais profundo, e acreditava que ela queria o mesmo. E também tinha consciência de que a única coisa que ainda os mantinha separados era a diferença entre a posição espiritual de ambos.

Isis olhou para Murphy e sorriu.

— Só percebi o quanto estou cansada e dolorida hoje de manhã, quando ouvi o despertador.

— É, isso acontece com quem vai lutar tarde da noite em alamedas escuras — Murphy concordou, rindo. — Também estou dolorido. A propósito, fiquei impressionado como você lutou ontem à noite. E estou feliz por nada de mais sério ter acontecido. Não quero perder você.

Isis olhou para ele e sorriu. Era o tipo de sorriso que faria qualquer homem derreter.

Quando os três Hummers passaram pela cabine da segurança na Zona Verde, Murphy viu Amram em pé em um canto, perto de sua bagagem.

— Capitão Drake, aquele é o amigo egípcio que mencionei, o Sr. Amram. Aquele de terno branco.

— Trouxe uniforme e equipamento de segurança para ele também. Seu amigo poderá se trocar quando alcançarmos o comboio que vai para a Babilônia. Todos os veículos seguirão um Buffalo.

— Vamos seguir um animal? — espantou-se Isis.

— Não, senhora — riu o capitão Drake. — Estou falando sobre um EME.

— Um... EME?

— Sim, um veículo militar para eliminação de explosivos. É um veículo especial blindado e pesado que pode suportar a explosão de minas e bombardeios na estrada.

— Acha que vamos passar por bombardeios no caminho? — Isis não conseguia esconder a ansiedade.

— Espero que não. O Buffalo foi projetado para seguir na frente das tropas e limpar o caminho. Espere só até vê-lo. São 7,5 metros de comprimento e quase 2,80 metros de altura. Ele é recoberto por blindagem dos dois lados e no topo. E também tem uma camada blindada na base, onde pode ocorrer uma explosão. São três eixos, seis pneus especiais, e o veículo pode continuar em movimento mesmo com os pneus danificados.

— As explosões não põem em risco a vida do motorista? — perguntou Isis.

— Na verdade, há mais que um motorista. Um Buffalo pode transportar até dez soldados. Até hoje, ninguém sofreu ferimentos sérios. Por ser alto, por se locomover bem afastado do chão, a explosão se dispersa para os lados. Às vezes, a parte dianteira é levantada pelo impacto. Os que viajam dentro dele dizem que dirigi-lo é uma experiência única, especialmente quando passam por cima de alguma mina e seguem em frente após a explosão.

— Já ouvi falar sobre esses veículos — disse Murphy. — Eles não possuem uma espécie de braço que pode cavar o solo?

— Sim, senhor. Esse braço é chamado de garfo. É uma alavanca hidráulica operada por controle remoto. O braço termina numa espécie de ancinho que incorpora uma câmara de vídeo. Esse ancinho é comandado por um joystick que permite controle preciso. Às vezes, um desses braços é arrancado em uma explosão. Mas eles podem ser reparados, em geral num período de 48 a 72 horas.

— Pelo menos não há homens perdendo a vida.

— Sim, senhor. Se olhar lá adiante, é possível ver o Buffalo começando a se mover na frente do comboio. Quando estivermos na Babilônia, poderão conhecê-lo por dentro e até andar nele, se quiserem.

Murphy olhou para Bingman, que parecia mergulhado em pensamentos.

— Em que está pensando, Will?

— No Iraque, e em como o islamismo representa um papel importante na política e na vida diária desse povo. O que acha?

— Acho que a fé sempre representa um papel importante. Estima-se que uma em cada cinco pessoas em todo o mundo é muçulmana. É uma das religiões de crescimento mais rápido na Terra — explicou Murphy. — Os muçulmanos são unidos pelo Shahadah, a profissão de fé. Todos acreditam que não há Deus além de

Alá, e que Maomé é Seu profeta. Eles também são unidos quando construem suas mesquitas, todas com a frente voltada para Meca. Depois disso, deixam de ser homogêneos. Suas práticas diárias e crenças filosóficas variam em pontos distintos do mundo.

— E essa conversa sobre uma *jihad*? Qual o significado? — perguntou Bingman.

— Bem, o significado árabe da palavra é "esforço exercido". Quer dizer fazer um esforço para mudar a si mesmo para melhor. Também pode significar enfrentar fisicamente ou combater opressores, se for necessário. Esta última definição é a que causa toda a comoção. Não é só lutar contra um exército de ocupação, mas contra o que se percebe como injustiça e oposição à fé. Maomé sugeriu a seus seguidores: "Não obedeçam aos *cafres* — aqueles que rejeitam a verdade —, mas travem a *jihad* com o Corão contra eles." Esse é o conceito que preocupa muitos ocidentais.

— Mas isso não significa que, se não acredito no que eles ditam, eles me querem morto?

— Alguns membros da fé islâmica sugerem esse sentido. Eles se consideram travando uma "guerra santa" contra incrédulos. Ouvi relatos de muitos homens que atendem ao chamado da *jihad*. Por exemplo, muitos homens deixaram suas casas e foram lutar no Afeganistão, no Iraque e em muitos outros lugares.

— Todos os muçulmanos pensam da mesma maneira?

— Não, mas extremistas e terroristas tomaram o termo *jihad* e o utilizaram como um clamor para eclosão de guerras contra todos que não compartilhem de sua fé e de suas crenças. Essas pessoas distorcem o significado árabe original de "lutar apenas contra aqueles que lutam contra você" para justificar o terrorismo contra crianças e civis inocentes. Eles deturpam o texto e o usam em causas próprias — concluiu Murphy, sério.

— É assustador. Fico me perguntando quantos se sentem assim.

— Ninguém sabe ao certo. O problema se torna maior sempre que os líderes muçulmanos deixam de condenar atividades terroristas. O silêncio dos líderes dá a impressão de que eles podem aprovar essas atividades. Isso não ajuda em nada a causa islâmica.

— Sim, isso é algo que também me incomoda. Quando passo por uma mesquita, fico me perguntando o que fazem lá dentro. Planejam a queda dos Estados Unidos? Querem destruir minha família?

— Muitos muçulmanos não pensam dessa maneira, Will — explicou Murphy. — São pessoas que amam os Estados Unidos e apoiam seu desenvolvimento, mas o Ocidente, de maneira geral, não sabe disso. Não sabem ao certo em quem podem confiar. Essa falta de confiança cria desarmonia entre os grupos. Faz muçulmanos se afastarem de não muçulmanos e vice-versa. Isso pode ter um efeito devastador e de alcance mundial. É um confronto filosófico de sociedades e crenças. Esse tipo de embate e desconfiança pode dar origem à guerra. Exatamente como está acontecendo aqui no Iraque.

A conversa foi interrompida pelo estrondo de uma explosão, uma bola de fogo e uma coluna de fumaça negra. O Hummer parou repentinamente. O Buffalo na frente do comboio foi erguido do chão e caiu com um solavanco impressionante.

Soldados desciam de seus veículos com as armas prontas. Houve gritaria, e os veículos foram reposicionados para o caso de troca de tiros.

O capitão Drake foi o primeiro a falar.

— Bem, esse é um bom exemplo do que o Buffalo pode fazer. Talvez pudesse ter uma bomba no carro da frente.

Falava como se aquele fosse um evento diário, casual. O Buffalo recuou, afastando-se do inferno de chamas, parou por um momento, depois avançou, erguendo o automóvel do chão. Após deixar o carro em chamas na lateral da estrada, ele seguiu em frente para Babilônia.

Soldados voltaram a seus Hummers, e o comboio seguiu em frente.

— Deve ser necessário um soldado especial para dirigir um desses Buffalos — disse Murphy.

— Sim, senhor. Eles são fuzileiros muito especiais. Amam o trabalho e esperam ansiosos por cada dia de novas aventuras. Nós os consideramos heróis. Eles arriscam a vida para salvar a nossa.

CINQUENTA E SEIS

UM DOS LEÕES rolou e deixou cair uma pata sobre a perna de Daniel. Ele acordou imediatamente, mas precisou de um instante para organizar os pensamentos. Havia quase esquecido que estava em uma cova de leões. O peso da pata sobre sua perna o trouxe de volta à realidade.

Devagar e com grande gentileza ele afastou a pata e sorriu. Ninguém teria acreditado nessa história. Ninguém jamais havia sido jogado para os leões e sobrevivido para contar sua história.

Ele pensou em outro momento em que acordara assustado. Fora quando a grande cidade de Babilônia caíra sob os exércitos de Azzam e Jawhar. Chegara em casa e caíra num sono agitado depois de interpretar a Escrita na Parede no palácio de Belsazar.

De repente, soldados invadiram sua casa portando tochas, empunhando espadas. Eles correram para sua cama ao vê-lo se sentar. A ponta de uma espada tocou seu peito. Um soldado aproximou uma tocha de seu rosto. Ele disse alguma coisa, e outro soldado recolheu a espada. Depois, vasculharam a casa e partiram tão rapidamente quanto haviam chegado. Daniel não sabia o que procuravam. Obviamente, acreditavam que ele era velho demais para representar algum perigo.

* * *

— Kassim, já experimentou o vinho que será servido ao rei essa noite? — perguntou Tamir.

— Não, ele foi para a cama sem vinho ou comida. Mandou que todos saíssem, até os artistas. E parecia muito doente.

— O rei está enfermo?

— Não, não me refiro a esse tipo de doença. Ele parecia triste e zangado ao mesmo tempo. Fiquei ouvindo do lado de fora da porta por algum tempo. Ele gemia e grunhia, falando sozinho.

— Qual é o problema, afinal?

— Acho que ele está revoltado com a decisão de jogar o velho hebreu na cova dos leões. Parecia muito agitado. Fique atento, Tamir. Não cometa nenhum erro na cozinha. Ele pode descontar a fúria em você.

Todos os leões se levantaram agitados quando a grande pedra foi removida do alto da cova. A luz invadiu o buraco.

Daniel usou a mão para proteger os olhos. Podia ver os leões olhando para cima, salivando. Seria hora da refeição? Só suas caudas se moviam de um lado para o outro. Eles não pareciam tomar conhecimento de sua presença.

— Oh, Daniel, servo do Deus vivo, esse seu Deus a quem idolatra continuamente conseguiu salvá-lo dos leões? — perguntou uma voz do alto.

Daniel reconheceu a voz de Dario. O tom indicava que o rei não esperava uma resposta.

— Sua Majestade, vida eterna! Meu Deus enviou Seu anjo para fechar a boca dos leões. Eles não me tocaram nem me fizeram mal algum. Isso é prova da minha inocência e de minha fidelidade a meu rei.

Daniel ouviu o rei gritando de alegria e dançando em torno da abertura da cova. Os guardas baixaram uma corda e retiraram Daniel da cova. Pouco antes de chegar à abertura, Daniel olhou uma última vez para os animais selvagens que haviam sido dóceis com ele. Ele sorriu e agradeceu a Deus.

Dario mandou seus médicos examinarem Daniel para ter certeza de que ele não estava ferido. Não havia nada. Logo a alegria de Dario transformou-se em fúria. Estava ultrajado por ter sido enredado e obrigado a colocar Daniel na cova. Dario mandou chamar o general de seu exército.

— Quero que reúna todos os sátrapas e os governadores Abu Bakar e Husam al Din. Tragam com eles suas esposas e filhos. Os leões estão famintos e devem ser alimentados. Quero que ponham na cova uma nova família a cada três dias. Certifiquem-se de que Abu Bakar e Husam al Din sejam os últimos. Quero que tenham tempo para pensar em sua tentativa fracassada de matar Daniel. E, agora, quero fazer um decreto para todas as pessoas do reino. A partir de agora, fica estabelecido que todos no império devem tremer de medo diante do Deus de Daniel. Ele é o Deus vivo e imutável cujo reino nunca será destruído e cujo poder nunca terá fim. Ele protege Seu povo, protegendo-o de todo mal; Ele faz grandes milagres no céu e na Terra; foi Ele quem deu a Daniel poder sobre os leões.

A primeira família nem tocou o chão antes de ser destroçada pelos leões.

CINQUENTA E SETE

— É BEM árido aqui — disse Bingman, quando eles se aproximavam de Bagdá.

— É verdade — concordou Murphy. — Há relva baixa, erva daninha e algumas palmeiras, mas muito espaço vazio. Não fosse pelo Eufrates cortando a Babilônia, essa região seria praticamente um deserto, como o resto do país.

Eles ficaram em silêncio vendo os pastores, algumas barracas de beira de estrada e pessoas que entravam e saíam de pequenas casas de madeira e barro perto do rio. De vez em quando, pescadores jogavam suas redes dos barcos.

— Que prédios são aqueles ali na frente? — Bingman perguntou.

— Aquela é Al Hillah — respondeu o capitão Drake. — Uma pequena cidade à direita do local da Babilônia original. Os fuzileiros estabeleceram uma base lá e enviam patrulhas diárias. Também fomos instruídos para guardar e impedir os saques nos sítios arqueológicos locais.

Murphy falou:

— Ouvi dizer que tem havido saques e roubos de relíquias arqueológicas e peças de museus. Muitos são vendidos no mercado negro.

— Sim, senhor, isso é verdade. É uma maneira rápida para os iraquianos pobres ganharem algum dinheiro. Temos feito um bom trabalho contendo os roubos, mas, de vez em quando, eles conseguem levar alguma coisa. Agora só liberamos o acesso àqueles que têm permissão para escavações arqueológicas, como vocês. Ninguém mais se aproxima dos sítios ou dos acervos.

— A cidade certamente cresceu desde que estivemos aqui pela última vez — comentou Murphy, olhando em volta.

— Sim, senhor. Por alguma razão temos recebido a visita de muitos dignitários aqui na Babilônia. Um novo hotel está sendo construído, e novos negócios se instalam na região. Ouvi falar até sobre investidores comprando terras na área.

— E por que acha que isso está acontecendo? — indagou Isis.

— Não sei ao certo, senhora. Mas ouvi rumores sobre uma possível transferência da sede das Nações Unidas para cá. Não consigo entender por quê. A Babilônia não é a grande atração do Iraque.

— Mas é uma cidade com uma longa história de glória. Aqui viveu o grande rei Nabucodonosor e aqui existiam os Jardins Suspensos da Babilônia, uma das Sete Maravilhas do Mundo.

— Sim, senhora. E talvez ela também tenha um futuro glorioso, se muita gente se animar com isso. De fato, há um grupo de uma dúzia de representantes da ONU na cidade agora. Nós os temos escoltado por aí. Eles estão examinando os suprimentos de água, as áreas onde se pode construir e se reunindo com empresários iraquianos e líderes governamentais. Parece que têm intenções sérias.

Bingman olhou para Murphy e apontou:

— O que é aquilo lá longe?

— Ah, é parte das antigas estruturas perto de onde faremos nossa exploração. Olhe à sua esquerda. Você pode ver os prédios que Saddam começou a reconstruir. Algumas arcadas têm até 12 metros de altura. Amanhã você vai ter oportunidade de conhecer a antiga estrada que leva à Babilônia. Há uma cerca de cada lado para preservar o calçamento, que data de 400 a.C.

— Michael, quando você esteve aqui pela última vez teve a oportunidade de explorar as ruínas? — perguntou Bingman, curioso.

— Um pouco. Direcionamos nossos esforços, basicamente, para a busca da cabeça de ouro de Nabucodonosor.

— Viu algum dos tijolos com o nome de Nabucodonosor inscrito? Eu li que ele mandava inscrever seu nome na maioria das superfícies de tijolo exposto.

— Sim, vi o nome dele em muitos tijolos. Mas escute só isso: Saddam mandou pôr o nome *dele* nos novos tijolos que foram acrescentados à fundação original. Ele queria ter o crédito pela reconstrução da Babilônia.

— O coronel Davis vai estar disponível para nos receber? — perguntou Amram ao capitão.

— Não, senhor. Ele está fora em uma missão e só vai voltar tarde da noite. Ele os encontrará amanhã pela manhã. Há algo em que possa ajudá-los?

— Só estava querendo saber se ele recebeu minha mensagem sobre o empréstimo do trenó sonar. Usamos o equipamento na última vez em que estivemos aqui para procurar a abertura que levava à câmara onde foi encontrada a cabeça de ouro.

— Creio que ele recebeu a mensagem, senhor. Vi nossos homens verificando o estado do trenó antes de partirmos para Badgá para recebê-los.

— Essa é uma boa notícia, capitão. O equipamento nos poupará o trabalho de muita escavação desnecessária.

CINQUENTA E OITO

ISIS ESPERAVA COM ansiedade o dia agitado. Queria começar de uma vez a procurar pela Escrita na Parede.

Ela estava na fila para o bufê do café da manhã quando teve a terrível sensação de estar sendo observada. Murphy sorriu ao notar seu desconforto.

— Algum problema? — perguntou, descontraído.

— Sinto que estão olhando para mim.

— É claro que sente. Olhe em volta.

Cerca de duzentos fuzileiros olhavam em sua direção. Eles sorriram de uma só vez quando perceberam que haviam sido notados. Isis levou um instante para recuperar a compostura, depois sorriu, acenou e se virou, apertando a bandeja.

Já servidos, eles partiram em busca de um lugar para se sentar. Imediatamente, seis fuzileiros se levantaram, pegaram suas bandejas e se afastaram, acenando para que eles se sentassem. Isis corou constrangida, mas aceitou o convite e sentou com o grupo.

— Isso é embaraçoso — disse ela.

Os homens riram.

* * *

Murphy, Isis, Bingman e Amram conversavam compenetrados sobre a expedição, quando os fuzileiros de repente se levantaram.

Uma voz profunda gritou:

— Atenção!

— À vontade, homens. Continuem comendo.

Eles se viraram para ver o rosto bronzeado e endurecido do coronel Davis. Atrás dos óculos de aviador, os olhos azuis eram brilhantes e alertas. Os músculos de seus braços se definiam visíveis quando ele apertava a mão de cada um dos visitantes. Ele era o tipo de combatente que se quer ter ao lado em caso de batalha.

— Bem-vindos à Babilônia — disse Davis. — Fico feliz por ver que todos chegaram em segurança. Já preparei o trenó sonar e designei o capitão Drake para acompanhá-los. Ele tem um pelotão de homens à sua disposição. Por favor, não hesitem em chamá-los caso precisem de algo. A resposta será imediata. Vocês terão o auxílio de alguns dos melhores fuzileiros no Iraque.

Murphy estava impressionado com a presença imponente do coronel. Era evidente que os homens de Davis seguiriam suas ordens sem hesitação ou questionamento.

— Obrigado, senhor, agradecemos por seu empenho para fazer da nossa expedição um sucesso. Quando estivemos aqui pela última vez, nos emprestou uma escavadeira. Ela estaria disponível dessa vez? — perguntou Murphy.

— Certamente que sim... mas vamos ter de ser muito cuidadosos ao usá-la. Temos ordens estritas para não danificar nenhum artefato antigo. Lamento não poder acompanhá-los hoje. Já havia marcado uma reunião com um grupo das Nações Unidas.

— É claro — respondeu Murphy. — Mais uma vez, obrigado por sua ajuda, coronel.

* * *

— Se as orientações de Matusalém forem corretas, não vai ser difícil encontrar a Escrita na Parede — comentou Murphy, levando a mão ao bolso para pegar o cartão que Matusalém deixara para ele. Leu a mensagem em voz alta para o grupo, que agora incluía fuzileiros com pás e prontos para ouvir as ordens.

> BABILÔNIA — 375 METROS DIRETAMENTE
> A NORDESTE DA CABEÇA

Jassim Amram olhava em volta, observando o local onde haviam encontrado a cabeça de ouro de Nabucodonosor.

— Parece que o local foi coberto desde que estivemos aqui pela última vez. Creio que vamos encontrar o que procuramos nessa área. Temos de usar o trenó sonar para localizar o ponto.

O capitão Drake deu ordens aos homens para varrerem aquela área. Eles trabalharam por quase duas horas antes de encontrarem o local.

— Michael, vou usar meu compasso e contar 375 metros para o nordeste. Olhe ali — disse Amram apontando. — Aposto que é bem perto daquelas velhas ruínas.

— Capitão Drake, se você e seus homens puderem seguir o Sr. Amram, creio que ele vai precisar de alguma ajuda — disse Murphy.

Depois de muitas horas de procura o local foi determinado e o sonar, ligado. Os fuzileiros conduziam o trenó de um lado para o outro até que encontraram uma brecha no terreno. Então, eles conduziram o trenó em zigue-zague, cruzando as linhas até localizar o ponto com precisão.

— Dr. Murphy, creio que podemos usar a escavadeira para remover parte dessa areia. Não vamos operar o equipamento sobre a brecha, porque ela pode desmoronar. Removeremos apenas a areia.

— Muito bem, capitão. Creio que essa é a forma mais segura de operar.

O trenó sonar estimava a profundidade da areia até o ponto da brecha em mais ou menos 45 centímetros. Os fuzileiros receberam então instruções para continuar escavando com as pás, sempre com todo cuidado.

Logo foi possível ouvir o som de metal raspando a rocha. Outros 15 minutos de escavação foram suficientes para expor o topo de uma caixa quadrada com uma grande argola de metal em cada canto.

Bingman adiantou-se.

— Aposto que eles introduziam alavancas nas argolas, e fileiras de homens transportavam a caixa e a colocavam no local — exclamou ele. — Deve ser a cobertura de algum tipo de câmara.

Murphy pediu a retroescavadeira, e correntes foram presas nas quatro argolas.

— Isso vai ser um pouco mais fácil do que reunir dezenas de homens para levantar o objeto — explicou ele sorrindo.

Logo a retroescavadeira levantava a pesada pedra em forma de caixa. Todos ouviram o som da pedra sendo arrastada e em seguida um forte cheiro de mofo e umidade escapou pela abertura. Murphy e os membros da equipe iluminaram a abertura com as lanternas.

— Vejam! — exclamou Isis. — Uma escada! Isso devia ser uma entrada secundária. Não é tão larga para ser a passagem principal.

— Vamos entrar! — A voz de Bingman soou animada. — Não acredito que haja algum guarda de Nabucodonosor escondido nesse buraco.

— De qualquer maneira, precisamos ser cuidadosos — insistiu Murphy. — Queremos nos certificar de que nada vai desmoronar sobre nós. Capitão Drake, pode conceder um pequeno intervalo aos homens enquanto descemos para explorar a câmara.

— Sim, senhor. Tem certeza de que não quer alguns deles acompanhando a expedição?

— Obrigado, mas não creio que seja necessário.

Murphy foi o primeiro a descer à câmara malcheirosa, seguido por Isis, Amram e Bingman. Os degraus continuavam descendo por cerca de 9 metros e terminavam em um aposento de 3 por 3 metros com uma altura aproximada de 2 metros. Murphy girava a lanterna examinando todo o espaço.

— Três túneis partem da câmara. Podemos ir para a direita, para a esquerda ou em frente.

A voz de Bingman era ouvida ao fundo.

— Decisões, decisões, decisões. Você escolhe, Murphy. Sempre podemos voltar e tentar outra direção.

— Trouxe as migalhas de pão, Will?

— Não, mas tenho minha faca e posso riscar setas na parede.

— Isso vai preservar o sítio arqueológico maravilhosamente — comentou Isis.

— É melhor do que se perder.

Murphy riu.

— Vamos começar sem marcar as paredes. Acho que só precisamos seguir nossas pegadas na terra. Vamos tentar o túnel à direita.

Isis apontou a lanterna para baixo para ter certeza de que podia ver as próprias pegadas. Elas eram nítidas na terra. A constatação a fez suspirar aliviada. Não gostava da ideia de ficar perdida em um labirinto de túneis.

Ela se preparava para seguir Murphy quando notou algo no chão. Mais pegadas. Elas vinham do túnel à esquerda e seguiam pelo túnel em frente. E pareciam retornar para a mesma direção de onde haviam vindo.

— Michael! Venha aqui por um momento! — ela chamou. — Acho que encontrei algo!

Murphy retornou e Isis iluminou as pegadas.

Ele passou a mão na cabeça.

— São pegadas grandes. Provavelmente, de um homem com peso aproximado de 90 quilos.

— Como sabe disso, Michael? É o novo Sherlock Holmes? — perguntou Amram.

— Pura dedução, Dr. Watson. O tamanho do sapato é próximo do número que eu uso, e peso 95 quilos. A impressão criada é muito parecida com a minha, exceto pelo padrão da sola. E veja! Seja quem for essa pessoa, ela manca. Consegue ver uma linha do lado da pegada, como se o pé fosse ligeiramente arrastado antes de ser erguido?

— Desculpe. Você *é* Sherlock Holmes. Agora, diga-nos quem é a pessoa e vai ganhar um exemplar de *O cão dos Baskervilles*.

— Meu palpite é que seja Matusalém. Quando estive na Penitenciária de Cañon City, conversei com um detento chamado Tyler Scott. Ele descreveu Matusalém. Disse que ele tinha mais ou menos o meu tamanho e mancava ligeiramente. Mais tarde recebi uma taça de ouro enviada por Matusalém. A única mancira de Matusalém conhecer a localização da Escrita na Parede e da copa era ter estado aqui antes de nós. Acho que as pegadas são dele.

— Parece que terei de providenciar uma cópia de *O cão dos Baskervilles* — disse Amram, sério.

— Eu vou cobrar. Por agora, vamos seguir essas pegadas e descobrir onde nos levam. Será melhor do que espalhar migalhas de pão ou marcar as paredes.

O grupo seguiu as pegadas por cerca de dez minutos, até encontrarem uma bifurcação. Havia pegadas entrando e saindo das duas vias.

— Até aqui, tudo bem. Escolha, Michael — sugeriu Bingman.

— Vamos para a esquerda.

Mais dez minutos de exploração terminaram em uma parede vazia.

— O túnel termina aqui — disse Isis, desanimada.

— Ele *parece* terminar aqui — Murphy respondeu olhando em volta. — Olhe para o chão. As marcas dão a impressão de continuar *por baixo* da parede. Aposto que há uma porta em algum lugar aqui. Will, você e Jassim me ajudem a empurrar a parede.

Os três homens encostaram o ombro na parede e empurraram. Devagar, ela começou a se mover e girou para a esquerda até se abrir.

— Bem, aprendemos mais alguma coisa sobre Matusalém — resmungou Murphy ofegante.

— O que é? — quis saber Isis.

— Sabemos agora que ele é um homem muito forte. Ele empurrou a parede e a moveu sozinho.

Quando passaram pela abertura e iluminaram a câmara com as lanternas, mal puderam acreditar no que viam.

— Este devia ser o tesouro do templo! — exclamou Murphy. — Vejam só todo esse ouro, toda essa prata! Há centenas de pratos, taças, canecas e talheres.

Isis iluminava as paredes.

— Vejam os escudos!

Amram tocava algumas moedas.

— Esse é de fato o tesouro de um rei. — Pegou a máquina e começou a fotografar as preciosas relíquias.

— É uma inacreditável descoberta arqueológica! — gritou Bingman. — Nunca vi nada igual em minha vida.

Murphy olhou para as taças de ouro.

— Aposto que foi aqui que Matusalém encontrou a taça.

— Ele não parece ter extraído muita coisa — disse Isis. — E quem é esse sujeito, afinal?

— Bem, nunca o encontramos realmente, mas recebo notícias dele. Ele tem uma risada esquisita, quase um cacarejo, e sei que seu senso de humor é estranho. Gosta de me colocar em situações arriscadas, inclusive de morte. Deve ser rico e independente, porque cria armadilhas elaboradas e onerosas, e não se apodera dos artefatos que encontra, como esses aqui. Ele conhece a Bíblia e deve acreditar em histórias como a de Daniel na cova dos leões e Noé e sua arca. E me informou que estou quase concluindo meu treinamento, embora eu não saiba o que isso significa. Ah, sim, colhi uma impressão digital dele e estou tentando descobrir se consigo algum tipo de identificação positiva. E isso é tudo que sei.

— É o suficiente para causar pesadelos — murmurou Bingman.

— Sim, sua afirmação é bem apropriada, Will. Matusalém *é* um pesadelo.

— Bem, talvez seu pesadelo chegue ao fim se voltarmos e descobrirmos o que há no final do outro túnel — Amram o incentivou.

CINQUENTA E NOVE

— Vamos deixar a passagem aberta por enquanto — disse Murphy. — Depois de explorarmos a outra via da bifurcação voltaremos com os soldados e levaremos as relíquias do tesouro do templo.

— Não acredito que isso ainda não tenha sido saqueado — comentou Bingman agitado. — Eu me sinto como uma criança em uma loja de doces. Quero ver tudo e examinar cada objeto. Não é todo dia que alguém descobre algo assim.

— Sei o que quer dizer, Will, mas creio que nos seria muito útil verificar o que mais existe aqui dentro — insistiu Murphy com paciência.

A expedição levou cerca de vinte minutos para refazer o caminho de volta até a bifurcação, e depois continuar pelo segundo túnel, que terminava em uma parede.

— Será idêntica à parede por onde passamos? — perguntou Amram. — Outra porta secreta?

— Só há uma maneira de descobrir — disse Murphy, apoiando o ombro na parede. Mesmo com a ajuda de Amram e Bingman, ela não se movia. — Acredito que deve se abrir como a outra. Só precisamos insistir.

324

Finalmente, após quarenta minutos e muito suor, a porta cedeu. Todos entraram numa câmara muito grande. O espaço era tão amplo que a luz das lanternas não conseguia atingir a parede oposta.

— Isso é imenso! — exclamou Amram. — Como é incrível pensar nas coisas que eles faziam sem as ferramentas modernas!

— Vejam as mesas de pedra. — Bingman apontava uma mesa de mármore com bancos do mesmo material; dúzias de outras mesas cercavam a primeira.

— Deve ser uma espécie de sala de refeições — concluiu Murphy, apontando a lanterna para o alto. — O pé-direito deve ser de 4 ou 5 metros de altura. É difícil dizer com essa luminosidade.

— Olhe para os murais pintados no teto — comentou Isis, movendo a luz da lanterna para a esquerda.

— Esse devia ser o salão de banquetes de Belsazar — deduziu Murphy. — Tinha o pressentimento de que encontraríamos a Escrita na Parede muito depressa. Jassim, trouxe a câmera?

— É claro que sim. Por isso você trouxe um egípcio esperto como eu.

— Vamos nos separar e tentar encontrar alguma coisa.

Pouco tempo depois Bingman gritou:

— Venham aqui! Acho que encontrei o trono de Belsazar!

Murphy foi o primeiro a se aproximar de Bingman.

— Talvez você esteja certo — disse firme. — Veja isto aqui. É uma plataforma erguida com três degraus.

Murphy subiu a pequena escada e se aproximou de uma parede. Diante da parede havia os restos de um trono de mármore cercado por três tronos menores.

— Aposto que aqui se sentavam Belsazar e suas esposas ou oficiais superiores — arriscou Isis.

— Provavelmente as esposas — respondeu Murphy. — Em Daniel, Capítulo Cinco, está escrito que ele mandou buscar taças de ouro para suas esposas e concubinas. As copas de ouro que foram tiradas do templo em Jerusalém. Essa profanação foi o golpe final, a ofensa maior que fez Deus escrever Sua mensagem na parede.

Todos direcionaram a luz das lanternas para a parede atrás do trono.

— Não vejo nada — comentou Isis, decepcionada.

Murphy respondeu:

— Se Belsazar estava sentado no trono quando a mensagem foi escrita, ela deve estar do outro lado, ou ele não poderia ter visto a mão escrevendo a mensagem.

— Bem, vamos ver, Sr. Sherlock Holmes. Até aqui você tem acertado sempre — disse Amram.

O grupo se dirigiu ao outro lado da sala, pisando com cuidado nos espaços entre fragmentos de mármore e blocos de pedras.

— Vamos fazer isso juntos — Murphy sugeriu. — Vamos todos levantar nossas lanternas ao mesmo tempo e ver o que encontramos. Estamos procurando quatro palavras escritas em babilônio: *Mene, Mene, Tequel, Ufarsim*. Quando eu contar três. Um. Dois. Três.

Quatro feixes de luz incidiram sobre a antiga parede. Ela estava coberta por um tipo de gesso, não havia dúvida. Grandes e pequenas rachaduras podiam ser vistas entre áreas onde o revestimento de gesso havia caído. Todos procuravam algo que parecesse uma palavra entre as rachaduras e falhas.

— Vejam! À direita! — Amram gritou. — Não é parte de uma palavra?

Todas as lanternas se voltaram na direção apontada pelo egípcio.

Isis deu um passo à frente para examinar o local de perto.

— Sim, acho que é — concluiu ela. — Há fragmentos de gesso faltando, mas ainda é possível ler alguma coisa aqui. Vejo "ene, Tequel, Ufars". É isso! O primeiro *Mene* desapareceu com a primeira letra do segundo *Mene*. O *Tequel* é bem claro e faltam duas letras no final de *Ufarsim*.

Murphy, Amram e Bingman gritaram ao mesmo tempo. Um eco estranho podia ser ouvido na antiga câmara. Amram pegou a máquina e começou a fotografar a inscrição de todos os ângulos possíveis.

Depois de alguns instantes, Murphy se sentou em um banco de mármore e ficou em silêncio.

— O que foi, Murphy? Não está feliz? — perguntou Isis. — Você encontrou a Escrita na Parede!

— Há confusão em meus sentimentos. Sim, é claro que essa é uma descoberta arqueológica incrível, uma das maiores já feitas. É como encontrar novamente a Arca de Noé. Ela prova a validade da Bíblia e fortalece minha fé.

— Mas...?

— Mas fico tentando imaginar o que vai acontecer quando anunciarmos essa descoberta para o mundo. As pessoas acreditarão? Essa descoberta realmente modificará o comportamento de alguém? As pessoas entenderão a importância e o significado do julgamento de Deus? Eu me sinto como se estivesse do lado de fora de um prédio em chamas. Grito para as pessoas saírem e se salvarem do incêndio, mas elas ignoram os avisos, a fumaça, o calor, meus gritos.

Isis não sabia o que dizer. Tinha consciência de que ela mesma era uma dessas pessoas a quem ele se referia: as que ignoravam as mensagens. Havia entrado na arca, e agora acabara de ver a Escrita na Parede... e ainda não tomara uma decisão.

Por que não?, era o que ela pensava.

— Michael, arqueólogos do mundo todo vão querer ver essa parede, e também a câmara cheia de tesouros do templo. — Bingman mal podia conter seu entusiasmo.

Murphy abriu a boca para falar, mas parou e ficou quieto, ouvindo. Um som como de tanques invadindo um edifício vazio chegava até eles. Instintivamente, Murphy sabia o que era aquilo.

O terremoto chegou com velocidade espantosa. Todos foram jogados no chão. O som no interior da câmara era ensurdecedor. Terra e escombros caíam do teto. Murphy olhou em volta procurando Isis. Ela estava no chão, tentando entender o que ocorrera.

Quando direcionou a luz da lanterna para o teto, acima dela, Murphy viu um enorme pedaço da estrutura começando a se desprender. Isis começava a se levantar quando Murphy a atingiu com o próprio corpo e a jogou longe como se fosse uma boneca de pano. No mesmo instante, uma pedra enorme caiu onde ela havia estado.

Murphy correu para perto dela. Isis tentava respirar, e ele a abraçou.

— Sinto muito. Sinto muito, mas tive de empurrar você.

Ele apontou para onde ela havia estado, para a pedra que tinha uma extremidade achatada e afiada.

Isis ainda estava desorientada.

— Precisamos sair daqui — gritou Murphy. — Se houver mais tremores, talvez não possamos escapar. O teto pode desabar e os túneis ficariam bloqueados.

Murphy ajudou Isis a se levantar e gritou:

— Bingman! Jassim! Vocês estão bem?

— Estou bem — respondeu Bingman —, mas Jassim foi ferido. Acho que ele quebrou a perna. Consigo apoiá-lo do lado do ferimento e ele pode se arrastar forçando a outra perna. Vamos sair daqui antes que este lugar se transforme em uma catacumba!

Murphy olhou para Isis.

— Você consegue andar?

— Acho que sim.

— Segure minha mão e não solte!

A poeira no ar dificultava a respiração. Murphy pegou a lanterna e começou a ajudar Isis a atravessar o espaço na direção da saída. Bingman apoiava Amram, que tinha no rosto uma expressão de dor. Eles estavam cerca de 3 metros para trás.

— Will, acha que vai conseguir?

— Fiz coisas bem piores na operação Tempestade do Deserto. Continue andando.

O trajeto de volta à superfície pareceu demorar uma eternidade. Eles estavam quase na câmara dos três túneis quando o capitão Drake apareceu, seguido por seus homens.

— Estão todos bem, senhor?

— Estamos bem, mas um membro da equipe está ferido. Talvez seus homens possam ajudá-lo. Acho que ele fraturou a perna.

Os fuzileiros que seguiam o capitão nem precisaram de uma ordem. Eles passaram por Murphy e Isis e correram para Jassim Amram. O primeiro fuzileiro segurou o braço de Amram, virou-se e o suspendeu sobre as costas, segurando-o. Dois outros se aproximaram e dividiram parte do peso, sustentando a perna fraturada.

Amram gritou algumas vezes, dominado pela dor. Os fuzileiros ignoraram seus gritos. Tirá-lo logo dali era mais importante que o sofrimento temporário.

Eles se moviam pelo túnel estreito tão depressa quanto era possível. O capitão Drake ia indicando o caminho com a lanterna poderosa.

Quando eles chegaram à base da escada que subia para a superfície, Jassim Amram gritou novamente.

— A máquina fotográfica! Eu a deixei cair quando os fuzileiros me pegaram.

— Vou buscá-la — Bingman se ofereceu. — Precisamos das fotos para provar a existência da Escrita na Parede. Não vou levar nem dois minutos. Não é muito longe.

Murphy gritou novamente, mas foi inútil. Bingman já corria de volta ao interior da câmara. Murphy agarrou a mão de Isis e começou a subir a escada.

— Onde está o outro integrante da equipe? — perguntou o capitão Drake, que saíra na frente.

— Ele voltou para pegar a máquina. Não quis me ouvir!

— Parece que ele foi treinado para concluir sua missão, senhor. Resgatar primeiro as pessoas, depois recuperar a informação.

Cerca de dois minutos se passaram e então, de repente, houve outro estrondo gigantesco, e todos foram jogados no chão novamente. Um novo tremor!

Murphy correu para a escada. Quando a alcançou, uma nuvem de poeira saía pela abertura. Ele direcionou a lanterna para baixo. Havia poeira cobrindo os degraus. Era como se todo o sistema de túneis houvesse desmoronado, bloqueando a sala com os tesouros do templo e o salão do banquete de Belsazar. Não havia absolutamente nenhuma esperança de que Will sobrevivesse.

Ele estava pensando no que diria à esposa e aos filhos de Will quando sentiu a mão em seu ombro. Era Bingman — as roupas rasgadas e empoeiradas —, com um grande sorriso no rosto. Na mão ele segurava a máquina fotográfica, empoeirada, mas intacta.

— Está procurando por isto, Murphy? — perguntou ele.

SESSENTA

Todos na Barrington Network News pisavam em ovos. Desde a morte de Stephanie Kovacs, Barrington parecia ter perdido o foco. Ele não cuidava mais dos detalhes diários da operação como fizera no passado.

Melissa, a secretária e assistente, passara a agir como intermediária entre Barrington e a equipe. Ela parecia ser a única em quem o chefe confiava, e o protegia contra intromissões desnecessárias.

Ele sempre fora um homem difícil, mas agora estava completamente imprevisível. Havia demitido dois executivos de alto escalão que questionaram suas decisões. Embora estivessem certos, ele não gostava de ser contrariado. Nunca! Barrington era agora uma bomba-relógio ambulante.

A morte de Stephanie o atingira mais profundamente do que havia percebido. O sofrimento se transformara em raiva, e a raiva era agora ódio e revolta. E o ódio começava a se assentar em seu estranho mundo de vingança. Era como se ocupasse todos os seus pensamentos.

Barrington chamou Melissa em sua sala.

Ele mantinha a cadeira voltada para a janela. Os dedos das mãos estavam unidos e apoiavam o queixo. Ele parecia imerso nos próprios pensamentos.

— Melissa, quero que obtenha uma informação com o departamento financeiro. Quero saber quanto dinheiro temos em caixa. Não estou interessado no valor do patrimônio. Não quero saber quanto valem os prédios, os terrenos, o equipamento. Quero saber quanto dispomos de capital para ser utilizado de imediato. Ah, e verifique quanto eu poderia levantar em empréstimos nos bancos. E quanto tempo eu teria de esperar pela documentação.

Melissa sabia que devia perguntar o motivo.

— Sr. Barrington, atendi cinco ligações de Paul Wallach, da Universidade Preston. Ele solicita um horário para uma breve reunião.

— O que ele quer?

— Ele não disse, senhor. Apenas insiste que necessita falar pessoalmente.

Barrington suspirou, aparentemente aborrecido.

— Marque a reunião para sexta-feira, às 3h da tarde. Depois disso, me ausentarei. Preciso planejar algumas coisas.

Quando entrou no escritório, Paul Wallach percebeu que Barrington estava preocupado. Ele agradeceu ao empresário por recebê-lo, depois perguntou: — Quando começarei a trabalhar na empresa, considerando que vou me formar no final do próximo mês de maio.

Barrington permaneceu parado, olhando para Wallach... ou através dele.

— Estou curioso para saber quais seriam minhas responsabilidades. Não tivemos uma chance de conversar de verdade desde que me incumbiu de relatar as aulas de arqueologia do Dr. Murphy. Tem gostado dos meus textos? O que o futuro reserva para mim na Barrington Network News?

Barrington continuava sentado e quieto. Wallach estava nervoso com o silêncio. Finalmente, ele se manifestou:

— Bem, Paul, sou bastante conhecido por minha franqueza. Está preparado para uma conversa entre homens?

— Eu... não sei. O que quer dizer?

— Quero dizer que hoje vamos conversar como homens. Número um: Não há nenhuma data prevista para você começar a trabalhar. Número dois: Você não receberá um salário. Número três: Não terá nenhuma responsabilidade. Número quatro: Seu texto é horrível. Número cinco: Só usei você para conseguir informações sobre Murphy. Não tenho o menor interesse em seu estilo de redação. Número seis: Sua bolsa de estudos está suspensa. E número sete: Você é um idiota.

Paul estava em choque.

— Mas, Sr. Barrington — ele gaguejou. — O senhor disse que me considerava... um filho!

— Porque precisava de você para conseguir informações sobre Murphy. Mas agora não estou mais interessado nele. E não preciso mais de você.

— Mas, Sr. Barrington...

— Se quer saber a verdade, Paul, você não tem capacidade nem para bater prego... muito menos para sobreviver nessa área de atuação. Quero ser bem claro com você, e vou falar devagar para ter certeza de que me entende: a partir de hoje, está dispensado.

Wallach estava perplexo. Havia pensado em Barrington como um pai, e agora seu mundo desmoronava.

Barrington o encarava com um olhar frio, vidrado. O rapaz se levantou e, lentamente, saiu da sala.

Paul Wallach estava devastado. Havia colocado todos os ovos em um único cesto, e agora o via cair. Seu futuro fora destruído.

Estava magoado e furioso. Sentia-se sujo, usado. Como pudera ser tão ingênuo e estúpido?

Ele pensou em quando havia conhecido Shane Barrington. Estava no hospital, recuperando-se de ferimentos sofridos no bombardeio contra uma igreja. E ele se lembrava da reação de Shari a Barrington: ela desconfiara do homem desde o início.

Ele ainda se lembrava com clareza de como Barrington fora procurá-lo no campus da Universidade Preston para lhe oferecer um emprego. Passara a receber 20 dólares por hora para escrever relatórios sobre as aulas do Dr. Murphy. Como estudante em constantes dificuldades financeiras, Paul precisava do dinheiro. E Barrington havia demonstrado interesse nele. Mas Shari também questionara os motivos do empresário.

Por que o chefe da Barrington Communications estaria interessado em seu trabalho?, ela perguntara. *Você é só um estudante, Paul. Não é um professor mundialmente famoso.*

Paul estava profundamente deprimido. Presente e futuro eram dominados pelo caos. Passara a depender do dinheiro de Barrington, e de repente se via dispensado e sem um centavo no bolso. A carreira que planejava construir estava arruinada, sua autoestima fora arrasada e perdera Shari, a mulher que amava.

Ele percebeu que havia embarcado no carrossel do sucesso olhando apenas para os anéis de bronze da felicidade. Acreditara que teria dinheiro, prestígio, poder e influência. Agora percebia que sua vida era vazia e sem sentido, e que estava sozinho.

SESSENTA E UM

A BASE DA Marinha em Al Hillah encontrava-se em estado de emergência quando o grupo de expedição chegou. Fuzileiros corriam recolhendo equipamento e tropas embarcavam em veículos abarrotados de suprimentos para emergências médicas.

O coronel Davis estava diante da tenda do comando, dando ordens aos oficiais. Ele se aproximou quando o grupo desembarcou dos Hummers.

— Estamos no meio de um verdadeiro inferno aqui. Nossos homens estão atendendo aos pedidos de socorro em Al Hillah e nas cidades em torno da Babilônia. Muitos prédios residenciais e comerciais desmoronaram. Algumas pessoas morreram, e há muitos feridos e soterrados. Vivemos uma situação trágica aqui, Dr. Murphy.

— Entendo. — Murphy lembrou o cenário de devastação depois do bombardeio na igreja, todas as pessoas feridas. Ainda podia ver Laura no hospital em seu último suspiro.

— Qual é a extensão do dano?

— O terremoto foi grande. O comando central afirma que o tremor atingiu 9,5 na escala.

— Mas isso é praticamente o terremoto do Chile!

— A primeira onda registrada depois do tremor principal chegou a 8,2 na escala Richter. E temos certeza de que ainda virão outras. O epicentro do terremoto foi no coração do deserto da Síria, cerca de 300 milhas a oeste da cidade de Al Habbariyah. As equipes de emergência estão a caminho agora. Também houve danos extensivos em Bagdá, Karbala, An Jajaf e em pelo menos outras vinte cidades pequenas. O comando central relatou que os efeitos do terremoto foram sentidos até em Basra, 700 quilômetros a leste.

— Podemos ajudar de alguma maneira?

— Obrigado, Dr. Murphy. Se puderem ajudar o capitão Drake e seu pelotão, seria ótimo. A Cruz Vermelha Internacional, o Crescente Vermelho e outras organizações de socorro e apoio de emergências foram mobilizados.

Na tenda movimentada, Murphy viu Isis pegar lentamente alimento e uma bebida. Ela parecia esgotada, tanto no nível físico quanto no emocional. Quando se sentaram à mesa, ela o fitou e começou a chorar. Ele a abraçou, sussurrando palavras de conforto até ela se sentir aliviada depois de chorar muito.

— Foi um dia horrível, Michael — murmurou Isis. — A excitação da nossa descoberta, o ferimento de Jassim, pensar que Will estava morto... e agora a morte de tantas pessoas em Al Hillah! Não consigo tirar todas essas coisas da cabeça. Fecho os olhos e ainda vejo aquelas mulheres gritando e batendo no próprio rosto, chorando pelos familiares mortos. Ainda ouço os gritos dos homens cavando desesperados em busca dos entes queridos soterrados pelos escombros. Essas pessoas já sofreram muito com as guerras e agora são atingidas por um terremoto! Como um Deus amoroso pode permitir tudo isso?

— Em tempos como esse, não há respostas fáceis. Uma passagem no Livro dos Romanos, Capítulo 8, fala um pouco sobre o que estamos vivendo. — Ele tirou do bolso uma versão reduzida do Novo Testamento. — Vou ler para você:

"Mas o que sofremos agora é nada comparado à glória que Ele nos dará depois. Porque toda a criação espera paciente e esperançosa pelo dia em que Deus ressuscitará Seus filhos. Porque nesse dia espinhos e abrolhos, pecado, morte e decadência — as coisas que assolaram o mundo pelo comando de Deus — vão desaparecer, e o mundo à nossa volta desfrutará da gloriosa liberdade de pecado de que desfrutam os filhos de Deus.

Porque sabemos que até as coisas da natureza, como animais e plantas, sofrem com a doença e a morte enquanto esperam por esse grande evento.

E até nós, Cristãos, que temos em nós o Espírito Santo como prova dessa glória futura, também gememos pela libertação da dor e do sofrimento. Também nós esperamos ansiosamente pelo dia em que Deus nos dará plenos direitos como Seus filhos, e também nos dará novos corpos. Ele prometeu — corpos que nunca mais adoecerão e não morrerão."

— No Jardim do Éden, quando o homem desobedeceu, teve início uma reação em cadeia de pecado, morte e decadência. Daquele dia até hoje, temos sido suplantados pela miséria, pela guerra e por desastres naturais como enchentes, tornados e furacões. Não é uma imagem bonita. Toda a natureza e a humanidade gemem sob essa maldição. É doloroso... como foi doloroso hoje cavar os escombros procurando por vítimas.

"Mas um dia todo o sofrimento do mundo terá um fim e não haverá mais pranto. Isso é o que ensina a Bíblia. Mas, antes, haverá o julgamento de todo mal. Essa é a mensagem de Noé e a arca e da Escrita na Parede. Deus enviou Jesus para suportar o julgamento por nós para que pudéssemos ser livres. Essa é a boa-nova. Um novo dia se aproxima e precisamos estar prontos para ele. Um dia Deus vai secar todas as lágrimas."

Um fuzileiro bateu no ombro de Murphy.

— Lamento interromper a conversa, mas a tenda de controle recebeu uma mensagem de um homem chamado Levi Abrams. Ele pede para telefonar para ele no número do celular assim que for possível.

— Obrigado, sargento.

— O que ele pode querer? — estranhou Isis.

— Ele sabe que estamos aqui. Talvez só queira se certificar de que estejamos bem.

A ligação era surpreendentemente boa, nítida, e Murphy conseguiu falar com Abrams logo. Abrams queria notícias da equipe depois do terremoto. Após lamentar o ferimento sofrido por Amram, ele disse:

— Estou em Israel, acerca de 400 quilômetros do epicentro.

— Parece que o terremoto foi dos mais violentos de que se tem notícia — disse Murphy.

— A devastação causada por ele é terrível. A busca foi prejudicada? Conseguiu encontrar o que estava procurando?

— Sim, Levi, encontramos a Escrita na Parede. Isis está organizando uma exposição das fotos para provar nossa descoberta.

— Está brincando! Que descoberta, Michael! — exclamou Abrams.

— Um dia gostaria de conversar com você sobre isso.

— Que tal daqui a dois dias?

— Como assim?

— Michael, alguns terroristas envolvidos no bombardeio da ponte George Washington foram rastreados. Tudo indica que eles estão na cidade árabe-israelita chamada Et Taiyiba, ao sul do mar da Galileia, no vale do Jordão. Já enfrentamos outras dificuldades por lá antes. Soldados israelenses estouraram recentemente um esconderijo do Hamas naquela região e descobriram uma rede muito ampla de ligações com Gaza. Eles são responsáveis por um grande número de ataques e bombardeios suicidas em Israel.

— Está dizendo que o Hamas foi responsável pela tentativa de bombardeio na ponte?

— Não acreditamos que eles tenham sido *diretamente* responsáveis. Suspeitamos de que outro grupo com base na Europa recrutou terroristas do Hamas. E pensamos que o ataque frustrado em Nova York teria dois propósitos. Um era retaliar contra os Estados Unidos e o outro conseguir dinheiro para a guerra com Israel. Interrogamos alguns terroristas presos em Nova York... e, adivinhe, Michael? Todos tinham a tatuagem do crescente invertido sobre a estrela de seis pontas no pescoço.

Murphy foi tomado por uma raiva surda.

— Levi, nossa equipe foi atacada em Bagdá. Escapamos, mas um dos agressores se referiu a um grupo, os Sete. Acha que pode ser esse o grupo com base na Europa? Se for, meu palpite é que Talon trabalha para eles.

— Talvez você tenha razão, Michael. Acha que pode voar até Tel Aviv e dirigir até Et Taiyiba para nos ajudar? Você tem boas informações sobre esse tal Talon.

— Sim. Bingman precisa voltar para perto da esposa e dos filhos. Jassim tem de retornar ao Egito para cuidar da perna fraturada. E Isis... bem, Isis está esgotada. Tem sido tudo muito difícil para ela. Eu me sentiria muito melhor se ela fosse para casa, onde estará segura. Cuidarei das providências o quanto antes.

Jassim Amram se locomovia com a ajuda de muletas quando entrou no aeroporto de Bagdá. Um carregador o seguia com a bagagem. Murphy e Isis se despediam antes de ela se juntar a Amram e embarcar no voo que a levaria do Iraque.

— Michael, estou preocupada com sua viagem a Israel — confessou Isis. — Você parece ter uma atração magnética por pessoas que querem prejudicá-lo.

Murphy podia ouvir o tom protetor na voz dela. Ele sorriu e segurou sua mão.

— Serei cuidadoso. Tenho bons motivos para voltar para casa.

Depois de uma breve pausa, ele a puxou contra o peito. Depois de mantê-la entre os braços por um instante, Murphy pousou os lábios nos dela.

SESSENTA E DOIS

MURPHY FECHOU OS olhos e tentou dormir, mas não conseguia descansar. Continuava pensando na devastação causada pelo terremoto. A milagrosa escapada de Bingman do túnel havia sido uma feliz surpresa, mas muitos pereceram — e ainda sofrem — com os efeitos do tremor.

Simplesmente não entendo isso tudo. Deus, preciso de sua ajuda.

Seus pensamentos foram interrompidos por uma comissária distribuindo os boletos para a passagem na alfândega em Israel. Ele preencheu o formulário, depois fechou os olhos de novo. Dessa vez, outros pensamentos invadiram sua mente. Podia ver Isis no aeroporto, parada diante dele com uma expressão preocupada. *Ela é tão forte em caráter, tão cheia de energia e tão linda! Mas também é muito vulnerável.* Queria protegê-la e mantê-la segura.

O som dos motores do avião e a lembrança do beijo o fizeram relaxar, e finalmente Murphy adormeceu.

As forças israelenses de segurança estavam em toda parte quando Murphy desceu do avião. Estava feliz por carregar apenas uma valise de mão e não ter de lutar com a multidão aglomerada em torno das esteiras de bagagem. Tudo que tinha a fazer era pegar o carro alugado.

Andando pelo aeroporto, notou várias equipes de ajuda humanitária perambulando em camisetas coloridas. Pessoas de bom coração corriam para Israel de todos os pontos do mundo para ajudar o povo arrasado pelo terremoto.

Murphy seguiu pela estrada costeira para o norte, para a periferia de Tel Aviv, e virou para o leste nas montanhas da Sumária, para Nazaré. Ele notou que havia mais campos de trigo, centeio e mais oliveiras do que quando estivera ali pela última vez. Murphy começou a pensar em Nazaré e no lago da Galileia. Boa parte da vida e do ministério de Jesus haviam acontecido naquela região.

Enquanto dirigia pelas montanhas, pensava nos milagres de Jesus. Caná da Galileia havia sido palco de seu primeiro milagre; lá Jesus transformara água em vinho. De fato, 25 dos 33 grandes milagres de Jesus haviam acontecido na região da Galileia.

Se essa fosse uma viagem de lazer com Isis, eu poderia seguir os passos de Jesus para Nazaré, Cafarnaum, Betsaida, Genesaré e Tiberíades. Adoraria mostrar a ela onde Jesus pregou o Sermão da Montanha.

Murphy usou o celular para falar com Abrams quando estava a cerca de vinte minutos de Nazaré.

— Meu plano é parar lá para abastecer o carro e depois seguir para o sul até Et Taiyiba — relatou Murphy.

— Deixe-me fazer uma sugestão — respondeu Abrams. — Por que não nos encontramos em Nazaré para jantar? Não preciso de mais de meia hora para chegar lá. Acho que assim vamos despertar menos suspeitas. Et Taiyiba é uma cidade pequena, com muitos olhos e ouvidos. Quando parar para abastecer em Nazaré, pergunte onde fica o Restaurante Elmasharef. É um lugar quieto, fora da rota de turismo... e a comida é excelente.

* * *

Murphy havia esquecido como as ruas de Nazaré eram estreitas e movimentadas. Ali os caminhos misturavam antigas rotas com o moderno asfalto.

Ele errou o caminho algumas vezes antes de encontrar o Elmasharef. *Ah, que maravilha! Aí está o restaurante, mas onde vou achar uma vaga para estacionar?*

Ele viu um jovem árabe acenando freneticamente. O menino apontava para uma vaga. Murphy sorriu. *Ele quer ganhar algum dinheiro.*

— Cuidarei do carro, senhor. Ninguém mexerá nele enquanto eu estiver aqui.

Murphy se surpreendeu com o inglês do garoto.

— Cuide bem do automóvel — disse ele. — Será recompensado quando eu voltar.

O menino sorriu e assentiu.

— Vou fazer um bom trabalho.

No restaurante, Murphy escolheu uma mesa e sentou-se para esperar por Abrams. Enquanto aguardava, pensava nos estranhos eventos da última semana. *Por que Matusalém queria que eu encontrasse a Escrita na Parede? Por que o Dr. Anderson havia sido assassinado? Como tudo isso se relaciona com a quase tragédia na ponte George Washington? O grupo que Stephanie Kovacs disse que controla Barrington é o mesmo que Levi descobriu na Europa? Seriam eles os Sete que o árabe mencionou depois de atacá-los naquela viela?*

Murphy interrompeu a reflexão para se levantar e cumprimentar Levi Abrams, que acabava de chegar.

Era final de tarde. Talon dirigia seu jipe pela estrada de terra. No banco do passageiro ele levava duas gaiolas. Dois cães que mantinham a cabeça para fora da janela do jipe, respirando os diferentes aromas trazidos pelo vento. De vez em quando, eles latiam excitados.

Finalmente, ele parou o jipe no topo de uma colina. Os cães pularam e começaram a explorar. Talon retirou as caixas do banco e as colocou sobre o capô do jipe.

Ele retirou um falcão de cada gaiola, removendo o pequeno capuz de couro que cobria a cabeça de cada ave. Havia algum tempo que não dava a seus caçadores a chance de aprimorar suas habilidades.

Os falcões olharam para Talon e para os dois cães, observando o ambiente. Nada escapava aos olhos atentos.

— E, então, meus pequenos, prontos para um pouco de exercício? Não quero que percam a prática. — Ele soltou os falcões. As aves alçaram voo, encontraram a corrente termal e começaram a subir sem nenhum esforço. Logo eram como dois pontos muito distantes flutuando no ar.

Por alguns minutos Talon observou os falcões em seu sobrevoo. Depois, olhou para os cães. Eles farejavam alguma coisa no terreno.

Talon olhou mais uma vez para o céu. Ergueu o punho cerrado com o indicador estendido. Depois, bateu o punho cerrado na palma da outra mão. Era o sinal para atacar. Quase imediatamente, um dos falcões mergulhou para a terra, em direção a um dos cães.

O cão não tinha consciência do perigo. As garras do falcão atingiram o olho esquerdo e o focinho do animal, que gritou de dor e rolou pelo chão. Ele tentou se levantar, batendo com uma das patas no focinho como se quisesse se livrar da dor. Houve um estrondo, um bater de asas, e o falcão atacou de novo, dessa vez acertando o olho direito do cachorro. O terceiro ataque derrubou o animal, e o falcão mirou a região do pescoço. Os ganidos duraram apenas alguns segundos.

O outro cão não sabia se devia se aproximar da comoção ou fugir. Talon repetiu o gesto de bater com o punho na palma da mão, usando o dedo para apontar a área do ataque.

O segundo falcão cuidou do outro cão em poucos segundos.

Talon sorria. Seus bichinhos não haviam perdido a prática nem a habilidade de matar. Ele bateu palmas e as aves voltaram a pousar em seus braços protegidos por couro.

— Belezinhas, vejo que ainda apreciam a caçada. Logo terão outros alvos.

No restaurante, Murphy e Abrams conversavam.

— Foram dias difíceis — contava Murphy. — Ainda não superei a partida de Bingman. Não consigo deixar de associar tudo que aconteceu à morte de Laura, ao bombardeio na igreja e à morte de todas aquelas pessoas quando estávamos procurando pela arca. É difícil perder amigos. E também foi desanimador ver a arca coberta pela neve de uma avalanche, e saber que a Escrita na Parede está soterrada sob toneladas de escombros depois do terremoto que destruiu o templo de Belsazar.

— Michael, você está vivo. Isis está viva. E os vivos precisam seguir em frente.

— Eu sei, Levi. Mas estou desapontado. Se pudesse estar lá quando entramos na arca, até você acreditaria no que diz a Bíblia. As descobertas só ajudam a verificar o que sei e as coisas em que acredito.

— Gostaria de ser um homem de fé como você. Mas ainda não cheguei lá.

— Bem, mantenha a mente aberta, Levi. Se quer encontrar a verdade, ela vai acabar encontrando você. Deus tem um jeito de perseguir Seus filhos. Ele pode estar no seu encalço.

— Espero que sim, Michael.

— Falando em rastros, Levi, o que descobriu até agora?

— Como já contei, pegamos vários terroristas envolvidos no atentado contra a ponte George Washington. Um deles nos deu uma pista sobre um grupo de pessoas que chefia uma operação de algum tipo na Europa. Também confiscamos um laptop onde havia informações sobre a célula terrorista em Et Taiyiba. E, como eu disse, todos os terroristas que capturamos tinham a tatuagem do crescente invertido no pescoço. Acreditamos que Talon está usando esses homens para fazer parte do seu trabalho sujo. Na verdade, acreditamos que ele pode estar por aqui.

— De onde tirou essa ideia?

— Yusef e Alona, dois agentes da Mossad, foram enviados a Et Taiyiba assim que colhemos as informações no laptop confiscado. Eles têm monitorado as atividades da célula composta de homens com a tatuagem do crescente invertido. Eles notaram um homem de pele clara e cabelos escuros conversando com membros da célula. Esse homem tem um bigode perfeitamente aparado e sempre usa luvas... mesmo quando está calor.

— Deve ser Talon.

— Nosso plano é pegá-los na próxima vez em que se encontrarem.

— Gostaria de participar dessa operação.

— É essa a ideia. Queremos que você veja o homem que acreditamos ser Talon. Vai poder identificá-lo, porque já viu seu rosto.

— Mal posso esperar — Murphy confessou ressentido. — Temos contas a acertar. Ele matou Laura, tentou matar Isis e muitas outras pessoas.

— Também mantemos outra agente disfarçada, Gabrielle, no vale do Jordão. Ela está trabalhando com o pessoal das equipes de socorro e emergência. Gabrielle conheceu um americano chamado Dr. Brian Lehman.

— Esse nome soa familiar.

— Talvez você já o tenha conhecido, Murphy. O geofísico.

— Sim, é claro! Um dos maiores especialistas em terremotos. O que ele faz aqui?

— Era o que Gabrielle também queria saber. Ela conversou com ele sobre os danos causados pelo terremoto. Parece que ele veio dos Estados Unidos para verificar nossa estação medidora em Eilat, que integra o Instituto Geofísico de Israel. Gabrielle teve a impressão de que o Dr. Lehman descobriu algo muito incomum.

— Algo relacionado a Talon?

— Na verdade, enquanto conversava com o cientista, ela percebeu um homem de bigode os observando. Ele se destacava por estar acompanhado por dois cavalheiros de aparência árabe. Gabrielle pensou que ele podia ser americano, mas não tinha certeza. E ficou muito desconfiada.

— O que Talon pode querer com o Dr. Lehman?

— Ainda não sabemos, mas pretendemos descobrir. Não podemos ignorar pistas ou detalhes nessa altura dos acontecimentos. Há muita coisa em jogo. Marcamos um encontro com o Dr. Lehman amanhã. Ele estará fazendo perfurações em campo. Quer ir também?

— Pode apostar nisso. Foi para isso que vim.

SESSENTA E TRÊS

ERA O MEIO da manhã quando Abrams e Murphy entraram na estrada de terra a bordo da velha caminhonete. Eles haviam escolhido aquele automóvel a fim de não atrair muita atenção para a presença deles na região.

Logo a estrada começou a serpentear montanha acima. Quando chegaram ao topo, avistaram a sonda de perfuração no vale. Havia um homem manejando a sonda e dois o observavam encostados em uma caminhonete branca. Eles chegaram ao local dez minutos depois.

Abrams foi o primeiro a falar, apresentando-se e explicando quem era Murphy. O Dr. Lehman os cumprimentou, depois os apresentou a Kasib Tahir, que estava no comando da perfuração do poço, e Zahid Yaman, também envolvido na operação.

O Dr. Lehman olhou para Murphy.

— Já ouvi seu nome antes. Não é arqueólogo?

— Sim, senhor. E também já li alguns de seus trabalhos em geologia.

Os homens foram direto ao assunto.

— Uma amiga nossa mencionou que talvez tenha feito uma descoberta geológica incomum — Abrams começou.

— Sim, acredito que sim. Quando o terremoto aconteceu, eu estava em Tel Aviv. Segui imediatamente para Eilat, onde o Instituto Geológico de Israel mantém uma estação medidora instalada no monte Amram, ao norte da cidade. A estação foi perfurada em pórfiro de granito pré-cambriano e pórfiro de quartzo riolítico. O sensor está instalado em um invólucro especial em um cofre fechado. As leituras são muito interessantes. Então, aluguei uma sonda de perfuração para colher amostras da terra em movimento e das linhas das falhas. — Lehman se virou e apontou. — Você pode ver que já cavamos três poços no vale.

— Mas parece que encontrou petróleo — disse Murphy.

— Exatamente. Encontramos. E não deveria haver petróleo nessa região.

— Como isso é possível? Acha que é resultado do terremoto?

— Creio que sim, Dr. Murphy. Tentarei explicar. A placa tectônica árabe cerca toda a península Árabe. Essa região inclui Bahrein, Qatar, Kuwait, Yemen, Omã, Arábia Saudita, Iraque, Jordânia, Síria, Líbano, Emirados Árabes e Israel. Na verdade, ela divide Israel ao meio bem aqui, no vale do Jordão.

— Sim, sei disso. É parte do sistema de falha geológica do vale da Fenda que se une à placa tectônica africana. Ele segue o rio Jordão, que corre para o sul pelo mar da Galileia para o mar Morto.

— Exatamente — confirmou Lehman. — E para o norte ele separa o Irã do Iraque ao longo da base das montanhas Lugros no Irã. É lá que a placa eurasiana se junta ao cenário. Diretamente ao norte está o cinturão Alpide, um dos três maiores cinturões sísmicos da Terra. Ele se estende de seu extremo oeste, no oceano Atlântico, pela península Ibérica e o norte do mar Mediterrâneo. Atravessa a Turquia, Armênia, o norte do Irã, o Himalaia e, finalmente, desce por Burma para o leste da Índia. Estima-se que 18 por cento de todos os terremotos ocorram ao longo do cinturão Alpide.

— Com licença, doutores — interrompeu Abrams. — Será que podem explicar tudo isso em termos leigos? Não sou geólogo. O que significa tudo que acabou de dizer?

Murphy explicou:

— Levi, imagine uma linha oval traçada em torno da península Árabe. Mais ou menos como um ovo com a parte maior para baixo e a menor para cima. Agora, imagine uma linha fraturada e irregular se movendo para leste e oeste de um lado ao outro desse oval. Ou uma rachadura horizontal na parte superior do ovo. O recente tremor no deserto da Síria causou uma fratura do vale do Jordão, onde estamos... até o golfo Pérsico.

— A ilustração foi bem clara — apoiou Lehman. — O terremoto do deserto da Síria não foi apenas um tremor de superfície. Foi um tremor *profundo*. Com isso quero dizer que ele criou uma fenda na superfície da Terra de pelo menos 40 quilômetros de profundidade. E a energia e a força criadas por esse tremor seriam equivalentes à de todos os explosivos usados na Segunda Guerra Mundial. Juntos! Incluindo aí as bombas atômicas.

— Impressionante — confessou Abrams.

Lehman continuou:

— Até onde sei, a fenda traça uma linha irregular moderada entre o 32º e o 33º paralelos. Isso vai do mar da Galileia, pelo deserto da Síria até a Babilônia, e depois desce para o golfo. Acredito que o petróleo da região do Iraque e do golfo Pérsico está escorrendo por essa fenda. Por isso o encontramos em uma região onde ele não deveria existir.

— Por que está sorrindo, Levi? — estranhou Murphy.

— Michael, é irônico pensar que Israel poderá usar os campos de petróleo do Iraque.

* * *

Talon rastejou para a frente e levantou a cabeça entre duas pedras, sempre cauteloso. Ele direcionou os binóculos para o vale lá embaixo. Lentamente, escaneou o vale dos três poços perfurados até a sonda.

Um na sonda e quatro perto da caminhonete. Dr. Murphy, estou farto de você e do seu amigo Abrams. É hora de encerrar o jogo.

O sorriso de Abrams desapareceu. Ele ficou muito sério e perguntou:

— Dr. Lehman, com quantas pessoas conversou sobre essa teoria?

— Vejamos... Falei com uma jovem chamada Gabrielle, vocês dois e os operários da sonda. Mais ninguém. Estamos ocupados demais cavando e cuidando do nosso trabalho.

— Ótimo — respondeu Abrams aliviado. — Essa informação deve ser tratada com grande cuidado. Se a mídia tomar conhecimento... bem, isso pode provocar uma tremenda comoção no mundo árabe. E pode servir de base para uma guerra.

— Ah, esqueci! Falei com outra pessoa. Era final de tarde, pouco depois da minha conversa com Gabrielle. Um homem com cerca de 40 anos, com um bigode e um acento britânico. Mas não creio que seja inglês ou australiano.

Murphy e Abrams se entreolharam.

— Ele disse que era só um turista visitando a Terra Sagrada. E me perguntou o que eu estava fazendo. Eu disse que perfurava o solo para extrair amostras para verificar a extensão do terremoto. Foi quando Kasib gritou anunciando que a sonda havia encontrado petróleo. O homem e eu corremos até a sonda para ver o que estava acontecendo. Ele pode ter ouvido minha conversa com Kasib, quando discutimos minha teoria. Não tenho certeza. Estávamos muito eufóricos. Eu me lembro de ter olhado em volta pouco depois, mas ele havia desaparecido. Parecia muito simpático. Tenho certeza de que não dirá nada a ninguém.

— Esse homem usava luvas, Dr. Lehman? — Murphy quis saber.

Quando Lehman confirmou, Murphy e Abrams ergueram as sobrancelhas. Talon!

Abrams ainda passou algum tempo com Lehman discutindo a importância de sua descoberta, e como ela poderia afetar de forma negativa a situação política entre israelenses e árabes. Depois de Lehman prometer que não falaria com ninguém até poder comprovar sua teoria, Abrams e Murphy voltaram para Et Taiyiba.

Era final de tarde quando o Dr. Lehman viu um velho Land Rover seguindo para o vale.

Mais visitantes! Certamente teremos um dia muito ocupado.

Quando o Land Rover parou, o Dr. Lehman aproximou-se do automóvel e reconheceu o turista com quem havia conversado dias antes.

— Olá. Não sabia que ainda estava por aqui.

Talon apertou a mão dele e perguntou:

— Como vai indo seu trabalho?

— Bem. A propósito, conversou com alguém sobre minha descoberta?

— Não. Por quê?

— Agradeceria se não falasse com ninguém sobre isso. Ainda não temos certeza da extensão da descoberta. Não queremos criar comoção e gerar falsas esperanças ou problemas políticos. Tenho certeza de que entende a importância disso.

— Ah, sim. Entendo mais do que imagina! Prometo guardar nosso segredo. Na verdade, quanto menos gente souber disso, melhor.

— Concordo.

— Fico feliz por concordar comigo. Acho que seria bom reduzirmos ainda mais o número de pessoas que já conhecem essa sua descoberta.

— Como assim?

Talon agarrou o braço direito do Dr. Lehman e o girou. Ao mesmo tempo, ele envolveu seu pescoço com o braço, apertando-o. Puxando Lehman contra o corpo, Talon aumentou a pressão enquanto sussurrava:

— Não, ninguém vai saber nada sobre sua descoberta, Dr. Lehman. Será nosso segredo.

Os olhos de Lehman estavam muito abertos, transbordando choque e incredulidade. Ele tentava agarrar o braço de Talon, mas era como lutar contra um pedaço de ferro. A última coisa que ele viu foi Kasib descendo da cabine de controle da sonda e correndo em sua direção.

Talon também o viu. Ele terminou com Lehman quebrando rapidamente seu pescoço. Houve um estalo, e o corpo caiu inerte no chão. Talon então cerrou o punho e bateu na palma da outra mão, apontando um dedo para o homem que se aproximava.

Kasib estava a poucos passos de Talon quando o falcão o atingiu. Ele não conseguia enxergar nada. A ave perfurou seu olho direito e arrancou parte da carne de seu rosto. Kasib gritava de dor e desespero, levando as duas mãos ao olho perfurado. No segundo ataque, a ave rasgou a jugular de Kasib, que caiu de joelhos sufocado pelo próprio sangue.

Zahid havia testemunhado toda a cena. Armado de uma barra de ferro, correu para Talon. Podia se defender e vingar os dois assassinatos selvagens.

Talon percebeu a determinação do homem. Bateu duas vezes com o punho cerrado na palma da mão. Zahid olhou do homem para o céu, notando que um falcão se aproximava pela esquerda. Ele girou a barra de ferro, segurando-a como se fosse um taco de beisebol.

O golpe acertou o peito da ave. Não houve nenhum piado. Apenas um baque, e penas voando. Chocado, Talon gritou ao ver um de seus queridos animais explodir diante dele.

O segundo falcão vinha logo atrás do primeiro, mas o movimento de Zahid o desviou do alvo. A ave mal conseguiu arranhar a cabeça do homem que devia cegar e matar. Zahid agitava os braços e se movia com desespero quando o falcão atacou pela segunda vez. Seu braço atingiu a asa do pássaro, quebrando-a. As garras do falcão rasgaram seu peito.

Homem e ave caíram no chão. Zahid rolou sobre a ave e a esmagou, depois a pegou pelas patas e começou a bater com seu corpo contra o chão num ataque frenético.

Talon, horrorizado com a perda de seus queridos pássaros, se aproximou de Zahid por trás e atirou em sua nuca.

SESSENTA E QUATRO

MURPHY E ADAMS se encontraram para o café da manhã e para discutir os planos do dia.

— Sabe, Michael, tive muita dificuldade para dormir essa noite. Fiquei pensando na descoberta do Dr. Lehman. Ela pode se tornar um catalisador de uma guerra contra Israel.

— Engraçado você falar nisso. Também tive a mesma preocupação. Se o Dr. Lehman estiver certo sobre Israel poder ter acesso ao petróleo dos árabes, a confusão será inevitável e fenomenal.

— E não vai colaborar em nada para a questão do antissemitismo.

— Isso é eufemismo, Levi. Estive lendo um artigo divulgado pelo Departamento de Estado dos Estados Unidos. Falava do seminário sobre antissemitismo organizado pelas Nações Unidas, o Ato de Revisão ao Antissemitismo Global assinado pelo presidente, e os comentários do Observatório Suíço de Religiões em Lausanne.

— Por que estava lendo isso, Michael?

— Bem, você sabe que acredito que estamos vivendo os dias antes da volta do Cristo. A Bíblia indica que nos últimos dias haverá o aumento da animosidade contra Israel. Até o Observatório Suíço de Religiões reconhece que houve crescimento do antissemitismo na última década. Mais de trinta países europeus indicaram a alta do vandalismo e da profanação de cemitérios judeus e bombardeios contra sinagogas. Também houve um aumento no número de publicações racistas contra os judeus e um novo antissemitismo na Inglaterra e em outros países. Isso é visto especialmente em jornais árabes como o *Al Manar* e em redes de notícias árabes, como Al Jazeera e Al Arabiya. As palavras de ódio contra Israel são cada vez mais comuns. Essa é uma das razões pelas quais acredito que nos aproximamos do Dia do Juízo Final de Deus.

— Sabe, Michael, amo os Estados Unidos e acredito no que o país propõe, mas devo confessar que sinto o mesmo na América do Norte. Há muitos estereótipos, sátiras e caricaturas sobre os judeus.

— Odeio admitir, mas você tem razão, Levi. O antissemitismo tem raízes profundas nos Estados Unidos. Acho que tudo isso gira em torno de quatro conceitos. Muitas pessoas acreditam que a comunidade judaica tem controle clandestino sobre o governo, a mídia, os negócios internacionais e o mundo financeiro. Há uma crescente crítica contra as políticas israelenses... especialmente contra os palestinos. A população muçulmana em crescimento no mundo todo tem fortes sentimentos contra os judeus. Essa é só a continuação do antigo conflito entre as nações árabes e Israel. Algo que se prolonga desde Abraão. E há também uma forte desaprovação voltada para os Estados Unidos e a globalização que transborda para Israel. Esse tipo de antiamericanismo visceral está afetando muitos países no mundo. Os judeus, de maneira geral, se identificam com a América, e muita gente tem uma antipatia preconceituosa pelos judeus como uma raça.

— Essa é uma maneira bem clara de colocar a situação, Michael. Um antigo provérbio árabe diz que "O inimigo de meu inimigo é meu amigo". Sei que muitos países árabes travam amizade com qualquer um que seja contra os Estados Unidos ou Israel. Não somos condenados apenas por nossas políticas, mas por quem somos como povo.

— Não tenho nenhuma resposta simples para um problema tão complexo, Levi. Só posso dizer que fico feliz por sermos amigos. Tudo que sei ao certo é que esse problema vem de muito tempo e parece exacerbado nos tempos atuais. A descoberta do Dr. Lehman é só mais um ingrediente na mistura.

Talon olhou pelo espelho retrovisor do Land Rover enquanto percorria as ruas estreitas. Ele observava com grande antecipação. *Vamos, vamos. Eu sei que você está aí.*

Então ele viu a frente da velha van verde virar a esquina atrás dele.

Está se mantendo bem distante... mas precisa aprender a ser mais sutil. Não há mais espiões como antigamente.

Ele sorriu e seguiu em frente até chegar na periferia de Et Taiyiba, onde entrou numa rua deserta cujos prédios pareciam abandonados. Ele parou diante de um depósito, um armazém de dois andares com vitrines ocupadas por alguns manequins quase destruídos.

Havia quatro árabes do lado de fora da porta dupla. Eles conversavam e gesticulavam muito.

O grupo parou de falar quando Talon saltou do Land Rover. Sua presença parecia chamar a atenção. Eles o cumprimentaram com breves movimentos de cabeça, sem sorrisos ou apertos de mão. Era evidente que o temiam.

Um dos árabes subiu no Land Rover, foi estacionar o carro depois da esquina e voltou ao grupo em seguida.

Murphy riu ao ouvir o celular de Abrams começar a tocar o tema do filme *Êxodo*.

Abrams foi breve ao telefone.

— Ponha sentinelas em todas as entradas e saídas. Chegaremos logo aí.

— Era Uri — disse ele a Murphy. — Ele seguiu o homem de bigode até um velho armazém em uma área de Et Taiyiba. Lá ele encontrou quatro árabes, e o grupo entrou no armazém. Isaac, Judah e Gabrielle estão com Uri. Acho que esse pode ser nosso último ato com Talon e seu pessoal. Mal posso esperar para colocá-lo atrás das grades! Nunca vi ninguém gostar tanto de matar.

Abrams e Murphy pararam o carro atrás da van verde. Desceram da caminhonete e entraram na parte traseira da van. Abrams apresentou Murphy a Uri e perguntou:

— Alguém saiu de lá desde que você telefonou?

— Não. O prédio tem uma porta dupla na frente, uma porta lateral e outra no fundo. Isaac, Judah e Gabrielle estão vigiando todas elas. Ninguém saiu.

— Tem uma arma extra?

— É claro que sim. De que tipo?

— Dê uma das automáticas a Murphy. Todos nós precisamos estar armados.

Eles se aproximaram cuidadosamente da vitrine e olharam através do vidro. A luz natural da rua penetrava no armazém, mas eles não conseguiam ver movimento ou luminosidade no interior.

— Devem estar no fundo — disse Abrams. — Uri, fale com Isaac, Judah e Gabrielle pelo rádio, diga para eles se manterem em suas posições, a menos que peçamos reforço. E diga para permanecerem a postos se ouvirem tiros. Não queremos que ninguém escape. Especialmente o homem de bigode. Ele é muito ardiloso, muito sagaz.

Abrams tentou a porta da frente; estava trancada. Uri entregou a Abrams um jogo de gazuas, e momentos depois a porta estava aberta.

— Muito bom — Murphy elogiou.

— Truques do ofício — explicou Abrams com modéstia.

Eles entraram e pararam para ouvir, mas só havia o silêncio. Com as armas em punho, o grupo seguiu para uma porta atrás de um balcão bastante velho e empoeirado. Eles a abriram, cautelosos. Ao constatar que não eram recebidos por tiros, entraram no que parecia ser um depósito. Fileiras de prateleiras eram ocupadas por caixas de papelão em torno do espaço amplo. Caixas de madeira estavam empilhadas nos corredores. Uma janela no fundo deixava entrar alguma luz.

Abrams sussurrou:

— Michael, você vai pelo corredor da direita. Uri, você segue pela esquerda. Vou pelo centro. Sejam cuidadosos e permaneçam atentos. Lembrem-se de que eles podem estar escondidos atrás das caixas. Não façam nenhum barulho.

Murphy havia percorrido uns nove metros quando ouviu um som atrás de uma caixa um pouco mais à frente. Ele se aproximou com cuidado, em silêncio. Seria seu arqui-inimigo Talon ou um de seus terroristas? Precisava estar preparado!

Ele havia alcançado a caixa quando um gato miou e correu por entre seus pés. Murphy levou um susto tão grande que quase atirou.

Mais um motivo para odiar gatos. Com eles, é amor ou ódio. Não há meio-termo.

Qualquer um no prédio poderia ter escutado o miado do animal.

Logo depois ecoou um tiro. A bala ricocheteou no suporte de aço da prateleira perto da cabeça de Uri, que se jogou no chão e atirou na direção de onde viera o disparo. Em seguida, rolou para trás de uma caixa próxima.

Abrams e Murphy foram ameaçados por outros tiros quase que ao mesmo tempo, e também se jogaram no chão em busca de proteção. Logo as balas ziguezagueavam pelo armazém. Murphy ergueu a mão sobre a caixa que o protegia e atirou na direção do desconhecido que o ameaçava. Houve um período de silêncio. Cada grupo tentava ouvir os ruídos que indicariam a localização do adversário.

— Bem, Dr. Murphy, nos encontramos novamente.

Um arrepio percorreu a espinha de Murphy ao ouvir a voz de Talon.

— Por mim, esta será a última vez — respondeu Murphy com firmeza.

— Será a última para você, provavelmente. Ainda não aprendeu a se proteger ou proteger suas mulheres. Considerando o que aconteceu com Laura...

Murphy sentia crescer a raiva e o desejo de vingança.

Cuidado, Murphy. Ele está tentando levá-lo ao limite para induzi-lo a agir de forma intempestiva, descuidada. Não caia nessa.

Abrams tentava se posicionar para descobrir de onde vinha a voz de Talon, quando outro tiro ecoou no galpão. Depois, o silêncio retornou.

Uri começou a se mover na direção de Abrams no corredor central. Murphy se mantinha na mesma posição.

Isaac, Judah e Gabrielle ouviram os tiros. O primeiro impulso era de correr para ajudar os homens lá dentro, mas, conforme haviam sido instruídos, se mantiveram onde estavam, guardando as portas.

Isaac mal viu o lampejo da luz. Alguma coisa quebrou a vidraça à esquerda da porta dupla. No mesmo instante, uma explosão no interior do armazém estilhaçou as outras vitrinas e explodiu as portas. O fogo espalhou-se.

Deve ter sido uma granada!

Isaac pegou o rádio.

— Isaac para Judah e Gabrielle. Acho que arremessaram uma granada contra a frente do armazém. Mantenham suas posições. Ninguém deve escapar.

Isaac pegou o rifle e saiu da segunda van estacionada do outro lado da rua, diante do armazém. Ele olhou pela mira poderosa na direção de onde o explosivo fora arremessado. Estava vigiando as janelas de um edifício do outro lado da rua, tentando localizar o atirador.

Ele percebeu um sutil movimento em um prédio na diagonal a partir da frente da loja. Quando começou a apontar, ouviu pneus cantando no asfalto e olhou para o local de onde vinha o som.

O Land Rover, com Talon na direção, virava na esquina da rua e vinha em sua direção. Ele olhou para a janela mais uma vez. Podia ver um homem mirando o lançador para disparar mais uma granada. Isaac levantou o rifle, mirou e disparou. O tiro saiu uma fração de segundo atrasado. O homem na janela já havia lançado o explosivo.

O árabe foi jogado para trás ao ser atingido no peito pela bala que o matou instantaneamente.

A segunda granada passou pela porta aberta do galpão e rolou até o balcão antes de explodir. O lampejo foi visto de fora. As chamas agora envolviam toda a estrutura.

Isaac olhava para o Land Rover. Talon apertou o gatilho da submetralhadora ao passar por ele, com os quatro terroristas.

Isaac sentiu a bala penetrar em sua coxa esquerda, alguns centímetros abaixo da virilha, e caiu, soltando o rifle. Instintivamente, sacou a arma do coldre no ombro e começou a atirar.

— Isaac! Isaac, o que está acontecendo?

Judah e Gabrielle corriam para a frente do edifício. Eles haviam chegado até Isaac quando a primeira explosão aconteceu A violência do impacto os derrubou.

O velho armazém começava a desmoronar. De repente, mais quatro explosões ocorreram, simultaneamente.

Por um segundo, foi como se o prédio pairasse no ar. Depois, desmoronou. Tudo era fumaça e poeira.

Judah e Gabrielle sabiam que nada poderia ser feito pelos que estavam dentro do armazém. Eles se concentraram em Isaac. Judah pressionou o ferimento para conter a hemorragia, enquanto Gabrielle usava o rádio para pedir ajuda.

SESSENTA E CINCO

— *SEÑOR* BARTHOLOMEW, devo elogiar seu maravilhoso senso de oportunidade. Não podia ter planejado nossa reunião para melhor data. Parece que vamos terminar em tempo de assistir ao Grand Prix. Deve saber que esse é o último circuito de rua do Campeonato Mundial de Fórmula 1. Estou ansioso para comparecer. Obrigado por sua escolha — concluiu Mendez sorrindo.

— Sim, concordo com o *señor* Mendez — disse Viorica Enesco. — Uma escolha fantástica. Os iates no porto são magníficos e o clima é perfeito. Adoro vir a Mônaco nessa época do ano. É uma das cidades mais excitantes do mundo, e a cozinha é espetacular.

Os Sete estavam reunidos em uma mansão nos penhascos sobre o Mediterrâneo francês. Estavam sentados em uma varanda pitoresca cercada por vegetação exuberante e com uma espetacular vista para o oceano. Enquanto reviam o plano, saboreavam um bom vinho.

O general Li foi o primeiro a falar:

— Infelizmente, não conseguimos concluir o atentado contra a ponte George Washington. Aquele Dr. Michael Murphy e seu amigo Levi Abrams se tornaram pedras no nosso sapato.

— É verdade, general Li — concordou Sir William Merton. — Eles impediram o ataque, mas, lembre-se, não conseguiram conter o pânico e o terror. E isso foi suficiente para ameaçar os membros das Nações Unidas, convencendo-os a votar pela mudança da sede para outro lugar, fora dos Estados Unidos. Os detalhes são controversos, é verdade, mas o resultado final foi satisfatório. E isso merece um brinde.

Todos brindaram, erguendo suas taças.

— Concordo — sorriu o general Li. — Estou apenas desapontado por não termos causado mais dano. A destruição da ponte teria custado aos arrogantes americanos muito dinheiro e ferido profundamente seu orgulho por não terem sido capazes de deter outro ataque terrorista em seu país.

— Mas temos outros planejados — lembrou Ganesh Shesha.

— Talvez realize seu desejo mais depressa do que imagina, general.

Jakoba Werner sorriu e soltou os cabelos loiros do coque. Suas bochechas rechonchudas estavam coradas.

— Acho que podemos nos considerar felizes — exclamou ela.

— Logo o novo prédio das Nações Unidas será construído na Babilônia. Os árabes estão eufóricos com a ideia de receber as Nações Unidas. E com o financiamento da construção pela União Europeia, conforme planejamos, os países árabes estarão em dívida com a Europa. A União Europeia passará a ser vista como "o mocinho" da história. Nossos representantes já negociam com a Arábia Saudita, o Irã e o Iraque por preços reduzidos para o petróleo em troca do nosso apoio. Isso ajudará a fortalecer o euro e desvalorizar ainda mais o dólar americano. Conseguimos até convencer os árabes a elevar os preços do petróleo para os Estados Unidos. Isso os forçará a perfurar no Alasca, o que vai enfurecer os ambientalistas. Tudo está se encaixando em seus lugares.

— Jakoba tem razão — afirmou John Bartholomew. — Conseguimos até corromper alguns membros das Nações Unidas. É maravilhoso ver como o dinheiro pode comprar quase tudo. Nós os ajudamos a abrir contas secretas em bancos suíços. Mal sabem eles que podemos sacar os fundos dessas contas! O dinheiro vai de nós para eles, e depois o pegamos de volta. O mundo das finanças não é incrível? Os bancos não passam de peças em nosso jogo de xadrez.

— A propósito, sei que tem trabalhado nisso... Conseguiu encontrar um meio de desviar os fundos das contas numeradas deixadas pelos nazistas depois da Segunda Guerra Mundial? — perguntou Sir William.

Bartholomew sorriu.

— É claro que sim. Não só suas contas, mas muito mais. Sempre há um meio de convencer os executivos dos bancos a trabalharem para nós. Só precisamos mostrar a eles fotos de suas famílias e perguntar se querem que aquelas pessoas continuem vivas. Esse é sempre um argumento maravilhoso. Devemos nos alegrar com a rapidez com que amealhamos poder. Logo estaremos no comando de tudo que acontece no mundo.

Todos aplaudiram.

Viorica Enesco deslizava o dedo pela borda da taça de vinho e olhava para o oceano.

— Em que está pensando, Viorica? — perguntou Bartholomew.

— Em Talon. Ele parece ter aceitado o desafio de eliminar os que tentam conter nosso progresso. Ele já cuidou de Stephanie Kovacs, que transmitia informações para o Dr. Murphy. E também conseguiu recuperar o material com as anotações do Dr. Anderson antes que Murphy as divulgasse. Foi bem-sucedido em causar pânico geral nos Estados Unidos com o ataque à ponte. E, pelo que sei, está empenhado em destruir o Dr. Murphy. Não acham que ele merece uma gratificação?

Todos concordaram.

O *señor* Mendez comentou:

— Ainda temos uma ponta solta.

Todos o ouviam atentos.

— Matusalém. Ele é um homem muito poderoso. Não só é rico e influente... mas está furioso com a perda de sua família. Ele descobriu que estávamos por trás da queda do avião em que eles viajavam. Quer sabotar nossos planos de todas as maneiras. Ele quer vingança! Por isso está ajudando Murphy. Precisamos pensar num plano para lidar com ele.

Todos assentiram, repentinamente preocupados.

Bartholomew falou:

— Matusalém sabe muito sobre nós e nosso crescente poder. Não queremos que ele estrague tudo. O que também devemos descobrir é se Murphy ou aquela mulher, a tal McDonald, leram as anotações do Dr. Anderson. Quanto ele sabe sobre o Menino e nossos planos para ele? Matusalém e Murphy precisam ser eliminados. *Ambos.*

— Acho que precisamos nos focar um pouco — Sir Williams opinou, deslizando o dedo pelo colarinho clerical. — Penso que devemos mandar Talon de volta ao mar Negro. Temos que resolver essa questão pendente envolvendo itens valiosos da arca. Potássio 40 ainda pode prolongar comprovadamente a vida, e precisamos descobrir os segredos dos pratos de bronze e dos cristais. E também devemos começar criando um cenário para o estabelecimento de um novo movimento religioso. Os anos 1960 testemunharam o sucesso daqueles que tentaram convencer o mundo de que Deus estava morto — um desafio importante para os evangélicos. Depois, no final da década de 1970, o conceito do oculto começou a crescer com a ajuda dos desenhos animados no fim de semana, com personagens demoníacos, bruxas, fantasmas, magos e heróis sobrenaturais. Agora temos uma geração inteira cansada dessa conversa de que Deus está morto e do vazio que ela traz. Eles foram levados na infância a aceitar o oculto. Estão prontos para um líder religioso que fale sobre a fraternidade entre os homens e a paz no mundo.

— Concordo — declarou Bartholomew movendo a cabeça em sentido afirmativo. — Precisamos começar a pensar na ideia de unir muitas fés. Aquela velha história de que todas as estradas levam a Roma, ou a teoria dos aros da roda, na qual cada religião é um aro compondo a roda que gira e nos leva a Deus. Precisamos implementar nossas atividades nessa área.

— Começamos bem com a tentativa de redefinir o Natal e outros feriados religiosos, como a Páscoa — lembrou Ganesha Shesha.

— Devemos continuar promovendo a tolerância e mais leis sobre o discurso de ódio. Precisamos impedir os cristãos de impingir aos outros suas ideias sobre Deus. O cristianismo é um câncer que deve ser eliminado para que possamos alcançar o sucesso.

Todos concordaram.

— Não esqueçam pessoas como Michael Murphy — disse Jakoba Werner. — São tipos como ele e o direito religioso que se tornam realmente perigosos. Eles sabem demais sobre a Bíblia e o que ela ensina realmente. São perigosos porque não têm medo, e conseguem convencer os outros a seguirem-nos. Não precisamos dele ou de pessoas como ele prejudicando nossa capacidade de criar o ambiente ideal para o Menino.

Bartholomew ergueu a voz.

— Creio que chegou o momento de os Amigos da Nova Ordem Mundial irem a público. Precisamos da mídia para disseminar nossa mensagem. A fundação da União Europeia é sólida e está crescendo. A Europa se levanta.

SESSENTA E SEIS

QUANDO A PRIMEIRA granada explodiu na vitrina, o choque derrubou Uri e Murphy.

Uri foi o primeiro a falar.

— Dr. Murphy, você está bem?

— Sim, apenas surpreso. Sinto cheiro de fumaça. A explosão deve ter desencadeado um incêndio.

Uri estava quase na posição de Murphy.

— Levi, você está bem?

— Não houve resposta.

— Dr. Murphy! Levi foi atingido por um tiro! Ele está sangrando, há um ferimento na cabeça.

— Está vivo? — perguntou Murphy, pulando por cima dos escombros enquanto corria ao encontro dos dois homens.

Murphy estava na metade do caminho quando a segunda explosão sacudiu o armazém.

Uri estava debruçado sobre Abrams quando ela ocorreu. O impacto o matou instantaneamente; seu corpo protegeu o de Abrams de novos ferimentos. As caixas funcionaram como um escudo contra os estilhaços, mas Murphy caiu com o impacto e ficou no chão, tonto e com um horrível zumbido nos ouvidos.

Murphy se levantou com grande esforço e foi removendo os escombros de cima de Uri e Levi. Quando viu a extensão dos ferimentos sofridos por Uri, teve certeza de que a Mossad perdera um agente, mas ainda tentou sentir sua pulsação. Não havia mais nada. Ele então olhou para Levi Abrams. O peito se movia para cima e para baixo. Quando Murphy começou a remover a prateleira que imobilizava o amigo, compreendeu, furioso, tratar-se de *uma armadilha... uma armadilha! Talon sabia que eles iriam, e conseguira pegá-los.*

Sentindo que algo mais podia acontecer, queria tirar Abrams do edifício.

Eles devem ter uma saída secreta em algum lugar. Deve ser perto do local onde estavam enquanto atiravam contra nós.

O fogo era intenso e se espalhava rapidamente depois da segunda explosão. Havia muita fumaça, dificultando a visão e a respiração.

Logo Murphy conseguiu identificar de onde haviam partido os tiros. Talon e seus homens tinham construído uma barricada com caixas, e ficaram esperando atrás delas.

Murphy se debruçou sobre as caixas e viu um alçapão aberto. Devia ser a entrada de um túnel. Rastejando no chão para evitar a fumaça, ele puxou Abrams para o buraco. O túnel devia ter 1 metro de diâmetro.

Essa era a saída de emergência para os terroristas.

Murphy deitou Abrams de costas dentro do túnel com a cabeça voltada para a frente. Depois, tirou o cinto de ambos, prendendo as extremidades formando um círculo. Então, com ele, envolveu o amigo pelas axilas.

Murphy sabia que seria difícil arrastar Abrams pelo túnel estreito. Além de pesar cerca de 90 quilos, ele estava inconsciente. Mas se o apoiasse nas costas, poderia tirá-lo do chão. Então, o levaria para fora rastejando, carregando-o sobre suas costas.

Murphy havia começado a rastejar pelo túnel quando ouviu o estrondo da parte frontal do edifício desmoronando. A terra tremeu. Pedaços de terra caíam na abertura. O medo de ser soterrado pelo desmoronamento o fez rastejar mais depressa e rezar pela ajuda de Deus.

Outro estrondo sacudiu a terra, quase derrubando Abrams. Ele ainda se movia quando parte do túnel desmoronou sobre suas pernas. Era impossível seguir em frente.

A poeira no interior da abertura praticamente impedia a respiração. Tossindo, Murphy puxou a camiseta para cobrir o nariz e a boca, como um filtro improvisado, e esperou alguns minutos para a poeira baixar.

Então, procurando manter a calma, girou os dois cintos para soltá-los. Sem o peso de Abrams, ele conseguiu dar impulso e libertar os pés. Agora precisava voltar e libertar o amigo, se ele ainda estivesse vivo.

O túnel ficara ainda mais estreito com o desmoronamento. Na escuridão total, o medo começou a dominar sua mente. Murphy tentava se virar para voltar ao local onde Abrams ainda permanecia preso e desacordado. Suas costas estavam pressionadas contra a terra, e as pedras perfuravam sua carne.

Quando conseguiu fazer metade da rotação, o pé ficou preso numa pedra, e não podia movê-lo. Murphy sentia dificuldade para respirar. Estava preso. Não conseguia ir para a frente ou para trás. Os músculos de suas pernas ameaçavam se contrair em cãibras. O pânico fazia seu coração bater de modo acelerado.

Murphy se lembrou de um período da infância em que participara de um grupo de escoteiros. Sua tropa fora acampar nas montanhas numa noite fria. Ele rastejara para o saco de dormir e se encolhera dentro dele, tentando permanecer aquecido.

Durante a noite, de alguma forma, seu corpo se virara completamente. Os pés foram parar na abertura do saco e a cabeça, no fundo.

Ele se lembrou de como se sentira ao perceber que não conseguia alcançar o zíper para se libertar. Era preciso se virar dentro do saco para encontrar a abertura e respirar.

Naquela vez ele também ficara preso enquanto girava o corpo. O tecido se enroscara em seu tornozelo e ele ficara preso. E havia sido naquele momento que experimentara pela primeira vez o pânico da claustrofobia. Naquele tempo, desconhecia que era esse o nome do que sentia. Tudo que sabia era que estava preso, sem ar, sem esperança de escapar. Por mais que houvesse sido treinado para se livrar de tal tipo de situação, não conseguia fazer nada. O saco de dormir passara a ser o saco da morte.

A claustrofobia nunca mais o abandonara... e agora estava preso novamente. Queria gritar e sair do túnel apertado e escuro, mas as paredes não se moviam.

Quando criança, ele conversava consigo mesmo. Convencera-se a não lutar com o saco, controlar a respiração... controlar as emoções.

Murphy tentou relaxar. Por causa da posição encolhida, precisava respirar lentamente, de forma superficial. O peito não se expandia em sua capacidade máxima.

Mesmo assim, ele se obrigou a relaxar, e depois de certo tempo terror e pânico cederam espaço para o pensamento racional.

Meu pé está preso. Preciso me soltar de alguma maneira.

Devagar e de maneira calculada ele aproximou a mão dos tornozelos.

Se eu conseguir mover um pouco o pé, talvez ele se solte.

Os dedos mal tocavam o cano da bota.

Só mais um pouco.

Esse pouco fez seu peito se comprimir. O pânico retornou, e agora estava ainda mais encolhido.

Relaxe, Murphy. Relaxe. Respire bem devagar.

Levou cerca de trinta segundos para tentar mover o braço e a mão novamente. Agora já podia sentir a pequena pedra que causava todo o problema. Com os dedos, ele moveu a rocha para a frente e para trás até soltá-la da terra. O pé se soltou.

Quando parou para respirar novamente, ele fez uma oração agradecendo a Deus pelo pequeno milagre.

Murphy podia esticar as pernas e se esticar no túnel. O ar enchia seus pulmões, trazendo de volta a vida.

Controlado, deitou-se de barriga para baixo e estendeu o braço para tocar a cabeça de Levi Abrams. Terra e poeira no túnel haviam ajudado o sangue a coagular; a ferida já não sangrava tanto. Ele passou a mão por cima da boca e do nariz do amigo. Ainda era possível sentir o ar morno de sua respiração.

Obrigado, Deus, por manter meu amigo vivo. Obrigado por me ajudar a me soltar.

Murphy rastejou para a frente. Os dedos arranhavam a terra e as pedras enquanto tentavam soltar as pernas de Abrams dos escombros. Murphy levou duas horas para conseguir libertar Abrams. Os dedos sangravam e a dor era intensa.

Então, agarrou o amigo pelos braços e começou a puxar. O corpo de Abrams escorregou lentamente pelo cascalho solto. Murphy reuniu forças e puxou mais uma vez.

Está funcionando!

Murphy puxava e se esforçava havia dez minutos quando se deu conta da gravidade da situação. Estava em um túnel escuro, rastejando, rumo ao desconhecido. Não sabia ao certo qual era a gravidade do ferimento de Abrams. E não tinha ideia sobre o que o esperava, se o restante do túnel permitiria a passagem dos dois ou se estava bloqueado. E se estivessem presos ali para sempre?

Ele tentou banir da mente os pensamentos sombrios. Enquanto estivesse vivo, havia esperança, e esperança era o que lhe dava força para continuar.

Enquanto puxava Abrams pelo túnel, ele pensava em Isis. Voltaria a vê-la? Poderia, enfim, dizer que a amava? Como queria se libertar daquela opressora catacumba, ver a luz mais uma vez... respirar ar puro... e tê-la nos braços de novo.

SOBRE OS AUTORES

DR. TIM LAHAYE é um renomado estudioso das profecias, é ministro e autor. "Deixados para trás", de sua autoria, é a série de ficção cristã mais vendida de todos os tempos. Ele e a mulher, Beverly, vivem no sul da Califórnia, têm quatro filhos e nove netos.

BOB PHILLIPS, PH.D., é autor de mais de oitenta livros, é conselheiro licenciado e diretor executivo do Pointman Leadership Institute.

Este livro foi composto na tipologia Minion Pro,
em corpo 12/16,9, impresso em papel off-white 80g/m^2,
no Sistema Cameron da Divisão Gráfica
da Distribuidora Record.